Egon Minar

Korruption und Politiker-Mord erschüttern Wien

Kann Kommissar Moser diese Verbrechen aufklären?

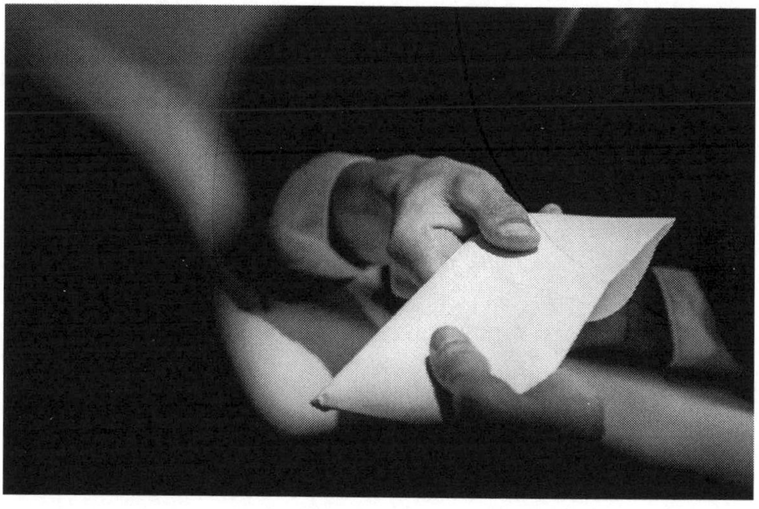

Für meine geliebte Frau Nathalie

Hinweis:

Dieser Kriminalfall ist frei erfunden. Jede Ähnlichkeit mit lebenden Personen wäre zufällig und ist weder gewollt noch beabsichtigt. Auch die Namen der Kriminalbeamten sind fingiert. Die Namen der Ortsangaben und Lokalitäten in Wien sind hingegen korrekt.

Dieses Buch erhebt keinen Anspruch, die tägliche Arbeit der Wiener und österreichischen Kriminalpolizei vollumfassend und korrekt widerzugeben.

Egon Minar

Korruption und Politiker-Mord erschüttern Wien

1.Auflage 2024

www.egonminar.net

ISBN: 979-8332569210

Ein sensibler Fall für Kommissar Moser

Es ist ein trüber Tag Mitte Juni. Kommissar Karl Moser sitzt in seinem Arbeitszimmer im Bundeskriminalamt (BKA) und träumt ein wenig vor sich hin. Sein letzter großer Fall mit drei Morden an einer prominenten Wiener Familie ist vor zehn Tagen aufgeklärt worden. Dabei hat ihn seine Kollegin Renate Pichler vom Wiener Landeskriminalamt (LKA) unterstützt, die allerdings wieder für sechs Wochen zum LKA zurückkehren musste, weil sie dort gebraucht wird.

Moser ist einerseits traurig, weil er sie noch knapp fünf Wochen vermissen wird. Andererseits freut er sich, sie dann ständig als Kollegin im BKA bei sich zu haben. Nach dem erfolgreichen Abschluss des letzten Mordfalls hatte Mosers Vorgesetzter, Generalmajor Werner Obermaier, ihr angekündigt, dass ihre Bewerbung für eine Kommissars-Stelle positiv beschieden wurde.

In den letzten zwei Monaten haben Kommissar Moser und Kommissarin Pichler zwei schwierige Fälle lösen können. Dabei hat Moser festgestellt, dass er sich in seine Kollegin verliebt hat. Er hat allerdings entschieden, dass er seine Zuneigung zu ihr so lange nicht preisgeben will, bis sie sich einigermaßen im BKA eingelebt hat. Außerdem weiß er nicht, ob sie seine Zuneigung erwidern wird.

Während der Kommissar, der gegenwärtig keinen Mordfall zu lösen hat und einen Kollegen bei der Verfolgung einer internationalen Diebes-Bande unterstützt, vor sich hinträumt, denkt er an Renate Pichler und realisiert, dass sein Puls bei den Gedanken an sie schneller schlägt. Er wundert sich, dass er solche Gefühle in seinem Alter (er ist immerhin 54 Jahre alt) noch verspüren kann. Darum ist er etwas enttäuscht gewesen, dass das Wiener LKA seine künftige Kollegin noch sechs Wochen in Anspruch nehmen wollte. Immerhin hat er erreicht, dass ihr zuletzt genutzter Schreibtisch in ihrem künftig gemeinsamen Arbeitszimmer und ihre IT-Anbindung erhalten bleiben.

Moser hat sogar einen Fotorahmen mit einem Zeitungsausschnitt aufgestellt, in dem er und seine Kollegin nach der Aufklärung der drei spektakulären Mordfälle prominent auf der Titelseite der Kronenzeitung farbig abgebildet wurden mit der Beschriftung: „Wiens Super-Kommissar und seine kongeniale Kollegin". Dem Generalmajor hat der Kommissar erklärt, dass dieser Fotorahmen dazu dienen solle, ihn an die so erfolgreiche Aufklärung zu erinnern. Aber sein Chef, der Moser seit über acht Jahren genau kennt, hat die wahre Motivation seines besten Kommissars bereits erkannt: dieser hat eine gewisse Zuneigung zu seiner künftigen Kollegin entwickelt. Der Generalmajor weiß aber auch, dass Moser eine so gute professionelle Einstellung hat, dass diesen solche Gefühle in seiner Arbeit nicht behindern werden.

Die Bezeichnung „Super-Kommissar" in den Medien hat sich Kommissar Moser, der den beruflichen Rang eines Obersts innehat, insofern verdient, als er in seiner achtjährigen Tätigkeit im BKA eine hundertprozentige Aufklärungsquote bei Mordfällen aufweisen kann. Darauf ist Moser besonders stolz. Er ist bestrebt, diese sensationelle Aufklärungsquote so lange als möglich beizubehalten.

Alle zwei Tage telefoniert der Kommissar mit Renate Pichler jeweils am frühen Abend, sofern es die Arbeit seiner künftigen Kollegin erlaubt. Darauf freut er sich, weil er dann zumindest ihre Stimme hören kann. Während er überlegt, was er sie heute fragen könnte, betritt sein Chef sein Arbeitszimmer:

»Karl, langweilst Du Dich etwa? Falls ja, dann ist dies ab sofort vorbei. Du wirst dringend benötigt. ... Erinnerst Du Dich an den verschwundenen Nationalrats-Abgeordneten vor rund sechs Monaten? Dieser Fall wurde damals vom Wiener LKA verfolgt.«

Moser kann sich erinnern, darüber in den Zeitungen gelesen zu haben:

»Ja, Werner. Das war doch der Abgeordnete von der Volkspartei, der vermeintlich mit seiner jungen Geliebten irgendwo in Süd-Amerika untergetaucht sein soll. Was hat das BKA damit zu tun? Soll ich etwa das Liebespaar aufspüren?«

Der Generalmajor versucht seinen besten Kommissar zu motivieren:

»Du brauchst nicht aufzuspüren, Du musst aufklären. Gestern wurden die schon etwas skelettierten Leichen der beiden nahe Melk in Niederösterreich aufgefunden. Die DNA-Spurenüberprüfungen haben gezeigt, dass es sich bei dem offensichtlich ermordeten Paar um den ehemaligen Nationalrats-Abgeordneten Doktor Alois Schwarz und um Verena Hofer, eine Parlamentarische Mitarbeiterin, handelt. ... Du kannst Dir sicherlich vorstellen, was dies bedeutet.«

Moser, der vor einigen Minuten noch lethargisch vor sich hingeträumt hat, ist sofort hellwach und hört seinem Vorgesetzten weiter zu:

»Eben hat mich der Generalstaatsanwalt persönlich angerufen und mich gebeten, Dir, Karl, die Aufklärung dieser beiden Morde zu übertragen. Er war von Deiner Arbeit im letzten Fall begeistert. Ich bin mir bewusst, dass die Aufklärung dieser Morde, die vermutlich vor etwa sechs Monaten begangen wurden, schwierig sein wird. Aber es ist im höchsten nationalen Interesse, dass mein bester Kommissar diesen Fall übernimmt.«

Der Generalmajor weiß, dass Moser solche Komplimente schätzt. Nachdem dieser Aussagen wie „höchstes nationales Interesse" gehört hat, kann er die Übernahme dieses Falls nicht ablehnen. Er stellt aber an seinen Chef eine kleine Bedingung, welche der Generalmajor bereits vermutet hat:

»Natürlich mache ich dies, Werner. Um möglichst gute Chancen zu haben, um diesen Fall von höchstem nationalem Interesse zu lösen, brauche ich wieder die LKA-Kommissarin Renate Pichler zur Unterstützung. ... Sie hat mich in den letzten zwei schwierigen Mordfällen optimal unterstützt. Kannst Du sie dafür wieder vom LKA loseisen?«

Schmunzelnd mit einem Augenzwinkern antwortet ihm der Generalmajor:

»Ich habe diesen Deinen Wunsch schon erwartet. Der Generalstaatsanwalt hat sich auch in dieser Richtung geäußert. Darum habe ich eben mit dem Vorgesetzten von Frau Hauptmann Pichler gesprochen. Ich habe diesen Wunsch als Aufforderung des Generalstaatsanwalts genannt. ... Darum konnte sich Renates Chef diesem Wunsch nicht entsagen und muss einen Ersatz für sie finden. Er wird die Kommissarin persönlich informieren. Ich nehme an, dass sich Renate demnächst bei Dir melden wird.«

Karl Moser jubiliert innerlich, da er nicht damit gerechnet hat, so rasch wieder mit Renate zusammenarbeiten zu können. Er stellt seinem Vorgesetzten eine Frage:

»Werner, ich nehme an, dass es aufgrund der Relevanz dieses Falls eine baldige Pressekonferenz (PK) und eine Sonder-Mordkommission geben wird. Gibt es dazu schon Informationen?«

»Ja und nein. Es ist zwingend erforderlich, dass wegen der politischen Brisanz koordiniert und abgestimmt vorgegangen werden muss, sonst werden wir von den Medien und der Öffentlichkeit „aufgefressen" werden. ... Der Generalstaatsanwalt möchte in diesen Minuten den Vorsitzenden der Volkspartei und den Präsidenten des Nationalrats persönlich informieren und eine gemeinsame Medienveranstaltung vermutlich noch heute organisieren. Wir werden diesbezüglich noch informiert werden.

Ich kümmere mich um die Zusammensetzung der Sonderkommission hier im BKA. Nachdem ich Dir selbstverständlich die Leitung dazu übertrage, hast Du Präferenzen?«

Kommissar Moser überlegt kurz und meint dann:

»Am liebsten wären mir die gleichen Personen wie in der letzten Sonder-Mordkommission mit den Kollegen aus der Kriminalstrategie und Kriminalanalyse, sofern dies möglich ist. Da der Fall vor sechs Monaten vom LKA Wien betreut wurde, könnte es vorteilhaft sein, wenn wieder zwei Wiener LKA-Kollegen in der Kommission mitarbeiten könnten. ... Falls dies nicht möglich sein sollte, nenne ich Dir noch zwei Namen aus dem BKA, die uns zuletzt besonders gut unterstützt haben.«

Moser informiert seinen Vorgesetzten über die Kriminalbeamtin, die im letzten Fall die Meldungen aus der Befragung der Bevölkerung koordiniert hat, und über einen besonders motivierten Kriminalbeamten. Zuletzt hat der Generalmajor drei Anregungen beziehungsweise Aufforderungen an Moser:

»Die Leichname liegen im Gerichtsmedizinischen Institut bei Professor Fellner. Vielleicht kann er Euch einige Hinweise geben. Außerdem solltet Ihr die Ehepartner der beiden Ermordeten zeitnah informieren. Aber bitte behandelt diesen Fall so lange strikt vertraulich, bis Ihr von mir den Zeitplan betreffend die Kommunikation an die Medien gehört habt.«

Der Generalmajor dankt Moser für seine rasche Bereitschaft und wünscht ihm schon jetzt viel Erfolg. Gleichzeitig äußert er seinen Wunsch, bei der Aufklärung dieser beiden Morde wegen seiner politischen Brisanz täglich mindestens einmal über den Fortgang der Ermittlungen informiert zu werden.

Nachdem der Generalmajor das Zimmer des Kommissars verlassen hat, überlegt Moser seine nächsten Schritte. Erst jetzt wird ihm richtig bewusst, welch schwierige und heikle Aufklärungsarbeit auf ihn wartet. Wie soll er einen Mordfall aufklären, der vor etwa sechs Monaten geschehen ist? Seine hundertprozentige Aufklärungsquote ist in Gefahr. Das enorme öffentliche Interesse und die vermutlichen politischen Einmischungen könnten weitere Probleme verursachen. Aber die Freude, ab heute wieder mit seiner künftigen Kollegin zusammenarbeiten zu können, überwiegt alle seine Bedenken.

Bereits zehn Minuten später ruft ihn Renate Pichler an:

»Hallo Karl, ich nehme an, dass Du bereits Bescheid weißt. Ich komme in etwa einer Stunde zu Dir. Ich übergebe meine aktuellen Aufgaben in einem Betrugsfall einem Kollegen und versuche, so viele Unterlagen zum Fall Alois Schwarz aus dem LKA mitzunehmen, wie ich auf die Schnelle bekommen kann. Ich weiß bereits, welche zwei LKA-Kollegen diesen Fall vor einigen Monaten bearbeitet haben, beziehungsweise immer noch mit geringer Priorität bearbeiten, weil bis zuletzt die Meinung hier vorgeherrscht hat, dass dieses Paar freiwillig untergetaucht sei.«

Während Moser im Internet und im BKA-Intranet einige Recherchen zum ehemaligen NR-Abgeordneten Doktor Schwarz macht, informiert ihn der Generalmajor, dass heute um 15:00 Uhr eine Medien-Information über die beiden Mordfälle stattfinden solle. An dieser soll auch der Generalsekretär der Volkspartei teilnehmen. Diesbezüglich soll es um 14:30 Uhr eine Vorabstimmung mit diesem geben. Aufgrund des erwarteten großen Medieninteresses wird das Medien-Event in den großen Pressesaal des Innenministeriums verlegt. Das erste Treffen der Sonder-Mordkommission wird für 16:00 Uhr terminiert.

Moser blickt auf seine Uhr. Es ist bereits 11:45 Uhr. Er rascher Besuch in der Gerichtsmedizin sollte noch möglich sein. Die Informationen an die Ehepartner der Ermordeten können vermutlich erst am Abend erfolgen. Kurz vor Mittag erscheint

Kommissarin Pichler und begrüßt ihren Kollegen mit zwei Wangenküssen:

»Unverhofft kommt oft. Ich freue mich sehr, mit Dir die nächsten Mordfälle aufklären zu können, wenngleich ich befürchte, dass diese beiden Morde an Schwierigkeit die letzten beiden toppen werden.«

»Liebe Renate, die Freude liegt ganz bei mir. Gemeinsam werden wir auch diesen Fall lösen.«

Moser macht diese letzte Aussage aus reinem Zweckoptimismus. Er erläutert seiner Kollegin den groben Zeitplan für den heutigen Tag und fragt sie danach:

»Was weißt Du bereits über diesen Fall, der bislang bei Euch im LKA Wien behandelt wurde?«

»Karl, leider habe ich noch kaum mehr Informationen als Du. Ich habe bereits Kontakt mit meinen beiden Kollegen Kommissar Bechtold und Kommissarin Maier aufgenommen und sie gebeten, alles Relevante zusammenzutragen. ... Ich habe bereits vermutet, dass der heutige Zeitplan recht eng sein werde. Darum habe ich mit beiden schon einen Termin für morgen 8:30 Uhr vereinbart, damit sie uns alle bisherigen Informationen aus erster Hand mitteilen können und wir Fragen stellen können.«

Moser ist sehr zufrieden, dass seine Kollegin bereits erste Schritte in die Wege geleitet hat:

»Sehr gut, Renate. Was weißt Du noch? Ich melde uns zunächst rasch bei Professor Fellner in der Gerichtsmedizin an, bevor er vielleicht zum Mittagessen geht.«

Moser ruft den Mediziner, mit dem er schon in sehr vielen Fällen sehr gut zusammengearbeitet hat, auf dessen Mobiltelefon an. Professor Fellner meldet sich:

»Herr Oberst, ich habe Deinen Anruf schon erwartet. Ich war mir sicher, dass der Generalmajor diese heiklen Mordfälle Dir übertragen wird. Wann kommst Du vorbei?«

»Am besten gleich. Auch in diesem Fall kann ich wieder auf die exzellente Unterstützung durch Hauptmann Pichler zählen. Wir sind in zwanzig Minuten bei Dir.«

Renate Pichler nutzt den Weg ins Gerichtsmedizinische Institut, um ihren Kollegen über einige bisher bekannte Fakten zu informieren. Sie erläutert, dass das LKA Wien zunächst in der Privatsphäre der beiden Ermordeten recherchiert hat, danach im beruflichen Umfeld, da Dr. Alois Schwarz vor etwa einem Jahr in einen Korruptionsfall verwickelt war. ... Da es keine Anhaltpunkte für ein Verbrechen wie Entführung oder Mord gegeben habe, ist man zuletzt davon ausgegangen, dass es sich um ein bewusstes Untertauchen handeln könne. Es ist nämlich bekannt geworden, dass der NR-Abgeordnete eine Liaison mit einer Parlamentarischen Mitarbeiterin begonnen habe, mit der er viel zusammengearbeitet habe. Ihr Name ist Verena Hofer, sie war 38 Jahre alt.

In der Gerichtsmedizin liegen die beiden Leichen auf zwei Tischen unter Tüchern. Professor Fellner warnt die Kommissare:

»Der Fäulnisprozess ist schon einigermaßen fortgeschritten. Daher möchte ich Euch nicht zumuten, die Leichen anzusehen. Gestern wurden beim Abriss eines Gebäudes in der Nähe von Melk zwei Leichen entdeckt. Ein Kollege hat zunächst die sterblichen Überreste untersucht und DNA-Proben entnommen. Dabei wurde die Identität von Alois Schwarz mit hoher Wahrscheinlichkeit vermutet. Wegen der Brisanz wurden die Leichen gestern Abend zu uns geliefert. ... Unser DNA-Abgleich hat ergeben, dass es sich mit 98-prozentiger Wahrscheinlichkeit um Doktor Schwarz und um seine Nationalrats-Assistentin Verena Hofer handelt.«

Die Kommissare sind in erster Linie an der Todesursache interessiert und fragen danach. Professor Fellner muss in aller Deutlichkeit die bisher bekannten Fakten mitteilen:

«Es handelt sich bei Alois Schwarz um einen grausamen und brutalen Mord. Ich vermute, dass jener bereits vor rund sechs Monaten ermordet wurde, zu einem Zeitpunkt, als die Abgängigkeitsanzeige gestellt wurde. Verständlicherweise kann ich keine genauere Zeitangabe machen. ... Herr Schwarz ist vor seinem Tod massiv gefoltert worden. Dies lässt sich trotz fortgeschrittener Verwesung noch feststellen. Außerdem ist ihm dabei die Zunge herausgeschnitten worden, wahrscheinlich zu einem Zeitpunkt, als er noch gelebt hat. Trotzdem wurde ihm danach der Mund mit einem starken Klebeband verschlossen. Überdies waren die Hände am Rücken und die Beine an den Knöcheln gefesselt.

Verena Hofer wurde vermutlich nicht gefoltert. Aber auch ihr wurde der Mund mit einem starken Band zugeklebt und sie wurde gleichfalls gefesselt. Danach wurden die beiden eingemauert und haben damals wahrscheinlich noch gelebt. Um vermutlich die Qualen zu verlängern, wurden in der Mauer kleine Luftlöcher gelassen. ... Alois Moser ist vermutlich trotzdem nach kurzer Zeit innerlich verblutet. Frau Hofer hat wahrscheinlich noch mindestens drei Tage eingemauert ohne Licht gelebt und ist danach dehydriert gestorben. Was für ein grausamer, langsamer Tod, der sogar bis zu zehn Tagen gedauert haben könnte. Mehr kann ich Euch dazu nicht sagen. Jetzt seid Ihr am Ball.«

Die Erläuterungen des Professors genügen den Kommissaren. Sie wollen die Körper der Ermordeten in diesem Verwesungszustand nicht näher betrachten. Beide sind erschüttert darüber, wie brutal die beiden Toten behandelt und ermordet wurden und wie grausam der oder die Verbrecher offensichtlich vorgegangen sind.

Am Rückweg zum BKA möchte Moser sein fast täglich übliches kleines Mittagessen an einem Würstelstand einnehmen und gönnt sich seine heißgeliebte Puszta Krainer. Die Kommissarin isst währenddessen ihr mitgebrachtes Käsebrot. Mosers Gründe für ein derartiges rasches Mittagessen sind einerseits seine Vorliebe für Würste und andererseits der geringe Zeitbedarf.

Bis zur für 15:00 Uhr geplanten Medienkonferenz und der erforderlichen Vorabstimmung bleibt den Kommissaren noch etwas Zeit, um im BKA-Intranet weitere Informationen zu den beiden Mordopfern einzuholen. Alois Schwarz, 48 Jahre, ist promovierter Jurist und war acht Jahre lang als Mitglied der Volkspartei Abgeordneter des Nationalrats in Österreich. Mit seiner Ehefrau Franziska hat er zwei Söhne im Alter von 16 und 14 Jahren und eine Tochter mit 12 Jahren. Vor etwa einem Jahr war Dr. Schwarz in einem größeren Korruptionsskandal verwickelt. Dabei konnte ihm keine Schuld nachgewiesen werden.

Am 30.November des Vorjahres war Alois Schwarz plötzlich verschwunden. Seine Frau Franziska und seine politische Partei haben die Abgängigkeitsanzeigen bereits einen Tag später gestellt. Von ihm und seinem Auto konnten seit damals keine Spuren gefunden werden.

Die Parlamentarische Mitarbeiterin Verena Hofer ist ebenfalls seit dem gleichen Tag nicht mehr gesichtet worden. Da es starke Vermutungen einer Liebesbeziehung zwischen Alois Schwarz und der um zehn Jahre jüngeren Mitarbeiterin gegeben hat, lag die Annahme nahe, dass die beiden bewusst untergetaucht seien. Dabei sind Meldungen aufgetaucht, dass die beiden Abgängigen in Paraguay und möglicherweise auch in anderen Ländern gesichtet worden wären. Darum sind die weiteren Suchaktivitäten reduziert worden.

Da bereits Gerüchte aufgetaucht sind, dass in der heutigen Pressekonferenz Informationen zum Verschwinden des

Nationalratsabgeordneten kommuniziert werden würden, ist der Pressesaal im Innenministerium bereits vor 15:00 Uhr brechend voll. Zuvor haben sich der Generalstaatsanwalt, der Oberstaatsanwalt, der Generalmajor und die beiden Kommissare mit dem Generalsekretär der Volkspartei über den Ablauf der PK ausgetauscht.

Als der Generalstaatsanwalt über den Mord an Dr. Alois Schwarz und Verena Hofer informiert, bricht großes Raunen im Pressesaal auf. Dieses wird noch größer, nachdem jener darüber berichtet, dass die beiden Leichen eingemauert gefunden wurden. Der Generalmajor Obermaier gibt bekannt, dass das BKA die Aufklärung der beiden Morde übernommen hat und dass eine Sonder-Mordkommission unter Leitung von Oberst Moser gebildet worden ist.

Der Generalsekretär der Volkspartei bedauert den schmerzlichen Verlust des verdienstvollen Kollegen Schwarz und drückt seine Hoffnung aus, dass es der Kriminalpolizei gelingen werde, die Mörder rasch zu finden. Er bittet die Medien, die Privatsphäre der Familie Schwarz zu respektieren.

Danach haben die Presseleute Gelegenheit Fragen zu stellen:

»Warum wurden die Untersuchungen nach dem Verschwinden so bald eingestellt? Wie konnte ein prominenter Politiker eingemauert werden, ohne dass die Öffentlichkeit etwas bemerkt hat? Welche Personen werden besonders verdächtigt?«

Der Generalstaatsanwalt und der Generalmajor übernehmen abwechselnd die Beantwortung der Fragen:

»Da wir keine Spuren von den beiden verschwundenen Menschen finden konnten und da verschiedene Meldungen über Interpol gekommen sind, dass Doktor Schwarz in Begleitung einer Frau in Südamerika beziehungsweise in

Kasachstan und Usbekistan erkannt worden wäre, haben wir die polizeilichen Recherchen in Österreich zurückgefahren.«

»Zunächst hatten wir einige Personen aus dem privaten Umfeld des Politikers und der Parlamentarischen Mitarbeiterin verdächtigt, konnten allerdings keine Anhaltspunkte für ein mögliches Verbrechen finden.«

Zwei Journalisten, die Kommissar Moser besonders zu schätzen scheinen, äußern sich am Ende der PK erfreut, dass Wiens Super-Kommissar die Aufklärung der beiden Mordfälle und die Leitung der Sonder-Mordkommission übernommen habe, da bekanntermaßen solche Verbrechen nach recht langer Zeit nur schwerlich aufgeklärt werden können.

Danach eilen die beiden Kommissare zurück zum BKA, um die sich konstituierende erste Sitzung der Mordkommission zu leiten, die in einem dafür geeigneten Konferenzraum in der Nähe des Arbeitszimmers der Kommissare stattfindet. An dieser nehmen ausnahmsweise auch der Generalmajor und der Wiener Polizeipräsident teil. Kommissar Bechtold, der im Wiener LKA die seinerzeitigen Untersuchungen zu den beiden verschwundenen Personen geleitet hat, berichtet:

»Wir haben sowohl in Richtung eines möglichen Verbrechens recherchiert als auch hinsichtlich eines möglichen Untertauchens der beiden Menschen. Bei den Befragungen haben wir festgestellt, dass die jeweiligen Ehepartner vermutet haben, dass es eine Liebschaft zwischen den Verschwundenen gegeben habe. Darum waren die Ehefrau Franziska Schwarz und der Ehemann Josef Hofer unsere ersten verdächtigten Personen. ... Allerdings konnten wir keine Anhaltspunkte für ein Verbrechen finden.

Bei den Recherchen in Richtung eines bewussten Untertauchens haben wir auch Interpol eingeschaltet. Dabei haben wir Rückmeldungen aus den USA, aus Paraguay, aus Kasachstan und Usbekistan erhalten, dass ein Paar mit ähnlichem Aussehen gesichtet worden wäre. Natürlich haben wir mögliche Reiserouten per Flug und Bahn überprüft, konnten aber keine Rückschlüsse ziehen. Wir haben dann vermutet, dass die beiden mit falschen Ausweispapieren gereist seien.

Für ein bewusstes Untertauchen gab es keine weiteren konkreten Hinweise. Es wurden offensichtlich keine privaten Unterlagen wie Kleidung oder Pässe mitgenommen.«

Auf die Frage, ob auch nach möglichen Verbindungen zu den Korruptionsvorwürfen gegenüber Alois Schwarz untersucht wurde, antwortet der LKA-Kommissar:

»Die Untersuchungen diesbezüglich sind bereits vor etwa zehn Monaten eingestellt worden. Daher haben wir nicht weiter in diese Richtung recherchiert. Die damaligen Recherchen wurden von der Zentralen Staatsanwaltschaft zur Verfolgung von Wirtschaftsstrafsachen und Korruption geführt. Dabei haben sich keine Anhaltspunkte für verbrecherisches Verhalten gezeigt.«

Kommissar Moser und seine Kollegin Pichler halten als ihre ersten Aufgaben fest, die zwei Ehepartner der Ermordeten noch heute zu informieren und zu befragen, morgen die vorerst gesperrte Baustelle zu besichtigen, an der die Getöteten gefunden wurden, den Staatsanwalt aufzusuchen, der die Korruptionsvorwürfe gegen Alois Schwarz untersucht hat, und den Generalsekretär der Volkspartei betreffend mögliche persönliche Feindschaften zu befragen. Die erforderlichen Kontaktdaten erhalten die Kommissare vom LKA-Kommissar Bechtold.

Als weitere Aufgaben an Mitglieder der Sonder-Mordkommission werden verteilt, noch heute die Eltern der Ermordeten persönlich zu benachrichtigen und zu befragen, nach möglichen Mordmotiven bei Verwandten und Bekannten zu suchen und die finanziellen Situationen der beiden Getöteten zu untersuchen. Als nächster gemeinsamer Termin der Mordkommission wird übermorgen Donnerstag um 16:00 Uhr festgelegt. Relevante Informationen sollen in einem zentralen Dateiordner hinterlegt werden und bei besonders brisanten Erkenntnissen mit E-Mails oder WhatsApp Nachrichten darauf hingewiesen werden.

Zurück im Arbeitszimmer kontaktiert Moser zunächst die Ehefrau des ermordeten Politikers, die sehr erschrocken auf den Anruf des Kommissars reagiert:

»Haben Sie Nachrichten zum Verbleib meines Mannes, Herr Kommissar? Wo hält er sich auf?«

Da Moser die schreckliche Nachricht der Ermordung nicht am Telefon überbringen und die Ehefrau persönlich kennenlernen will, kündigt er seinen Besuch mit seiner Kollegin in dreißig Minuten an.

Währenddessen hat die Kommissarin versucht, den Ehemann der Ermordeten zu erreichen, kann ihm aber nur eine Nachricht hinterlassen, in dem sie um einen dringenden Rückruf ersucht und einen gewünschten Termin heute ab 19:00 Uhr avisiert.

Im schicken Auto des Kommissars fahren Moser und Pichler in den Süden Wiens, wo die Familie des Ermordeten in einem Einfamilien-Haus mit einem kleinen Garten im 23.Bezirk wohnt. Dort werden die Kommissare von Frau Schwarz und ihren drei Kindern begrüßt, die begierig auf Nachrichten zu ihrem Ehemann und Vater warten.

Die Kommissare werden in das Wohnzimmer des zweistöckigen Wohnhauses geführt, das recht neu zu sein scheint und mit modernen hellen Möbeln ausgestattet ist. Frau Schwarz ist eine vollschlanke Dame und geschätzt vierzig Jahre alt. Mit ihren blonden Haaren und dunklen Augen wirkt sie nicht unattraktiv. Nachdem sie und ihre Kinder ebenfalls auf der Sitzgarnitur Platz genommen haben, stellt der Kommissar sich und seine Kollegin mit ihren offiziellen Berufstiteln vor:

»Leider haben wir schreckliche Nachrichten für Sie. Ihr Mann beziehungsweise Euer Vater ist leider tot aufgefunden worden. Er war Opfer eines Gewaltverbrechens, das sehr wahrscheinlich zum Zeitpunkt seines Verschwindens verübt wurde. Wir drücken unser allertiefstes Mitgefühl aus und werden alles daransetzen, dieses Verbrechen so rasch als möglich aufzuklären.«

Mehr möchte Moser zu diesem Zeitpunkt nicht ausführen, da er zunächst die Reaktionen der Ehefrau und der minderjährigen Kinder abwarten will. Das zwölfjährige Mädchen beginnt sofort zu weinen, während die beiden etwas älteren Söhne zunächst starr und fassungslos vor sich hin blicken. Mit Tränen in den Augen reagiert Franziska Schwarz:

»Ich habe immer befürchtet, dass mein Mann nicht untergetaucht ist, sondern ermordet wurde. ... Wie wurde mein Mann umgebracht? ... Was können Sie mir schon dazu sagen.«

Nachdem der Kommissar der bemitleidenswerten Frau zu verstehen gegeben hat, dass es besser wäre, wenn die Kommissare das Gespräch mit ihr allein weiterführen könnten, schickt sie ihre Kinder auf ihre Zimmer und bittet ihre Söhne, sich um die bitterlich weinende Schwester zu kümmern.

Jetzt müssen die Kommissare Frau Schwarz mit der grausamen Wahrheit konfrontieren, dass ihr Mann gefoltert wurde, dass ihm dabei die Zunge herausgeschnitten wurde, dass mit ihm auch seine Mitarbeiterin ermordet wurde und dass beide eingemauert aufgefunden wurden. Jetzt beginnt auch die Ehefrau sehr stark zu weinen. Während Moser sie zu beruhigen versucht, holt die Kommissarin ein Glas Wasser aus der nebenan liegenden Küche.

Nachdem sich Frau Schwarz etwas gefasst hat und nach weiteren Informationen fragt, antwortet der Kommissar:

»Wir vom Bundeskriminalamt haben die Aufklärung der Ermordung Ihres Mannes und von Frau Hofer erst heute mittags übernommen. Darum haben wir noch keine weiteren detaillierten Informationen. Wir haben Sie und Ihre Familie als erste benachrichtigen wollen. ... Wir möchten Sie auch warnen, dass ab heute abends viele Meldungen in den Nachrichten erscheinen werden. Wahrscheinlich werden Sie noch heute oder spätestens ab morgen von Medienleuten belagert werden.

Darum empfehlen wir Ihnen dringend, keine Medienleute für Interviews zu empfangen und keine Telefonate von Ihnen unbekannten Menschen entgegenzunehmen. Sie sollten sich auch überlegen, Ihre Kinder in den nächsten Tagen vom Schulunterricht zu entschuldigen. ... Wir überlassen es Ihnen, wie und inwieweit Sie Ihre Kinder über die Umstände der Ermordung Ihres Vaters informieren wollen. Sollten Sie oder Ihre Kinder psychologische Hilfe benötigen, können wir Ihnen gerne weiterhelfen.«

Frau Schwarz bedankt sich für die Ratschläge, die sie berücksichtigen will, und für die angebotene Hilfe. Nachdem sie sich auch bereit erklärt hat, Fragen der Kommissare zu beantworten, fragt Moser zunächst:

»Gnädige Frau, wer könnte Ihrer Ansicht nach ein Motiv gehabt haben, Ihren Mann auf diese grausame Art und Weise zu ermorden? Hatte Ihr Mann persönliche Feinde?«

Frau Schwarz denkt einige Momente nach und antwortet dann:

»Mein Mann hatte einige politische Gegner so wie wahrscheinlich die meisten Politiker, aber ich kenne keinen, der so brutal und grausam hätte handeln können.«

»Haben Sie eine Ahnung, warum Ihr Mann nahe dem Ort Melk aufgefunden wurde? Hatte er eine besondere Beziehung zu dieser Gegend?«

Nachdem die Ehefrau verneinend den Kopf schüttelt, fragt der Kommissar weiter:

»Was wissen Sie über die Beziehung Ihres ermordeten Mannes zu Verena Hofer? Könnte dies nach Ihrer Ansicht ein Motiv gewesen sein? Kennen Sie Frau Hofers Ehemann?«

»Herr Kommissar, ich möchte offen sein. Mein Mann war kein Kind von Traurigkeit. Als Politiker hat er viele Menschen und auch Frauen kennengelernt. Daraus haben sich kurzzeitige amouröse Beziehungen ergeben, aber meines Wissens niemals ernstliche und langandauernde Affären. ... Warum sollte ihm jemand die Zunge abschneiden?

Ich habe Frau Hofer auch einmal an einer politischen Veranstaltung kennengelernt, eine sympathische und ehrgeizige Frau, die viel mit und für meinen Mann gearbeitet hat. Ich hätte mir auch eine amouröse Beziehung zwischen meinem Mann und ihr vorstellen können, wenngleich Alois dies immer abgestritten hat. ... Etwa zwei Wochen nach dem Verschwinden meines Mannes hat mich Herr Hofer kontaktiert und mich nach meinem Wissen zu einer Liaison zwischen seiner Ehefrau und meinem Mann gefragt. Er war sehr aufgeregt und hat sich besonders große Sorgen gemacht.

Herr Hofer ist ein netter liebenswürdiger Mann. Darum kann ich mir nicht vorstellen, dass er etwas mit den Morden zu tun hätte. Er war überzeugt, dass seine Frau niemals einfach untertauchen würde. Darum hat er schon damals einen Unfall oder ein Verbrechen befürchtet.«

Bevor die Kommissare die erste Befragung von Frau Schwarz beenden, fragt Moser nach etwaigen zu informierenden Verwandten des ermordeten Politikers:

»Frau Schwarz, ich nehme an, dass die Eltern Ihres Mannes noch leben. Sollen wir diese informieren oder wollen Sie dies übernehmen?«

Die Ehefrau des Ermordeten überlegt kurz, um danach zu antworten:

»Mein Schwiegervater ist schon vor drei Jahren gestorben. Er war sehr stolz auf seine zwei Söhne. Meine Schwiegermutter wird so wie wir sehr geschockt sein. Darum möchte ich ihr die auch für sie sehr schmerzliche Nachricht besonders schonend übermitteln und noch nicht die gesamte brutale Wahrheit kommunizieren. ... So wie sie werde ich auch meinen Schwager noch heute informieren.«

Danach stellt Frau Schwarz zwei Fragen an die Kommissare:

»Kann ich meinen Mann nochmals sehen? Wo befindet sich sein Leichnam gerade?«

Ohne Umschweife antwortet der Kommissar:

»Ihr Mann befindet sich im Gerichtsmedizinischen Institut. ... Frau Schwarz, ich kann Ihnen nur dringend raten, von einer Besichtigung des Leichnams Abstand zu nehmen. Sie sollten Ihren Mann so in Erinnerung behalten, wie Sie ihn zuletzt gesehen haben. Der Leichnam befindet sich bereits in einem fortgeschrittenen Verwesungszustand.«

»Wann können wir meinen Mann beerdigen? Meine Schwiegermutter und mein Schwager werden mich dies sicherlich auch fragen.«

Diesmal übernimmt die Kommissarin die Beantwortung dieser Frage:

»Frau Schwarz, wir werden Sie dazu ehest möglich informieren. Der Leichnam muss dazu erst freigegeben werden. Die Bestattung könnte vermutlich zu Beginn übernächster Woche stattfinden.«

Auch die Kommissarin macht sich Sorgen um die nahe Zukunft der Familie Schwarz und fragt deshalb:

»Aufgrund des großen medialen Interesses wäre es vorteilhaft, wenn Sie und Ihre Kinder einige Tage woanders wohnen könnten. Haben Sie Verwandte, bei denen Sie für einige Tage unterkommen könnten?«

Frau Schwarz überlegt einige Augenblicke und antwortet:

»Danke für Ihre Anregung. Die Wohnung meiner Eltern ist leider zu klein, aber ich werde mit meiner Schwester und mit meinem Bruder sprechen.«

Zuletzt bitten die Kommissare um zwei bis drei möglichst aktuelle Fotos des ermordeten Ehemannes. Nach wenigen Minuten überreicht die inzwischen etwas gefasste Ehefrau drei unterschiedliche Bilder ihres Mannes.

Mit der Bitte, informiert zu werden, sollte Frau Schwarz mit ihren Kindern eine andere Unterkunft finden, verabschieden sich die beiden Kommissare und wollen sich auf den Weg zu Herrn Hofer machen. Die Kommissarin stellt fest, dass sich dieser bereits telefonisch gemeldet und bestätigt hat, um 19:00 Uhr zuhause sein zu können.

Der Ehemann der Ermordeten wohnt in Favoriten, dem zehnten Wiener Gemeindebezirk. Darum beträgt die Fahrzeit dorthin nur knapp fünfzehn Minuten. Auf dem Weg dorthin fragt Moser seine Kollegin:

»Was hältst Du von Frau Schwarz und ihrer Familie? Könnte sie etwas mit dem Verbrechen zu tun haben?«

Nach kurzem Nachdenken antwortet Renate Pichler:

»Karl, ehrlich gesagt, kann ich mir dies nicht vorstellen. Mir tut diese arme Dame sehr leid. Frau eines Politikers zu sein, der oft auch abends an politischen Veranstaltungen teilgenommen hat und dabei offensichtlich ihr mehrfach untreu war, ist schon schlimm genug. Aber dann zu erfahren, wie brutal ihr Mann gefoltert und ermordet wurde, ist ein Gipfel an Grausamkeit. Ich frage mich schon eine Weile, warum der Mörder dem Politiker die Zunge abgeschnitten hat. Hast Du dazu eine Idee?«

»Renate, ich bin Deiner Meinung, was die Frau betrifft. Ich meine ebenfalls, dass wir sie nicht in den engeren Kreis potenzieller Mörder nehmen sollten. ... Das Abschneiden der Zunge ist wahrscheinlich ein symbolischer Akt, der kaum an Grausamkeit zu überbieten ist. Entweder Alois Schwarz hat bereits etwas verraten, was er nicht sollte. Oder der Mörder hatte Angst, dass jener etwas verraten könnte. Oder man wollte die Polizei auf eine falsche Spur führen.«

Danach kommentiert der Kommissar das Aussehen des getöteten Politikers:

»Renate, hast Du die Fotos von Alois Schwarz angesehen? Ich finde ihn sehr gutaussehend. Darum kann ich mir vorstellen, warum viele Frauen bei ihm schwach wurden. Was meinst Du?«

»Bei mir hätte so ein Typ null Chancen. Für mich sind bei einem Mann Charakter und Eigenschaften wichtiger als Aussehen.«

Kurze Zeit später stehen die Kommissare vor dem Haus, in dem Herr Hofer mit seinem achtjährigen Sohn eine Mietwohnung bewohnt. Beim Betreten der Wohnung stellt die Kommissarin fest, dass in dieser Wohnung eine Frau fehlt, die für Ordnung und Sauberkeit sorgt. Die Zimmer wirken unaufgeräumt. Josef Hofer stellt eine erste Frage:

»Zwei hochrangige Kommissare, ich nehme an, dass es sich um meine Frau handelt. Ich ahne Schlimmes. Hoffentlich irre ich mich. ... Was können Sie zu meiner Frau berichten?«

Nachdem die Kommissare gebeten haben, zunächst Platz nehmen zu dürfen, ergreift Moser das Wort:

»Herr Hofer, es tut uns unendlich leid, Sie informieren zu müssen, dass Ihre Frau Verena einem Mordanschlag zum Opfer gefallen ist. Dazu entbieten wir unser tiefstes Mitgefühl und versichern Ihnen, dass wir uns allergrößte Mühe geben werden, den Mörder Ihrer Frau zu finden.«

Danach berichtet der Kommissar, wie und mit wem seine Ehefrau aufgefunden wurde. Als Herr Hofer erfährt, mit wem seine Frau offensichtlich eingemauert wurde, lässt er für kurze Zeit seinem Ärger freien Lauf:

»Ich habe geahnt, dass meine Frau Verena ein Opfer im Zusammenhang mit diesem Lüstling wurde. Ihm hätte ich diesen Mord gegönnt, da er mir meine Frau abspenstig machen wollte.«

Als der Ehemann erfährt, dass seine Frau zwar nicht gefoltert und geschlagen wurde, aber eingemauert und gefesselt einen vermutlich langen Todeskampf zu ertragen hatte, beginnt auch Josef Hofer bitterlich zu weinen und jammert:

»Warum musste meine arme Frau so elendig sterben? Sie hat doch nichts Böses getan.«

Auf die Frage des Kommissars, was Herr Hofer über die Beziehung seiner Frau zum Abgeordneten wisse, antwortet der Ehemann der Ermordeten:

»Verena hat vor etwa zwei Jahren sehr positiv von Doktor Alois Schwarz gesprochen und sogar von ihm geschwärmt. Aber einige Wochen vor ihrem Verschwinden hat sie ihn mir gegenüber nicht mehr erwähnt, wahrscheinlich um mich nicht mehr eifersüchtig zu machen. Möglicherweise hat sie gerade damals eine Affäre mit ihm begonnen. Aber ich bin mir nicht sicher. Verena hat eine amouröse Beziehung zu ihm immer geleugnet.

Einige Tage nach dem Verschwinden von Verena und nachdem ich erfahren habe, dass Herr Schwarz möglicherweise untergetaucht sei, habe ich dessen Frau aufgesucht und sie um ihr Wissen oder ihre Vermutung gefragt. Frau Schwarz hat mich sehr herablassend behandelt und nur gemeint, dass meine Frau möglicherweise nur eine der sehr vielen „Flittchen" gewesen sei, die ihrem Mann wegen seines Berufes und seiner Bekanntheit nachgelaufen sei. Dies hat mich sehr gekränkt. Dabei war ich sehr höflich zu ihr und habe versucht, sie zu trösten.«

Als der Kommissar berichtet, wie sehr der getötete Abgeordnete gefoltert und misshandelt wurde, wirkt der Befragte sehr erschüttert. Nach einer kurzen Denkpause stellt der Kommissar eine weitere Frage:

»Es ist offensichtlich, dass der gemeinsame Mordanschlag dem Nationalrats-Abgeordneten gegolten hat. Als Zeugin dieses Anschlags musste ihre Frau vermutlich ebenfalls sterben. Haben Sie eine Ahnung oder Vermutung, wer Herrn Schwarz töten wollte?«

Herr Hofer scheint einige Momente nachzudenken, ehe er antwortet:

»Herr Kommissar, ich habe leider keine Ahnung. Vor über einem Jahr habe ich von meiner Frau erfahren, dass Alois Schwarz in einen Korruptionsskandal verwickelt war, aber dass ihm keine Schuld nachgewiesen werden konnte. Vielleicht könnte dies ein Mordmotiv gegen ihn gewesen sein.«

Da die Kommissarin zwar Spielsachen eines Kindes entdeckt, aber keine Laute eines Kindes hört, fragt sie den Ehemann der Ermordeten:

»Ich vermute, dass Sie Kinder haben. Wo sind diese derzeit?«

»Frau Kommissarin, Sie vermuten halbrichtig. Ich habe nur einen Sohn, er ist achtjährig. An drei Tagen pro Woche übernachtet er bei meinen Schwiegereltern. Dies ist von Dienstag bis Freitag. Darum ist er heute nicht hier. An diesen drei Tagen kann ich als IT-Fachmann abends länger tätig sein. Am Montag kann ich meinen Sohn bereits um 17:00 Uhr von der Ganztages-Schule abholen und am Freitag um 13:00 Uhr.

Mein Sohn und ich haben immer noch gehofft, dass Verena zurückkommen wird, aber diese Hoffnung ist jetzt endgültig vorbei. Auch meine Schwiegereltern werden erschüttert sein. Wissen sie schon Bescheid?«

»Nein, wir haben Sie unmittelbar nach Frau Schwarz informiert. Wir möchten Sie fragen, ob Sie Ihre Schwiegereltern informieren wollen oder ob wir dies noch heute übernehmen sollen. Es sollte heute sein, da schon heute Abend die Medien darüber berichten werden.«

Der Ehemann scheint kurz nachzudenken und antwortet dann:

»Ich meine, dass es besser ist, wenn ich dies mache. Allerdings möchte ich sichergehen, dass ich meinem Sohn selbst diese schreckliche Nachricht möglichst schonend beibringen kann.«

Die Kommissare ersuchen auch Herrn Hofer um möglichst aktuelle Fotos seiner Frau. Aus einer Schachtel mit Fotos überreicht der Ehemann zwei Bilder. Moser stellt fest, dass Verena Hofer eine sehr attraktive Frau war, mit schlanker Figur, blonden Haaren und blauen Augen.

Am Ende dieser Befragung richtet Herr Hofer die Frage nach dem möglichen Bestattungstermin an die Kommissare und erhält eine ähnliche Antwort von der Kommissarin wie zuvor Frau Schwarz.

Inzwischen zeigt die Uhr bereits 20:15. Heute sind keine weiteren Befragungen möglich. Am Weg zurück zum BKA fragt diesmal die Kommissarin ihren Kollegen, wie dieser Herrn Hofer einschätze und ob er etwas mit den Morden zu tun haben könnte.

Während der Kommissar durch den dichten Wiener Abendverkehr fährt, denkt er kurz über die Antwort nach:

»Wenn nur Herr Schwarz ermordet worden wäre, dann hätte ich mir Herrn Hofer als Mörder aus Eifersucht vorstellen können. Aber dieser im Grunde auch arme Mann hätte niemals seine Frau umgebracht. ... Renate, ich fürchte, dass dieser Fall nur sehr schwer aufzuklären sein wird. Ein Mord vor etwa sechs Monaten, ohne erkennbare Beweismittel oder Spuren, wie sollen wir Anhaltspunkte gewinnen und vor allem wie sollen wir Geständnisse erreichen? Wir werden unser Bestes geben müssen und brauchen dazu noch Aufklärungsglück, dann haben wir Chancen.«

Mit dieser Erwartungshaltung konfrontiert Moser seinen Chef, den er wie versprochen heute Abend noch anrufen sollte. Der Generalmajor versucht, den beiden Kommissaren Mut zu machen:

»Karl und Renate, uns ist allen bewusst, wie anspruchsvoll diese Aufgabe ist. Nur die Besten haben eine Chance, diese Morde aufzuklären. Ihr beide seid meine Besten, wie Ihr in den letzten beiden Fällen deutlich bewiesen habt. ... Vielleicht bekommt Ihr wieder Anhaltspunkte aus der Bevölkerung, wenn Ihr die richtigen Fragen stellt. Diesbezüglich könnten wir jederzeit eine PK veranstalten. Der Oberstaatsanwalt hat mir schon angedeutet, dass er wegen des zu erwartenden großen Medieninteresses bereits übermorgen Donnerstag oder spätestens am Freitag eine weitere Medieninformation machen möchte. ... Vielleicht zeigen sich schon morgen erste Lichtblicke in der gegenwärtigen Dunkelheit. Informiert mich bitte auf alle Fälle wieder morgen abends.«

Am Parkplatz steigt die Kommissarin aus, um mit ihrem Auto nachhause zu brausen. Moser überlegt, ob er noch rasch an seinen Arbeitsplatz gehen solle. Nach kurzem Nachdenken entscheidet er sich dagegen. Einerseits ist sein Hunger nach diesem super-anstrengenden Tag bereits sehr groß. Andererseits möchte er am Nachhauseweg einen klaren Kopf bekommen und mögliche weitere Recherche-Schritte überlegen.

Seine nächste erforderliche Entscheidung ist rasch getroffen: wo soll das Abendessen eingenommen werden? Er entscheidet sich für den Schnitzelwirt in der Neubaugasse in unmittelbarer Nähe zu seiner Wohnung. Für Moser gibt es dort das zweitbeste Wiener Schnitzel, seine bevorzugte Speise. Der Kommissar könnte sich nur von Wiener Schnitzeln und Puszta Krainer ernähren. Ein weiterer Vorteil ist, dass er dort von den Gästen weniger erkannt wird als in anderen großen und guten Wiener Lokalen. Moser erwartet nämlich, dass in den heutigen Abendausgaben der größten Tageszeitungen der Mord am Nationalrats-Abgeordneten Alois Schwarz in den Headlines erscheinen wird.

Der Kommissar sollte recht behalten. Auf dem Weg zum Restaurant kauft er drei Abendzeitungen, um später im Restaurant die Berichte über die heute kommunizierten Mordfälle zu lesen. Beim Gehen überfliegt Moser einige der Headlines: „Brutaler Mord an Top-Politiker", „Verschwundener Politiker eingemauert entdeckt", „Warum musste Alois Schwarz sterben?". In Sub-Headlines liest Karl Moser: „Wiens Super-Kommissar muss es wieder richten", „Das Kommissar-Dream-Team macht sich an die Arbeit". Darunter sind Karl Moser und Renate Pichler abgebildet. Diese Ausgabe will er morgen früh seiner Kollegin auf den Tisch legen, um sie zusätzlich zu motivieren, wenngleich sie nach seiner Ansicht keine zusätzliche Motivation brauche.

Beim Betreten des Schnitzelwirts, eines gutbürgerlichen Alt-Wiener Restaurants, wird er vom Oberkellner sofort erkannt, der ihm fragend zuruft:

»Guten Abend Herr Oberst, ich nehme an, wie immer ein Wiener Schnitzel, mit Gurkensalat oder Erdäpfelsalat? Mit einem Glas Roten oder Weißen?«

»Heute bitte ein großes Wiener Schnitzel mit Erdäpfelsalat plus Gurkensalat. Ich bin nämlich sehr hungrig. Außerdem heute kein Wein, nur eine halbe Flasche Mineralwasser, weil ich nachdenken muss.«

Der Oberkellner neigt sich zu ihm und spricht halb flüsternd:

»Ich weiß genau, warum Sie heute sehr hungrig sind und warum Sie nachdenken wollen. Ich habe es bereits in der Abendausgabe gelesen. Ich frage Sie aber nicht, ob es schon Neuigkeiten gibt. Sie würden es mir ohnedies heute noch nicht sagen.«

»Ja, Herr Ober, ich würde es Ihnen nicht mitteilen, aber ich könnte es Ihnen auch noch nicht sagen, weil ich selbst noch nichts weiß.«

Sammeln von Fakten und Hinweisen

Heute Mittwoch verzichtet Karl Moser auf sein übliches Frühstück im Café Landtmann, um frühzeitig im BKA zu sein und um sich für den heutigen arbeitsreichen Tag vorzubereiten. Unterwegs hat er zwei Croissants bei seinem Bäcker in der Nähe seiner Wohnung mitgenommen, um diese genüsslich mit zwei Tassen Kaffee in seinem Arbeitszimmer zu verspeisen.

Kurz vor acht Uhr trifft auch seine Kollegin am Arbeitsplatz ein. Den sommerlichen Temperaturen angepasst, trägt sie einen anthrazitfarbenen Rock, eine hellblaue Bluse und ein dunkelblaues Jackett. Sie scheint ihre mittellangen dunkelbraunen Haare frisch gewaschen zu haben, welche sie heute nicht zusammengebunden hat.

Der Kommissar hat den Eindruck, dass sich seine Kollegin immer etwas eleganter kleidet, wenn sie mit ihm zusammenarbeitet. Ist dies etwa seinetwegen? Dies würde ihn sehr freuen. Oder macht sie dies, um dem Oberstaatsanwalt, der auch bei diesen Mordfällen wieder zuständig ist, besonders zu gefallen? Moser mahnt sich selbst, nicht eifersüchtig zu sein. Außerdem hat Renate ihm gegenüber behauptet, dass der Oberstaatsanwalt nicht ihr Typ sei.

Ehe sich die beiden Kommissare auf den Weg zum LKA machen, überlegen sie ihre Fragen an die beiden LKA-Kommissare, welche die bisherigen Untersuchungen zu den beiden verschwundenen Personen geleitet haben.

Kommissar Bechtold ist ein dynamisch wirkender Kriminalbeamter mit über zehnjähriger Erfahrung im LKA. Auch er hatte sich für die Stelle im BKA beworben, die jetzt Renate Pichler zugesprochen wurde. Darüber ist er allerdings nicht besonders enttäuscht, da er damit gerechnet hat, dass diesmal eine Frau zum Zuge kommt. Bei den Recherchen vor sechs Monaten wurde er von Kommissarin Maier unterstützt.

Unsere beiden BKA-Kommissare werden von ihren LKA-Kollegen freundlich begrüßt. Dem gestrigen Wunsch von Renate Pichler folgend haben Kommissar Bechtold und Kommissarin Maier alle relevanten Unterlagen der seinerzeitigen Recherchen vorbereitet. Zunächst wiederholt Bechtold alle bereits bekannten Erkenntnisse, die im Überblick auch an der gestrigen PK zusammengefasst worden sind.

Neu für die BKA-Kommissare sind einige Fakten, die vom LKA-Kommissar vorgetragen werden:

»Am 30.November letzten Jahres haben die beiden Mordopfer in einem Restaurant in Melk zu Mittag gegessen. Dort sind die beiden zuletzt gesichtet worden. Danach sind sie beide in einen silber-metallic farbigen Mercedes der E-Klasse mit Wiener Kennzeichen eingestiegen und abgefahren. Im Restaurant haben sie nur zu zweit gegessen. Dann hat sich ihre Spur verloren.«

Kommissar Moser unterbricht die Ausführungen mit einer Zwischenfrage:

»Wurde zumindest das Auto danach nochmals gesehen? War dies das Auto des Nationalrats-Abgeordneten?«

Die LKA-Kommissarin Maier übernimmt die Beantwortung dieser Frage:

»Mit sehr hoher Wahrscheinlichkeit war dies sein Auto, da der Fahrzeug-Typ und die Farbe übereingestimmt haben. Leider haben wir dieses Fahrzeug mit dem betreffenden Kennzeichen trotz umfangreicher Recherchen in ganz Österreich niemals auffinden können. Ich habe selbst die Untersuchungen dazu geleitet. ... Entweder ist dieses Fahrzeug sofort ins Ausland verkauft worden oder es ist umlackiert worden. Wir haben alle

Mercedes-Werkstätten in Österreich angefragt und die Fahrgestellnummer kommuniziert. Das Auto ist wie vom Erdboden verschwunden.«

Der BKA-Kommissar hat eine weitere Zwischenfrage an die LKA-Kommissarin:

»Ich nehme an, dass auch Verena Hofer ein Auto besaß. Wurde dieses gefunden?«

»Ja, dieses Auto wurde wenige Tage nach ihrem Verschwinden in der Nähe des Parlaments entdeckt. Wir haben dieses Fahrzeug gründlich untersucht, aber keine weiteren Anhaltspunkte gefunden, weder für ein Verbrechen noch für ein bewusstes Verschwinden. Wir haben dieses Auto damals an den Ehemann übergeben.«

Danach setzt Kommissar Bechtold seine Erläuterungen fort:

»Wir haben zunächst recherchiert, ob ein Gewaltverbrechen vorliegen könnte. Wir haben insbesondere den Ehemann von Verena Hofer verdächtigt, da er kein überzeugendes Alibi für den 30.November letzten Jahres vorweisen konnte. Für eine Untersuchungshaft hat dies verständlicherweise nicht gereicht.

Damals haben wir von Frau Schwarz gehört, dass sie annimmt, dass die beiden Verschwundenen ein Liebesverhältnis eingegangen seien. Trotzdem wäre sie sehr verwundert gewesen, warum ihr Mann mit seiner heimlichen Geliebten untergetaucht wäre. ... Darum haben wir danach Interpol involviert. Wie schon gestern informiert, gab es Rückmeldungen aus Kalifornien und Georgia, aus Paraguay, aus Kasachstan und Usbekistan, dass dieses Paar beziehungsweise ein ähnlich aussehendes Paar jeweils dort gesichtet worden wären und nach jeweils kurzem Aufenthalt weitergereist wären. Darum haben wir damals in Abstimmung mit der Generalstaatsanwaltschaft unsere Recherchen reduziert.«

Da der LKA-Kommissar eine kurze Pause einlegt, stellt Kommissarin Pichler eine weitere Frage:

»Wie und von wem wurden die beiden Ermordeten gefunden? Wie wurdet Ihr im LKA Wien informiert?«

«Am vergangenen Montagmorgen haben die Abriss-Arbeiten an einem alten Gebäude in Loosdorf nahe Melk begonnen. Bei dem Gebäude handelt es sich um ein seit über sechs Jahren leerstehendes Haus. Aufgrund von Erbstreitigkeiten ist das Haus und sein Garten verfallen. In einer Zwangsversteigerung wurde dieses Haus vor drei Monaten veräußert. Der neue Eigentümer heißt Robert Waldmüller. Mehr wissen wir darüber nicht.

Ein Bagger-Fahrer hat die beiden Leichen entdeckt. Die Bau-Arbeiten wurden sofort eingestellt und das Haus für Untersuchungen abgesichert. Die lokale Gendarmerie hat umgehend das LKA St. Pölten informiert. ... Dort hat Kommissar Wallner die Leitung der Untersuchungen übernommen. Die Leichen wurden sofort nach St. Pölten gebracht und dort haben die DNA-Untersuchungen ergeben, dass es sich bei den Ermordeten um Alois Schwarz und Verena Hofer handelt.

Am Montagabend wurden wir im LKA Wien von unseren Kollegen aus St. Pölten über diese Erkenntnisse informiert. Aufgrund der Brisanz haben wir noch am gleichen Abend die Generalstaatsanwaltschaft in Wien und das BKA informiert. Die beiden Leichen wurden am Dienstagmorgen in das Gerichtsmedizinische Institut zu Professor Fellner gebracht. Alles Weitere ist Ihnen bereits bekannt.«

Die nächste Frage stellt Kommissar Moser:

»Haben Sie damals auch in Erwägung gezogen, dass die Korruptionsaffäre um Alois Schwarz vor etwa einem Jahr einen Zusammenhang mit dem Verschwinden haben könnte?«

Nachdem der LKA-Kommissar kurz nachzudenken scheint, wie er seine Antwort formulieren sollte, äußert sich dieser:

»Ja, dies haben meine Kollegin Maier und ich getan. Wir haben damals die für Korruption zuständige Staatsanwaltschaft kontaktiert. Wir wurden damals angewiesen, nicht weiter in diese Richtung zu recherchieren. Die vorgenommenen Untersuchungen hätten ergeben, dass Herrn Schwarz und anderen möglicherweise involvierten Politikern keine Schuld nachgewiesen werden könne. Da danach die Meldungen kamen, dass die beiden Verschwundenen angeblich im Ausland gesichtet wurden, haben wir nicht weiter insistiert.«

Die beiden BKA-Kommissare werden hellhörig. Kommissar Moser fasst nach:

»Herr Kollege, habe ich Sie richtig verstanden? Wurden Sie angewiesen, nicht weiter in Richtung einer Verbindung zwischen den Korruptionsvorwürfen gegen Alois Schwarz und seinem plötzlichen Verschwinden zu recherchieren?«

Der LKA-Kommissar Bechtold antwortet diesmal, ohne lange nachzudenken:

»Meine Kollegin und ich möchten uns dazu nicht weiters äußern, außer dass Sie uns richtig verstanden haben. Diesbezüglich kann ich Sie nur an die für Korruption zuständige Staatsanwaltschaft verweisen. Wir wollen uns dabei nicht die Finger verbrennen. ... Meine Kollegin und ich haben uns diesbezüglich gestern unterhalten. Wir beide glauben, dass es keinen Zusammenhang zwischen der angeblichen Korruption und dem Mord gebe, aber können dies auch nicht ausschließen.

Dennoch möchte ich Ihnen als Kollege empfehlen, sich selbst ein Bild darüber zu verschaffen. Möglicherweise hat das BKA andere Möglichkeiten. Vielleicht werden die beiden Morde ein Umdenken bei der betreffenden Staatsanwaltschaft auslösen.«

Moser bedankt sich für die Informationen und die Empfehlung:

»Herzlichen Dank für die ausführlichen Mitteilungen. Wir hatten bereits vor, den zuständigen Staatsanwalt zu kontaktieren. Wir haben seine Kontaktdaten. Dies werden wir gleich als Nächstes machen.«

Beim Weggehen wünschen die beiden LKA-Kommissare ihren BKA-Kollegen viel Erfolg bei den anstehenden Aufklärungsarbeiten. Kommissar Bechtold, der bereits in einem früheren Fall mit Renate Pichler zusammengearbeitet hat, spricht sie gezielt an:

»Renate, ich habe bereits gehört, dass Du die neue BKA-Kommissarin werden wirst. Dazu gratuliere ich Dir herzlich. Ich habe mich gefreut, als ich davon gehört habe, weil Du dies verdient hast. Ich wünsche Dir viel Erfolg im BKA.«

Die Kommissarin bedankt sich für die Glückwünsche. Währenddessen versucht Moser, den erwähnten Staatsanwalt für Korruptionsfälle telefonisch zu kontaktieren. Als sich der Kommissar als „Oberst Moser“ meldet und noch bevor er den Grund seines Anrufs angibt, unterbricht ihn der Staatsanwalt:

»Guten Tag, Herr Oberst. Ich habe Ihren Anruf bereits erwartet. Ich nehme an, dass Sie wegen der Korruptionsvorwürfe gegen den ermordeten Doktor Schwarz anrufen.«

Verwundert darüber, dass der Staatsanwalt bereits den Grund seines Anrufs kennt, antwortet Moser:

»Ja, darum möchten meine Kollegin Hauptmann Pichler und ich Sie sprechen. Warum haben Sie den Grund meines Anrufs bereits geahnt?«

»Herr Oberst, Ihr guter Ruf eilt Ihnen voraus. Nachdem ich gehört habe, dass Sie die Leitung der Sonder-Mordkommission zu den beiden Morden innehaben, war ich mir sicher, dass Sie alle möglichen Spuren und Motive untersuchen wollen. Ich möchte mit Ihnen und Ihrer Kollegin über meine Erkenntnisse dazu nicht telefonisch, sondern nur persönlich sprechen.«

Der Kommissar ist überrascht über die Bereitschaft und Auskunfts-Willigkeit des Staatsanwalts und fragt:

»Wie Sie, Herr Staatsanwalt, vielleicht wissen, haben wir erst gestern mittags die Aufklärung der zwei Mordfälle übernommen. Trotzdem möchten wir rasch zu Erkenntnissen kommen. Wann können wir vorbeikommen? Je früher, desto besser.«

Ohne lange nachdenken zu müssen, antwortet der Staatsanwalt:

»Ich verstehe Ihren Wunsch aufgrund der Brisanz und auch wegen des großen öffentlichen Interesses. Ich habe meinen nächsten Verhandlungstermin um elf Uhr. Wenn Sie gleich vorbeikommen könnten, wäre dies optimal. Andernfalls wäre dies morgen gleich um 8:30 Uhr möglich. Unser Sitz ist im dritten Bezirk in der Dampfschiffstraße.«

Der Kommissar stimmt sich kurz mit seiner Kollegin ab und wählt den sofortigen Termin. Auf dem Weg zur Zentralen Staatsanwaltschaft zur Verfolgung von Wirtschaftsstrafsachen und Korruption fragt die Kommissarin etwas verwundert:

»Karl, hast Du eine Vermutung, warum der Staatsanwalt uns so bereitwillig und rasch Auskunft geben will? Ich hätte eher erwartet, dass wir einige Tage auf einen Termin hätten warten müssen.«

Mit einem leichten Schmunzeln im Gesicht antwortet Moser:

»Ja, ich habe eine gewisse Ahnung. Ich vermute, dass es eine Art Anweisung von oben gegeben habe, die Untersuchung der Korruptionsvorwürfe nicht weiter zu verfolgen. Daran sollten sich auch Staatsanwälte halten, auch wenn sie damit nicht einverstanden sind. Widersetzungen gegen solche Anweisungen könnten in Wien Karriere-Killer sein. Aber wir sollten nicht spekulieren, sondern abwarten und dem Staatsanwalt zuhören.«

Danach bittet Moser seine Kollegin, einen Termin mit dem ermittelnden Kommissar Wallner vom LKA Niederösterreich zu vereinbaren, der für einige Stunden die Aufklärung der beiden Mordfälle übernommen hatte, nachdem die beiden Leichen in Loosdorf bei Melk entdeckt worden waren. Kommissar Wallner kann den Wunsch nach einem möglichst raschen Termin erfüllen. Er schlägt eine gemeinsame Begehung des gesperrten Tatorts für heute 11:30 Uhr vor und nennt die exakte Ortsangabe. Moser nickt seiner Kollegin als Zeichen seiner Zustimmung zu.

Kurz nach zehn Uhr treffen die Kommissare an der angegebenen Adresse der Staatsanwaltschaft für Wirtschaftsstrafsachen und Korruption ein und werden sofort vom Staatsanwalt empfangen. Zunächst bedanken sich die Kommissare für den raschen Empfang. Der Staatsanwalt kommt ohne lange Umschweife rasch zur Sache:

»Ich denke, dass wir nicht viel Zeit für unsere Erkenntnisse brauchen werden, da unsere Ermittlungen in diesem Korruptionsfall von kurzer Dauer waren. Aufgrund eines vertraulichen Hinweises eines unbekannten Informanten gab es einen Anfangsverdacht gegen Doktor Alois Schwarz in seiner Funktion als Leiter des Ausschusses für Bauten und Wohnen im Parlament. Konkret ging es um eine Bestechung und eine angebliche Schmiergeld-Annahme mit einem Gesamtbetrag von über einer Million Euro. Der gleiche Informant sprach von mehreren Fällen in den letzten drei Jahren.«

Der gespannt zuhörende Kommissar stellt eine Zwischenfrage:

»Herr Staatsanwalt, wissen Sie, um welche Bauprojekte es sich dabei gehandelt habe? Waren andere Personen dabei mitinvolviert?«

»Ja, Herr Oberst, Sie stellen die richtigen Fragen. Es betraf angeblich verschiedene Projekte der Öffentlichen Hand für Straßen, Brücken und Wohnbauten. Interessanterweise wurden die meisten Aufträge dieser Bauten von einer einzigen großen Baugesellschaft gewonnen. Bei diesen Bauten gab es überdies nachträgliche Anträge für Zusatzkosten, die alle genehmigt wurden.«

Erstaunt stellt jetzt die Kommissarin eine Zwischenfrage:

»Ich vermute, dass es sich bei diesen Bauten um öffentliche Ausschreibungen gehandelt habe. Wie könnte es dann zu Bestechungen gekommen sein?«

»Frau Hauptmann, diese Frage ist einfach zu beantworten. Wenn die große Baugesellschaft die Angebotshöhe der Mitbewerber kennen könnte, dann kann sie diese Angebote etwas unterbieten und erhält den Zuschlag. Wenn sich die Baugesellschaft überdies noch recht sicher sein kann, dass Nachtragsbudgets genehmigt werden, dann hat sie leichtes Spiel. Und wenn mehrere Mitglieder von Bau-Ausschüssen zusammenarbeiten, dann werden die Wahrscheinlichkeiten von Schmiergeld-Zahlungen noch größer.«

Kommissar Moser stellt die besonders wichtige Frage nach möglichen weiteren involvierten Personen. Der Staatsanwalt nimmt aus seinen Unterlagen ein Blatt Papier hervor und antwortet darauf blickend:

»Der Informant sprach konkret von zwei weiteren Personen: Frau Magister Susanne Wolff, ebenfalls Nationalrats-Abgeordnete von der Sozialistischen Partei und Mitglied des gleichen Ausschusses wie ihr Kollege Doktor Schwarz und Herr Ingenieur Georg Lenhardt, Landtagsabgeordneter für Niederösterreich und Mitglied des Bauten-Ausschusses ebendort. Er ist Mitglied der Freiheitlichen Partei. Angeblich gebe es noch mindestens zwei weitere involvierte Landtagsabgeordnete aus Wien und zwei weitere aus Niederösterreich, deren Namen allerdings von unserem Informanten nicht genannt werden konnten.«

Für die Kommissare sind diese Informationen hochinteressant. Darum stellt Moser die nächste wichtige Frage:

»Wie kam es dann dazu, dass Sie als ermittelnder Staatsanwalt „zurückgepfiffen“ wurden oder wie, korrekt formuliert, Sie angewiesen wurden, in diesem möglichen Korruptionsfall nicht weiter zu ermitteln?«

»Herr Oberst, Frau Hauptmann, ich möchte Sie ersuchen, nicht an die Öffentlichkeit zu kommunizieren, was ich Ihnen jetzt sage.«

Nachdem beide Kommissare zustimmend nicken und die Kommissarin ostentativ ihren kleinen Schreibblock zur Seite legt, fährt der Staatsanwalt fort:

»Wie Sie sicherlich wissen, müssen bei strafrechtlichen Ermittlungen gegen Nationalrats-Abgeordnete deren Immunität aufgehoben werden. Darum hätte die Staatsanwaltschaft sofort nur gegen Ingenieur Lenhardt ermitteln dürfen, da es für Abgeordnete zum Niederösterreichischen Landtag keine außerberufliche Immunität gibt. ... Vielleicht haben Sie damals der Presse entnommen, dass es eine öffentliche Diskussion über einen Parlamentarischen Untersuchungsausschuss betreffend diese Korruptionsvorwürfe gegeben hat.

Mit den Stimmen der Volkspartei sowie der Sozialistischen und Freiheitlichen Parteien wurden die Pläne für einen solchen Untersuchungsausschuss verworfen. Gleichzeitig gab es

Ehrenerklärungen der drei genannten Personen, die von den jeweiligen Generalsekretären gestützt wurden. Die Generalsekretäre durften Einsicht nehmen in die Privatkonten der angeblich bestochenen Personen. Dabei zeigten sich angeblich keine außergewöhnlichen Einzahlungen auf deren Privatkonten oder sonstige Unregelmäßigkeiten.

Da danach Anträge auf Aufhebungen von Immunitäten sinnlos geworden wären, weil sie mit Mehrheiten des Parlaments sicherlich abgelehnt worden wären, erhielten wir die Anweisung aus dem Justizministerium, die Recherchen zu diesen angeblichen Korruptionsvorwürfen einzustellen.»

Der Kommissar bohrt weiter nach:

»Herr Staatsanwalt, wie wären Sie weiter vorgegangen, wenn es eine solche Anweisung nicht gegeben hätte?«

Einige Momente lang denkt der Staatsanwalt nach und antwortet:

»Ich hätte versucht, die Anfangsverdachte zu erhärten und einige Personen zu befragen, vor allem verantwortliche Mitarbeiter der erwähnten Baugesellschaft. Daneben hätte ich versucht herauszufinden, ob es neben den angegebenen Privatkonten auch weitere Konten im Inland und Ausland gegeben habe. ... Hätten sich dadurch die Verdachtsmomente gegen die drei erwähnten Personen verstärkt, hätte die Staatsanwaltschaft versucht, durch gezielt gestreute Informationen an die Medien politischen Druck auf die Parteien auszuüben, um den Anträgen auf Aufhebung der Immunitäten zuzustimmen.«

Abschließend erscheint es dem Staatsanwalt wichtig, noch Folgendes mitzuteilen:

»Ich muss betonen, dass es bei den Anschuldigungen durch einen mir unbekannten Informanten um angebliche

Schuldzuweisungen gehandelt hat, und dass also immer noch die Unschuldsvermutung gegenüber diesen drei genannten Personen zu gelten habe. Dazu kommt, dass ich selbst bei Herrn Ingenieur Lenhardt keine konkreten Anhaltspunkte für die Annahme von Bestechungsgeldern gefunden habe.«

Jetzt stellt Kommissarin Pichler noch eine kurze Frage:

»Diese Informationen stammten doch von einem Informanten. Warum sollte dieser lügen?«

»Frau Hauptmann, wenn Sie wüssten, mit wie vielen Desinformationen und bewusst falschen Nachrichten wir konfrontiert werden. ... Gerade in der Wirtschaft gibt es solche angeblichen Anzeigen zumeist von unbekannter Seite, die sich sehr oft als bewusste Lügen von Mitbewerbern erweisen. Dennoch zeigt mir meine Erfahrung als Staatsanwalt: wo viel Rauch entsteht, befindet sich zumeist auch ein Feuer. Mehr möchte ich dazu nicht sagen.«

Auf die Uhr blickend bedanken sich die Kommissare für die unerwartet deutlichen Aussagen des Staatsanwalts. Sie begeben sich zügig zu Mosers Auto, um unverzüglich nach Loosdorf zu fahren. Die Kommissarin programmiert die Reiseroute im Auto-Navigationssystem und kann beruhigt feststellen, dass sie in etwa zeitgerecht beim LKA-Kommissar Wallner eintreffen werden.

Während Moser auf der Westautobahn mit der maximal erlaubten Geschwindigkeit dahinbraust, fragt die Kommissarin ihren Kollegen, was er vom Gespräch mit dem Staatsanwalt halte. Dieser überlegt kurz, um seiner Kollegin seine Antwort zu geben:

»Für mich hat dieses Gespräch positive und negative Anhaltspunkte gebracht. Positiv war die große Offenheit des Staatsanwalts und seine Bereitschaft, uns wichtige Informationen zu geben. Ich hatte sogar das Gefühl, dass er froh war, uns seine Erkenntnisse mitteilen zu können. Ich vermute, dass ihn die Anweisung von einer höheren Instanz geärgert hat und er vielleicht hofft, dass wir mit unseren Aufklärungsarbeiten doch der Wahrheit zum Durchbruch verhelfen könnten.

Positiv ist auch, dass die Aussagen des Staatsanwalts uns ein mögliches Mordmotiv eröffnen und möglicherweise auch Erklärungen liefern, warum Alois Schwarz die Zunge abgeschnitten wurde. ... Vielleicht wollte er auspacken und mit seinen Aussagen sich und einige seiner Mittäter belasten. Vielleicht hätte er sogar Kronzeugen-Status erlangen können.«

»Karl, diese positiven Aspekte verstehe ich.«: entgegnet die Kommissarin: »Aber wo siehst Du negative Aspekte in den Aussagen des Staatsanwalts?«

Moser lässt sich ein wenig Zeit, die Frage der Kommissarin zu beantworten:

»Sollte sich im Rahmen unserer Recherchen zeigen, dass die Annahme von Bestechungsgeldern oder anderweitige Korruptionsverbrechen Ursachen für die verübten Gewaltverbrechen sein könnten, dann würde dies unsere Aufklärungsarbeiten deutlich erschweren.«

Da ihn bei dieser Antwort die Kommissarin sehr fragend ansieht, muss Moser etwas deutlicher werden:

»Wenn die Aussagen des Informanten tatsächlich zutreffen sollten, dann könnten uns die Interessen der großen politischen Parteien massiv behindern. Da drei der vier großen Parteien tangiert wären, würden diese sich nicht selbst freiwillig an den Pranger stellen, sondern quasi eine Mauer bilden, um sich zu schützen. ... Wir müssten wahrlich überaus handfeste Beweise liefern, um in Zusammenarbeit mit den Medien so viel politischen Druck auszuüben und um dadurch Aufhebungen von Immunitäten zu erreichen. Bei einem derartigen Mordmotiv würde eine Aufklärung durch uns noch wesentlich schwieriger werden.«

Nach einer kurzen Sprechpause, in der sich Moser offensichtlich weitere Gedanken macht, ergänzt der Kommissar:

»Besonders negativ finde ich, wie schlecht sich Österreich im europaweiten Vergleich bei der Korruptionsbekämpfung darstellt. Ich weiß nicht, ob Du die Nachrichten zum weltweiten Korruptionsindex verfolgt hast. Zuletzt ist Österreich wieder um drei Punkte und drei weitere Plätze abgerutscht. Damit befindet sich Österreich nur im unteren Mittelfeld in Europa. ... Transparency International hat die Entwicklung der Korruption in Österreich in den letzten Jahren als besorgniserregend beschrieben. Das Ziel unserer Regierungen sollte sein, besser bei der Korruptionsbekämpfung zu werden.

Leider wird seit einigen Jahren das Gegenteil erreicht, egal aus welchen Parteien sich unsere Regierungen zusammensetzen. Dies macht mir persönlich sehr zu schaffen. Hier krankt unser System und es wird schwierig sein, dies zu ändern. Wer immer an die politische Macht kommt, scheint einen Drang zu verspüren, sich bereichern zu wollen.«

Die Kommissarin bemerkt, dass ihr Kollege einen leicht roten Kopf bekommt, als er fortsetzt:

»Wenn ich daran denke, dass ein Politiker wie möglicherweise Herr Schwarz so viel Geld für vertrauliche Informationen oder für Unterstützungen von Baubewilligungen bekommen habe, wie Du und ich in vielleicht zwei oder mehr Jahren zusammen verdienen, dann wird mir richtiggehend übel. ... Dazu kommt, dass Bestechungsgelder unversteuert bleiben.

Wenn ich auch daran denke, dass wir bei der Korruption dazu noch ein West-Ost Gefälle haben, wird mir noch übler. Bekanntermaßen ist die Korruption in Wien weitverbreiteter als im Westen Österreichs. Unsere Regierung sollte noch wesentlich mehr Beamte zur Korruptionsbekämpfung einsetzen und die Strafen verschärfen. ... Manchmal habe ich den Eindruck, dass Bestechungen, egal ob aktiv oder passiv, als Kavaliersdelikte angesehen werden.«

Jetzt versucht die Kommissarin die Wutrede ihres Kollegen gegen die Korruption in Österreich etwas zu besänftigen:

»Karl, Du bist schon etwas ambivalent in Deinen Äußerungen. Einerseits betonst Du immer wieder, wie lebenswert Deine Heimatstadt Wien ist. Andererseits verurteilst Du unser System und unsere Politiker und sprichst von einem West-Ost-Gefälle.«

Moser realisiert, dass ihn seine Kollegin besänftigen möchte:

»Renate, Du hast ja recht. Außerdem sind wir keine Kommissare gegen die Korruption. Wir haben schwierige und komplexe Mordfälle zu lösen. Korruption könnte nur ein Mordmotiv sein. Dies dürfen wir nicht aus den Augen verlieren. Wir müssen zeitgleich in verschiedene Richtungen recherchieren. Dazu sollten wir, wenn immer möglich, die Bevölkerung um Unterstützung ersuchen. ... Der Oberstaatsanwalt möchte bekanntlich schon morgen nachmittags die nächste PK ansetzen, bei der wir möglichst konkrete Fragen stellen sollten.«

Während sich beide Kommissare mögliche Fragen dazu überlegen, treffen sie termingerecht in Loosdorf ein. Dort wartet bereits Kommissar Richard Wallner bei dem bereits teilweise abgerissenen Haus, das versiegelt wurde und von einem Gendarmerie-Beamten bewacht wird. Der LKA-Kommissar aus Niederösterreich begrüßt seine Wiener Kollegen:

»Herr Oberst, Frau Hauptmann, ich hoffe Sie hatten eine gute Anreise. Ich möchte Ihre kostbare Zeit nicht allzu sehr in Anspruch nehmen und führe Sie gleich zum Tatort.«

Während die Kommissare gemeinsam vor dem Haus stehenbleiben, fährt der LKA-Kommissar fort:

»Das bereits ziemlich verfallene Einfamilien-Haus stammt aus dem Ende des 19.Jahrhunderts. Es gehörte einer nahezu neunzigjährigen Frau, die vor sechs Jahren verstorben ist. Aufgrund von latenten Erbstreitigkeiten wegen eines unklaren Testaments der Erblasserin blieb das Haus seither unbewohnt. ... Das Haus wurde dann vor drei Monaten zwangsversteigert und zu einem geringen Preis an einen Käufer aus St. Pölten verkauft, der das alte Haus komplett abreißen und einen Neubau errichten will. Die Baupläne und der geplante Abriss wurden ordnungsgemäß genehmigt. Vorgestern früh haben die Abriss-Arbeiten hier begonnen.

Ich habe den neuen Eigentümer, Herrn Robert Waldmüller, für 12:00 Uhr hierher bestellt. Ich hoffe, dass Sie damit einverstanden sind. Ich selbst habe Herrn Waldmüller schon am Montagnachmittag über das Auffinden der beiden Leichname informiert. ... Sie können sich sicherlich vorstellen, wie schockiert er über diese Nachricht war.«

Moser bedankt sich bei Kommissar Wallner für dessen Unterstützung:

»Herr Kollege, ich schätze es sehr, wenn andere Kriminalbeamte mitdenken und uns bei den Recherche-Arbeiten unterstützen. Ich finde es als eine sehr gute Idee Ihrerseits, den neuen Eigentümer gleich anschließend hierher einzuladen. ... Was haben Sie sonst noch feststellen können?«

Der LKA-Kommissar freut sich über das Lob seines Wiener Kollegen, da er von dessen Ruf als Wiens Super-Kommissar gehört hat. Nach kurzem Nachdenken antwortet er:

»Bei der Begehung ist uns aufgefallen, dass das einfache Schloss der Eingangstüre aufgebrochen war. Seltsam war der zugemauerte Raum im Keller, in dem die Leichen gefunden wurden. ... Ich werde Sie jetzt durch das Haus führen und insbesondere diesen Kellerraum zeigen. Da das Haus durch die Abbrucharbeiten einsturzgefährdet ist, sollten Sie Schutzhelme tragen, die ich mitgebracht habe.«

Der LKA-Kommissar führt Moser und seine Kollegin zunächst durch das bereits stark beschädigte Erdgeschoss und danach in den Keller. In einem Zimmer erkennen sie eine große Fläche eingetrockneten Blutes. Die Blutspur führt in den Kellerraum, in dem die Leichen gefunden wurden. Dort befindet sich ebenfalls eine deutlich erkennbare große Fläche von eingetrocknetem Blut.

Aus den bisher erkennbaren Spuren schließen die Kommissare auf folgenden Tatverlauf: Alois Schwarz wurde bereits im Erdgeschoss geschlagen und möglicherweise auch gefoltert. Danach scheinen die Mordopfer in den Keller gezerrt worden zu sein. Dort wurde der ehemalige NR-Abgeordnete weiter gefoltert und ihm wahrscheinlich die Zunge abgeschnitten. Ob auch Verena Hofer dabei geschlagen wurde, kann nicht nachgewiesen werden. Der Gerichtsmediziner konnte diesbezüglich keine Anhaltspunkte finden.

Die Kommissare steigen durch ein großes Loch in den etwa zehn Quadratmeter großen zugemauerten Kellerraum. Erkennbar sind einige Luftlöcher in der offensichtlich zuletzt errichteten Wand. Dort fragt Moser den LKA-Kommissar, wie die beiden Leichen aufgefunden wurden. Kommissar Wallner zeigt einige Fotos, die er mit seiner Mobilphone-Kamera aufgenommen hat, und erläutert:

»Der Mann lag mit den Händen am Rücken gefesselt am Boden. Seine Beine waren bei den Knöcheln gefesselt. Sein Mund war mit einem starken Klebeband verschlossen. Seine Kleidung war stark blutverschmiert. Die Frau lag ebenfalls gefesselt am Boden. Auch ihr Mund war mit einem Band zugeklebt. Ihre Kleidung war leicht blutverschmiert.«

Moser sieht sich in dem dunklen Raum, in dem offensichtlich die Glühbirne entfernt worden war, mit seiner Handy-Taschenlampe um. Dann fragt er den LKA-Kommissar:

»Herr Kollege, welche Spuren habt Ihr in diesem Raum und im Haus sichergestellt? Wo befinden sich diese möglichen Beweise jetzt?«

Der LKA-Kommissar bekommt ein schlechtes Gewissen, weil er befürchtet, zu wenig zur Spurensicherung unternommen zu haben:

»Unsere Spurensicherung hat Kleidungsstücke der beiden Toten und DNA-Proben des Blutes aus dem Kellerraum mitgenommen. Einige der Auswertungen stehen noch aus. Die Proben liegen bei uns in St. Pölten.«

Für die BKA-Kommissare sind diese Spuren zu wenig. Darum ruft Moser sofort den Leiter der Spurensicherung im BKA an, mit dem er in vielen Fällen sehr erfolgreich zusammengearbeitet hat und dessen Kompetenz er besonders schätzt:

»Herr Kollege, ich habe einen dringenden Auftrag für Dich. Es geht um den Mordfall am bekannten Nationalrats-Abgeordneten Alois Schwarz und seiner mutmaßlichen Geliebten. Ich nehme an, dass Du darüber heute gelesen hast. Dieser Fall ist von allergrößter Brisanz. Darum ist besondere Eile geboten. ... Ich wäre sehr froh, wenn Du Dich mit Deinem Team sofort hierher nach Loosdorf zum Tatort machen könntest. Ich schicke Dir die exakte Adresse per SMS.«

Der Spusi-Leiter weiß bereits Bescheid über diese Mordfälle:

»Ich habe bereits gestern Abend in den Nachrichten darüber gehört. Karl, für Dich mache ich wie immer fast alles möglich. Ich weiß, dass bei Dir nahezu immer alles besonders dringend ist. Darum werde ich heute auf mein Mittagessen verzichten und mich mit meinem Team sofort auf den Weg machen.«

Auf die Frage des Spusi-Leiters, was er und seine Leute genau untersuchen sollten, antwortet Moser, nachdem er in wenigen Worten die bisherigen Erkenntnisse zum Tathergang geschildert hat:

»Im Erdgeschoss, auf dem Weg zum Keller und in dem Kellerraum befinden sich eingetrocknete Blutspuren. Schaut Euch in den Räumen im Erdgeschoß, im Keller und vielleicht auch im verbliebenen Teil des Obergeschosses um. Aber Achtung, es besteht eine gewisse Einsturzgefahr. ... Untersucht das Haus und die nahe Umgebung nach möglichen Folter-Werkzeugen. Vielleicht findet Ihr Reste des Klebebands, mit dem die Münder der Opfer verschlossen wurden. Vielleicht finden sich darauf noch verwertbare Spuren. Außerdem nehmt bitte Bausteine aus der neu errichteten Wand im Keller mit. Vielleicht lässt sich später feststellen, wo diese gekauft wurden.

Außerdem untersucht bitte den Container mit Bauschutt, der beim Haus steht, ob sich darin etwaige Kleidungsreste oder sonstige Spuren befinden. ... Wenn Ihr nach Wien zurückfahrt, nehmt die Kleidungsstücke der Mordopfer mit, die noch im LKA St. Pölten liegen. Leider müssen Renate und ich gleich weitere dringende Termine wahrnehmen. Daher können wir hier nicht auf Euch warten. Aber ich werde den ermittelnden LKA-Kommissar Wallner fragen, ob er hierbleiben kann, bis Ihr angereist seid.«

Der LKA-Kommissar nickt zustimmend und erklärt sich bereit, mit den Leuten der BKA-Spurensicherung eng zusammenzuarbeiten und alle vorhandenen Spuren zu übergeben. Die Fotos mit den Leichen im Kellerraum hat er bereits an Moser weitergeleitet.

Moser realisiert, dass sein LKA-Kollege ein schlechtes Gewissen hat und sich deshalb als sehr kooperativ erweist:

»Herr Kollege, nichts für ungut. Sie haben alles richtig gemacht. Beim Auffinden der Leichen konnten Sie nicht wissen, um welche Personen es sich gehandelt habe. Jetzt, wo wir wissen, dass es um einen Nationalrats-Abgeordneten mit seiner mutmaßlichen Geliebten geht und dass dieser Fall allerhöchstes mediales Interesse hervorruft, müssen wir jeder noch so geringen Spur nachgehen. ... Außerdem haben Sie richtig gehandelt, indem Sie sofort die Generalstaatsanwaltschaft involviert haben. Jetzt schon vielen Dank für Ihre bisherige Unterstützung. Ich werde Sie in unserem Bericht positiv erwähnen.«

Mit dem letzten Satz hat Moser erreicht, dass Kommissar Wallner maximale Unterstützung liefern wird. In der Zwischenzeit ist der neue Eigentümer dieses Hauses und des dazu gehörigen Grundstücks, Herr Robert Waldmüller, eingetroffen. Moser realisiert sofort, dass dieser schwer erschüttert ist, dass in seinem ersteigerten Haus ein so prominentes Mordopfer gefunden wurde.

Nach der gegenseitigen kurzen Vorstellung fragt Kommissar Moser:

»Herr Waldmüller, schildern Sie uns bitte, wann Sie erstmals dieses Haus betreten haben, wie Sie dieses Gebäude aufgefunden haben, welche Gegenstände sich darin befunden haben und vor allem welche Spuren Sie damals gesichtet haben.«

Nach einigen Momenten des Nachdenkens antwortet der Befragte mit einigem Stottern:

»Mitte Februar dieses Jahres, also vor etwa vier Monaten, habe ich erfahren, dass dieses Grundstück mit einem alten baufälligen Haus versteigert werden soll. ... Ich habe mit einer für die Zwangsversteigerung zuständigen Person das Grundstück und dieses Haus besichtigt. ... Es war klar, dass dieses baufällige Gebäude, das offensichtlich schon lange nicht betreten wurde, abgerissen werden muss.

Im Gebäude selbst standen nur noch ein paar sehr alte und nicht mehr zu gebrauchende Möbel. Zwei Fensterscheiben waren eingeschlagen, vielleicht von Menschen, die hier übernachten wollten. ... Die Eingangstüre war aufgebrochen. Ich habe im großen Zimmer im Erdgeschoß die getrocknete rote Fläche gesehen und habe diese für Reste Rotweins gehalten.

Über die neu aufgestellte Mauer habe ich mich auch gewundert, aber sie dennoch nicht weiter beachtet. Allerdings ist mir ein sehr unangenehmer Geruch aufgefallen. ... Nie und nimmer hätte ich gedacht, dass hinter dieser Mauer zwei tote Menschen liegen könnten. Nach dieser Erkenntnis bin ich nicht sicher, ob meine Frau und ich dieses Grundstück behalten wollen. Dieses Haus sollte allerdings völlig abgerissen werden. ... Wann können die Bauarbeiten fortgesetzt werden?«

Moser erläutert dem immer noch verstört wirkenden Grundstücks- und Hausbesitzer, dass die Spurensicherung noch einige Arbeiten im Haus und rund um das Haus verrichten müssten und dass die Freigabe nach Auswertung der Spuren zu Beginn kommender Woche denkbar sei.

Inzwischen ist es bereits kurz vor 13:00 Uhr. Die beiden BKA-Kommissare beeilen sich, wieder rasch nach Wien zu kommen. Sie wollen heute noch mit den Generalsekretären der betroffenen politischen Parteien sprechen und die Ergebnisse und Erkenntnisse aus den gestern in der Sonder-Mordkommission verteilten Aufgaben erfahren.

Unterwegs tauschen sich Kommissar Moser und Kommissarin Pichler über ihre Einschätzungen zu den bisherigen Erkenntnissen aus. Beide schätzen die Wahrscheinlichkeit, den oder die Mörder aus dem beruflichen Umfeld zu finden, als höher ein als aus dem privaten Umfeld. Trotzdem wollen sie mögliche Motive im Zusammenhang mit deren Privatleben nicht außer Acht lassen.

Auf der Fahrt prüft die Kommissarin auf ihrem Mobiltelefon, ob es irgendwelche brisante Neuigkeiten gebe, die wie gewünscht auf einem gemeinsamen Datei-Server hinterlegt werden sollten. Leider findet sie diesbezüglich keine relevanten neuen Nachrichten. Bereits von unterwegs hat der Kommissar eine der ihm besonders wohlgesonnenen Kriminalbeamtinnen gebeten, die Kontaktdaten der drei zu befragenden Generalsekretäre herauszusuchen und wenn möglich gleich Telefontermine für heute nach 14:00 Uhr zu vereinbaren.

Obwohl dem Kommissar der Magen ein wenig knurrt, beschließt er heute auf sein übliches Mittagessen in Form eines Paares Puszta Krainer oder Debreziner zu verzichten. Seine Kollegin hat ohnedies niemals ein Problem damit, ihr Mittagessen ausfallen zu lassen.

Die Kommissare treffen gerade rechtzeitig im BKA ein, um von ihrem Arbeitsplatz aus die Gespräche mit den Generalsekretären der politischen Parteien zu führen. Der Kriminalbeamtin ist es gelungen, alle drei Termine im Laufe des heutigen Nachmittags zu vereinbaren. Um dies zu erreichen, hat sie einerseits die öffentliche und mediale Brisanz herausgestrichen und andererseits indirekt gedroht, dass an der in Kürze stattfindenden nächsten PK allenfalls informiert werden könne, dass der betreffende Generalsekretär nicht zu Aussagen bereit gewesen sei. Spätestens mit dieser leichten Drohung konnten zumindest kurze Telefontermine für heute nachmittags vereinbart werden.

Um Punkt 14:00 Uhr steht der Telefontermin mit dem Generalsekretär der Volkspartei an. Moser wird sofort direkt mit diesem telefonisch verbunden. Er stellt sein Telefon auf laut, damit seine Kollegin mithören kann:

»Guten Tag, Herr Generalsekretär. Danke, dass Sie einige Minuten Zeit für uns haben.«

»Herr Oberst, mir blieb keine Wahl als mit Ihnen jetzt zu telefonieren. Ihre Dame im BKA hat mich dazu fast gezwungen. Ich wäre froh, wenn unsere Damen hier in der Parteizentrale so durchsetzungsstark wären wie Ihre Dame.«

Der Kommissar schaltet kurzzeitig das Mikrofon seines Telefons aus und flüstert der Kommissarin zu:

»Da siehst Du, was *meine Damen* im BKA zu leisten imstande sind.«

Dann stellt Moser sein Mikrofon wieder auf laut:

»Herr Generalsekretär, meine Kollegin und ich wollen Sie nicht lange aufhalten. Wir haben Sie bereits bei der Medien-Veranstaltung gestern kennenlernen dürfen. Heute möchten wir Ihnen nur einige wenige Fragen stellen. Bei den ersten Fragen geht es um die Korruptionsaffäre vor etwa einem Jahr. Wir haben erfahren, dass Sie damals eine Ehrenerklärung von Doktor Alois Schwarz persönlich unterstützt haben. Was haben Sie damals untersucht? Was haben Sie herausgefunden?«

»Herr Oberst, ja dies trifft zu. Nachdem Gerüchte zur Annahme möglicher Bestechungsgelder aufgetaucht sind und in den Medien hochgespielt wurden, habe ich zusammen mit Kollegen unserer Parteifraktion Herrn Doktor Schwarz einige Stunden lang intensiv befragt.

Dieser hat uns seine zwei Privatkonten offengelegt. Wir haben keine Auffälligkeiten oder unbegründete Zubuchungen auf seinen Privatkonten feststellen können. Wir haben damals auch keine ungewöhnlichen Treffen mit den ebenfalls verdächtigten Personen anderer Parteien erkennen können. ... Darum war ich froh, eine solche Ehrenerklärung von Doktor Schwarz unterstützen zu können.«

Moser überlegt, welche Frage er als nächste stellen soll. Er kann sich rasch entscheiden:

»Herr Generalsekretär, wir recherchieren hinsichtlich möglicher Mordmotive in mehrere Richtungen. Darunter zählen auch seine privaten Beziehungen. Was wissen Sie über seine vermutlich amourösen Kontakte zu Verena Hofer?«

Der Generalsekretär überlegt sich seine Antwort:

»Herr Oberst, nachdem unser Parteimitglied bereits tot ist, will ich ehrlich zu Ihnen sein. Herr Doktor Schwarz war bekannt dafür, offen für One-Night-Stands und kurzeitige Liebesaffären zu sein. ... Ich selbst habe ihn schon zweimal diesbezüglich ermahnt, zurückhaltender und vor allem vorsichtiger zu sein, weil dies einerseits seiner politischen Karriere schaden könnte und weil dies auch nicht den Partei-Interessen entsprechen würde.

Noch kurz vor seinem Verschwinden hat Alois Schwarz mir versprochen, dies respektieren zu wollen. So hat er mir auch versichert, keine Affäre mit der Parlamentarischen Mitarbeiterin Hofer zu haben. Darum war ich persönlich sehr überrascht von Gerüchten zu erfahren, dass Doktor Schwarz gemeinsam mit Frau Hofer untergetaucht sein könnte. ... Übrigens, ich habe diese Liaison zwischen den beiden niemals geglaubt.«

Jetzt möchte Moser mögliche Feinde aus dem beruflichen Umfeld erfragen:

»Wer sonst außer aus dem privaten Umfeld könnte Mordmotive gegen Herrn Schwarz gehabt haben? Hatte er damals besondere politische Feinde? Hat er an speziellen Projekten gearbeitet, weswegen er möglicherweise angefeindet wurde?«

Der Generalsekretär scheint sich seine Antwort genau überlegen zu wollen:

»Als Politiker hat man naturgemäß einige politische Gegner. Aber ich könnte Ihnen keinen nennen, der zum damaligen Zeitpunkt größtes Interesse gehabt hätte, ihn beseitigt zu sehen. Doktor Schwarz hat damals auch an keinem besonders brisanten Projekt im Rahmen seiner Tätigkeit als Leiter des Ausschusses für Bauten und Wohnen gearbeitet.«

Der Kommissar bohrt sofort nach:

»Als Leiter des Bau-Ausschusses hat man mit Projekten zu tun, bei denen es um sehr hohe Millionen-Euro-Beträge geht. Könnte es dabei zu Konflikten gekommen sein?«

Nach einigen Sekunden des Nachdenkens antwortet der Generalsekretär:

»Dies kann ich mir kaum vorstellen, ... wenngleich dies vielleicht doch denkbar wäre. Ich empfehle Ihnen diesbezüglich mit Frau Magister Susanne Wolff zu sprechen. Sie war damals und ist auch heute noch die stellvertretende Leiterin dieses Ausschusses. Vielleicht könnte sie dazu Angaben machen.«

Kommissar Moser unterbricht den Generalsekretär:

»Frau Susanne Wolff? Wenn ich mich nicht irre, so ist dies die Dame, die damals ebenfalls in den Korruptionsskandal verwickelt war. Sie ist Mitglied der Sozialistischen Partei.«

»Herr Oberst, ich bin erstaunt, wie gut Sie Bescheid wissen. Sie haben recht. ... Wenn Ihnen Frau Wolff nicht weiterhelfen kann, können Sie sich auch an meinen Parteikollegen Doktor Wilfried Schuster wenden. Er war damals ebenfalls Mitglied des Ausschusses für Bauten und Wohnen. Nach dem Verschwinden von Doktor Schwarz wurde er zum neuen Leiter dieses Ausschusses gewählt. Möglicherweise kann er Ihnen bei Ihrer Frage weiterhelfen.«

»Herr Generalsekretär, wir haben über politische Gegner aus anderen politischen Lagern gesprochen. Hatte Alois Schwarz möglicherweise Gegner in der Volkspartei selbst?«

Diesmal antwortet der Generalsekretär sehr spontan:

»Dies kann ich mit großer Überzeugung verneinen. Andernfalls hätte ich darüber Bescheid gewusst. Herr Doktor Schwarz war in unserer Partei allseits sehr beliebt.«

Moser wechselt das Thema und stellt eine andere Frage:

»Vor einem Jahr gab es doch die innenpolitische Diskussion über eine mögliche Parlamentarische Untersuchungskommission zu der Korruptionsaffäre. Warum wurde diese damals auch mit den Stimmen Ihrer Partei unterbunden?«

»Herr Oberst, dies ist eine sehr politische Frage, die ich Ihnen dennoch beantworten möchte. Parlamentarische Untersuchungskommissionen werden zumeist von gegnerischen Parteien ins Spiel gebracht, um politisches Kapital daraus zu schlagen. Egal, wie danach das Ergebnis ist, es schadet im Laufe des Ausschussverfahrens zumeist den regierenden Parteien.

Da wir damals, wie ich schon ausgeführt habe, keine Vergehen und Zuwiderhandlungen seitens Doktor Schwarz festgestellt haben, haben wir uns gegen einen solchen Parlamentarischen Ausschuss entschieden. ... Übrigens, auch die Sozialistische und Freiheitliche Parteien haben sich gegen diesen Ausschuss ausgesprochen.«

Zuletzt überlegt sich Moser kurz, ob er eine weitere Frage stellen soll. Er entscheidet sich dafür:

»Vielen Dank Herr Generalsekretär, wir haben noch eine letzte etwas hypothetische Frage. Angenommen, wir würden Beweise finden, dass ein Nationalrats-Abgeordneter und Mitglied der

Volkspartei mitschuldig am Tod von Alois Schwarz und Verena Hofer sei. Würden Sie oder besser würde Ihre Parteifraktion für eine Aufhebung der Immunität eines solchen Mitglieds stimmen.«

Ohne lange nachzudenken, antwortet der Generalsekretär:

»Herr Oberst, dies ist wahrlich eine sehr hypothetische Frage, schon allein deswegen, weil ich mir dies aktuell nicht vorstellen kann. Aber sollten sich solche handfesten Beweise zeigen, dann würde unser Ehrenkodex dafür sorgen, dass wir einer Aufhebung der Immunität für einen Nationalrats-Abgeordneten zustimmen müssten.«

Die Kommissare bedanken sich herzlich für das Gespräch und versprechen auch dem Generalsekretär der Volkspartei, ihn über brisante Neuigkeiten auf dem Laufenden zu halten.

Bis zum um 15:00 Uhr terminierten Telefongespräch mit dem Bundesgeschäftsführer der Sozialistischen Partei bleibt den Kommissaren noch etwas Zeit. Darum rufen diese bei jenem Kriminalbeamten an, der gestern Abend die Eltern von Verena Hofer über die Ermordung ihrer Tochter benachrichtigen und sie befragen sollte. Der Kriminalbeamte fasst die aus dem Gespräch gewonnenen Erkenntnisse zusammen:

»Ich habe gestern gleich nach dem Treffen der Mordkommission einen Termin mit den Eltern vereinbart. Als ich sie über das Gewaltverbrechen an ihrer Tochter informieren musste, ist die Mutter psychisch zusammengebrochen. Die Mutter hatte offensichtlich gehofft, dass sich ihre Tochter mit ihrem Geliebten Alois Schwarz absetzen und für eine Weile untertauchen wollte.

Verena Hofer habe ihrer Mutter die Liebesbeziehung zum Nationalrats-Abgeordneten gestanden, der ihrer Tochter versprochen habe, dass er sich von seiner Frau trennen und Verena danach ehelichen wolle. Allerdings habe sich die Mutter in den letzten Monaten gewundert, dass ihre Tochter sie niemals kontaktiert habe.

Der Vater war deutlich pragmatischer. Er wusste ebenfalls Bescheid über die enge Beziehung seiner Tochter zu Alois Schwarz, die Mitte des letzten Jahres begonnen habe. Der Vater habe allerdings nicht erwartet, dass sich Alois Schwarz von seiner Frau trennen würde. Er habe nicht an ein bewusstes Untertauchen seiner Tochter mit dem Nationalrats-Abgeordneten geglaubt. Darum war die Nachricht der Ermordung seiner Tochter keine große Überraschung für ihn.«

Die Kommissare bedanken sich für die interessanten Informationen. Dazu bemerkt die Kommissarin gegenüber ihrem Kollegen:

»Es gab also doch einige Monate lang eine enge Affäre zwischen Alois Schwarz und Verena Hofer. Damit sollten wir die Ehefrau Schwarz trotz ihres tränenreichen Auftritts gestern Abend auf die Liste der verdächtigten Personen setzen. ... Sollte es stimmen, dass sich Herr Schwarz von seiner Frau trennen wollte und sollte seine Frau davon erfahren haben, dann hätte Frau Schwarz auch ein klares Mordmotiv gehabt.«

Moser unterstützt die Meinung seiner Kollegin, meint allerdings, dass es dazu sehr viele Konjunktive, also „hätte ... hätte"-Aussagen gebe. Dennoch sollte das Alibi von Frau Schwarz am 30.November des Vorjahres genau unter die Lupe genommen werden.

Jetzt rufen die beiden Kommissare jenen Kriminalbeamten an, welcher die Mutter des Ermordeten benachrichtigen und auch befragen sollte. Dieser hat sich bereits per E-Mail an die Kommissare gewandt und um Rückruf gebeten. Moser entschuldigt sich wegen des späten Rückrufs und der Kriminalbeamte berichtet:

»Die Mutter des Abgeordneten Frau Antonia Schwarz war wie erwartet sehr schockiert. Es dauerte einige Zeit, bis sie sich so weit beruhigt hat, dass sie meine Fragen beantworten konnte. Sie befürchtet, dass hinter den Morden eine seiner Geliebten stecken könnte. Sie habe ihren Sohn immer gewarnt mit den „Weiber-Geschichten" aufzuhören, aber er habe ihr leider nicht gefolgt. ... Ihr Sohn habe ihr gestanden, dass er mit einer Frau eine knapp dreijährige Tochter habe. Kurz vor seinem Verschwinden habe er seine Mutter auch darüber informiert, dass eine seiner Geliebten schwanger sei, aber dass diese ihr Kind behalten wolle.

Ich wollte selbstverständlich die Namen dieser Geliebten des Ermordeten erfahren. Aber Frau Schwarz konnte sich nicht mehr daran erinnern. Vielleicht hat sie die Namen in der Aufregung bei meinem Besuch gestern abends vergessen. ... Ich empfehle Ihnen, die Mutter des Ermordeten persönlich aufzusuchen. Sie meinte, dass sie sich die Namen der Geliebten ihres Sohnes irgendwo notiert habe, aber nicht mehr wüsste wo. Ich habe sie gebeten, danach zu suchen.«

Auch diese Information ist sehr wertvoll für die Kommissare. Solche unehelichen Kinder oder Schwangerschaften könnten auch Mordmotive auslösen. Nach den Aussagen des Kriminalbeamten macht die Kommissarin dazu eine Bemerkung an ihren Kollegen:

»Dieser Alois Schwarz war offensichtlich ein ziemlicher „Hallodri", der nichts „anbrennen hat lassen" oder, vornehmer ausgedrückt, der jedem Rock nachgelaufen ist. Ich habe Herrn Schwarz einmal bei einer TV-Talkshow gesehen und ihn für einen hoch-intelligenten Mann gehalten. Aber leider scheinen sich auch sehr intelligente und gebildete Männer von ihrem „Schwanz steuern zu lassen".«

Moser wundert sich etwas über die Formulierungen seiner Kollegin:

»Deine Ausdrucksweise ist manchmal auch nicht druckreif.«: entgegnet ihr der Kommissar: »aber im Fall dieses Abgeordneten durchaus angemessen. Er ist mitnichten nicht der einzige Politiker, der sich so steuern lässt. Ich kenne einige von diesem Kaliber. ... Die beiden Telefonate haben mir gezeigt, dass wir den oder die Mörder nicht nur im Umfeld der Korruptionsvermutung, sondern auch in den privaten Liebesaffären des Abgeordneten suchen müssen.«

Um Punkt 15:00 Uhr werden die Kommissare mit dem Bundesgeschäftsführer der Sozialistischen Partei verbunden, den sie zu Frau Magister Wolff befragen möchten und der in etwa die gleiche Funktion ausübt wie der Generalsekretär bei der Volkspartei.

Moser bedankt sich für die Zusage zum Telefontermin und stellt ihm sehr ähnliche Fragen wie seinem Counterpart bei der Volkspartei. Auch die Antworten dieses Bundesgeschäftsführers fallen ähnlich aus. Er bestätigt, dass er mit Frau Wolff sehr ernst gesprochen habe, dass er ihre zwei Privatkonten eingesehen und keine außergewöhnlichen Einkünfte festgestellt habe und darum auch ihre Ehrenerklärung unterstützt habe.

Auf die Frage, ob die Kommissare mit Frau Wolff darüber persönlich sprechen könnten, antwortet der Bundesgeschäftsführer:

»Natürlich können Sie dies, Herr Oberst. Susanne Wolff könnte zwar ein Gespräch vorerst ablehnen, aber ich werde ihr anraten, eine Unterredung mit Ihnen nicht zu verweigern, um jegliche auch noch so kleine Verdachtsmomente gegen sie zu beseitigen. ... Glauben Sie wirklich, dass Frau Wolff, die eine exzellente politische Karriere vor sich hat, ihre Zukunft aufs Spiel setzen würde, indem sie in einen Mord verwickelt sein könnte?«

Der Kommissar beantwortet diese Frage spontan:

»Wir haben keine konkreten Verdachtshinweise gegen Frau Wolff. Wir wollen sie lediglich in ihrer Funktion als stellvertretende Leiterin des Ausschusses für Bauten und Wohnen befragen. Vielleicht weiß sie von Projekten, die ein Mordmotiv gegen Doktor Schwarz begründet haben.

Aber wenn wir schon bei diesem Thema sind, stelle ich Ihnen noch zwei Fragen. Warum hat Ihre Partei einen Parlamentarischen Untersuchungsausschuss zur Korruptionsaffäre untersagt? Die zweite Frage ist etwas hypothetisch. Angenommen, wir bekämen klare Beweise, dass Frau Wolff in den Mord verwickelt sein könnte, würden Sie dann der Aufhebung ihrer Immunität zustimmen?«

Der Bundesgeschäftsführer zeigt sich etwas verwundert über diese beiden Fragen, aber antwortet dennoch:

»Zur ersten Frage: ich möchte klarstellen, dass wir einen Parlamentarischen Untersuchungsausschuss nicht untersagt haben, sondern dass wir so wie die Volkspartei und die Freiheitlichen einem solchem Ausschuss nicht zugestimmt haben, weil wir in unseren Untersuchungen kein Fehlverhalten der betroffenen Politiker gesehen haben und weil die kleineren Parteien einen solchen Ausschuss für ihre politischen Zwecke missbraucht hätten.

Zur zweiten äußerst hypothetischen Frage: natürlich würden wir einer Aufhebung der Immunität zustimmen, egal bei welchem Politiker, wenn sich handfeste Beweise für ein Verbrechen zeigen würden.«

Moser bedankt sich für das Telefongespräch. Abschließend informiert der Bundesgeschäftsführer, dass er Frau Wolff benachrichtigen werde, dass die Kommissare mit ihr ein Gespräch zu den Tätigkeiten des Doktor Schwarz im Bau-Ausschuss führen möchten. Dazu hat er der Kommissarin bereits die persönliche Mobiltelefon-Nummer seiner Parteikollegin mitgeteilt.

Da die Kommissare die Zeit bis zum geplanten Gespräch mit dem Generalsekretär der Freiheitlichen Partei nutzen wollen, bittet Kommissar Moser die Kriminalbeamtin zu sich, die Erkundigungen zu den persönlichen Einkünften und Vermögensverhältnissen des Alois Schwarz einholen sollte. Diese erscheint wenige Minuten später und berichtet:

»Zunächst habe ich nichts Außergewöhnliches in den letzten zwei Jahren festgestellt. Herr Schwarz hatte ein Konto bei der Raiffeisenbank in Wien, über das seine Einkünfte aus seinen politischen Tätigkeiten geflossen sind. Hier zeigte sich nichts Außergewöhnliches. ... Über sein zweites Konto hat Herr Schwarz offensichtlich seine Spesen abgewickelt. Auffallend sind seine vielen abendlichen Restaurant-Besuche und einige Hotel-Übernachtungen nahe Wien.«

Leise zu seiner Kollegin sprechend meint Moser:

»Möglicherweise hat der Abgeordnete auch seine privaten Abendessen und gemeinsame Übernachtungen mit seinen Liebschaften mit unseren Steuerzahlungen finanziert.«

Die Kriminalbeamtin fährt mit ihren Äußerungen fort:

»Ich habe keine weiteren Konten des Herrn Schwarz in Österreich festgestellt. Darum habe ich in Nachbarländern nachgefragt. Bisher habe ich drei ausländische Privatkonten gefunden: bei der Credit Suisse in Zürich, bei der Commerzbank in Frankfurt und bei der Deutschen Bank in Budapest. Ich sollte diesbezüglich noch heute oder spätestens morgen Nachrichten aus Frankfurt und Budapest erhalten. Die Credit Suisse ziert sich noch etwas, aber ich werde mit Hilfe des Generalmajors nachfassen. ... Ich vermute, dass wir dann einige überraschende Konto-Bewegungen sehen werden, denn warum hat jemand drei Konten in drei Nachbarländern?«

Moser bedankt sich für die bisherige Information und bittet um sofortige Rückmeldung, sollten sich größere Finanztransfers in den letzten drei Jahren zeigen. Dann meint er zu seiner Kollegin:

»Diese Nachricht nährt meinen Verdacht, dass doch Bestechungsgelder geflossen sind. Ich bin schon sehr gespannt, was wir dazu noch erfahren werden.«

Das nächste Telefongespräch mit dem Generalsekretär der Freiheitlichen Partei zu den Korruptionsvorwürden gegen Ingenieur Georg Lenhardt verläuft ähnlich wie jene mit seinen Counterparts der anderen Parteien. Auch dieser Generalsekretär habe persönlich unternommen, Recherchen anzustellen und Gespräche mit Herrn Lenhardt zu führen. Auch bei seinen Konten-Überprüfungen haben sich keine Unregelmäßigkeiten gezeigt. Darum habe er die Ehrenerklärung dieses Abgeordneten des Niederösterreichischen Landtags unterstützt.

Die Fragen des Kommissars nach den Gründen für die Gegenstimmen der Freiheitlichen bei dem Thema eines möglichen Untersuchungsausschusses zur Untersuchung der Korruptionsvorwürfe und nach einer möglichen Aufhebung der politischen Immunität im Falle von konkreten Beweismitteln gegen Herrn Lenhardt werden nahezu wortgleich beantwortet wie von den funktionsgleichen Kollegen der Volkspartei und der Sozialistischen Partei.

Dieser Generalsekretär stellt den Kommissaren frei, sich selbst ein Bild zu machen vom Ingenieur Lenhardt, der in St. Pölten zuhause ist und neben seinem Landtagsmandat auch die Funktion des stellvertretenden Leiters des Bauausschusses ebendort ausübt. Diesbezüglich teilt er dem Kommissar auch die persönliche Mobiltelefon-Nummer Lenhardts mit.

Auch bei diesem Generalsekretär bedanken sich die Kommissare höflich. Sie planen heute noch die in den Korruptionsfall verwickelten namentlich genannten Personen zu kontaktieren und Termine möglichst für morgen zu vereinbaren.

Auf seine Uhr blickend stellt Moser fest, dass es bereits nach 17:30 Uhr ist und dass der Spusi-Leiter mit seinem Team möglicherweise schon wieder zurück im BKA sein könnte und vielleicht erste Hinweise nach der Spurensicherung in Loosdorf liefern könnte. Darum kontaktiert er ihn auf dessen Mobiltelefon und stellt sein Telefon laut:

»Meine Kollegin und ich sind schon sehr gespannt, ob es von Seiten der Spurensicherung schon Erkenntnisse gibt. Wie weit seid Ihr dazu?«

»Karl, wir sind immer noch in Loosdorf und fahren in etwa zehn Minuten über St. Pölten nach Wien zurück. Wir haben hier mehr Spuren sichergestellt, als wir vorerst angenommen haben. Im Erdgeschoss und im Kellerraum haben wir neben den Blutspuren noch andere Spuren entdeckt. Im Bauschutt-Container haben wir blutverschmierte Kleidungsstücke gesichtet. In einem Gebüsch im Garten haben wir zwei mögliche Folter-Werkzeuge aufgefunden. Wie gewünscht haben wir auch zwei Bausteine aus der aufgestellten Mauer herausgeschlagen.

Die Auswertung aller gefundenen Spuren wird mehr als einen Tag brauchen. Da Du dringende Ergebnisse haben möchtest, werde ich mit einer Kollegin heute abends noch bis etwa 21:00 Uhr an den Analysen der aufgenommenen Spuren arbeiten. Ich werde Euch einen ersten Vorab-Bericht morgen mittags schicken. ... Mein Ziel ist, dass unser Gesamtbericht bis zur morgigen nachmittäglichen Sitzung der Mordkommission fertiggestellt sein wird. Wir geben unser Bestes.«

Moser bedankt sich überschwänglich und verspricht dem Spusi-Leiter für seine rasche Arbeit wieder ein Abendessen und lässt ihm dafür freie Wahl. Dieser antwortet dem Kommissar:

»Karl, Du weißt, dass ich dies für Dich und für die rasche Aufklärung auch ohne eine Einladung zu einem Abendessen mache. Natürlich nehme ich gerne Deine Einladung an. Zuletzt hast Du mir vom Pfarrwirt in Grinzing vorgeschwärmt. Bei Schönwetter würde ich gerne mit Dir dort dinieren.«

Zu seiner Kollegin sprechend meint Moser:

»Ich weiß, dass der Spusi-Leiter diese Arbeiten auch ohne meine Einladungen machen würde. Aber mit einer Einladung geht alles ein wenig rascher. Wenn es der raschen Aufklärung dient, sind mir solche Essens-Einladungen auf meine Kosten trotzdem recht. ... Außerdem bin ich sehr gespannt, welche Spuren sich dort an den Kleidungen und an den Folterwerkzeugen zeigen werden.«

Die Kommissare möchten für morgen Donnerstag erste Termine mit den anderen beiden namentlich bekannten Verdächtigten der Korruptionsfälle um Alois Schwarz vereinbaren, mit Susanne Wolff und mit Georg Lenhardt. Sie können zunächst Frau Wolff erreichen:

»Guten Abend, Frau Magister Wolff. Hier sind Oberst Moser und Frau Hauptmann Pichler vom BKA. Wir haben bereits mit Ihrem Bundesgeschäftsführer gesprochen, der uns direkt an Sie verwiesen hat.«

Die Angerufene ist bereits vom Geschäftsführer der Sozialistischen Partei vorgewarnt worden:

»Unser Bundesgeschäftsführer hat mich bereits benachrichtigt, dass es um den Mordfall an Doktor Moser geht. Ich habe alles, was ich weiß, bereits Ihren Kollegen vom Landeskriminalamt mitgeteilt. Was möchten Sie noch wissen?«

Moser möchte, dass die NR-Abgeordnete einem persönlichen Termin zustimmt und nennt einen plausiblen Grund für die angestrebte Befragung:

»Es geht um das Aufgabengebiet und um besondere Projekte, welche Doktor Schwarz selbst bearbeitet hat und für welche er auch zuständig war. Darüber möchten wir mit Ihnen persönlich sprechen.«

Frau Wolff will den Zeitbedarf verkürzen und schlägt dazu ein kurzes Telefongespräch am morgigen Tag vor. Kommissar Moser drängt auf einen persönlichen Termin, da er dann nach seiner erlernten Methode besser beurteilen kann, ob der oder die Befragte die Wahrheit sprechen oder ob sie lügen.

Moser setzt seine Ausführungen fort:

»Unser Gespräch wird nicht allzu viel Zeit kosten. Um Ihnen Zeit zu sparen, könnten meine Kollegin und ich zu Ihnen ins Parlament kommen. Andernfalls könnten wir morgen unser Gespräch im BKA abhalten. Welche Uhrzeit würde Ihnen passen? Morgen Vormittag wäre uns lieber.«

Nach einigen Momenten des Nachdenkens antwortet Susanne Wolff:

»Morgen vormittags hätte ich noch einen halbstündigen Termin um zehn Uhr frei. Dazu sollten Sie dann allerdings in mein kleines Bürozimmer im Parlamentsgebäude kommen. Passt Ihnen dies? Andernfalls könnte ich morgen nach 17:00 Uhr zu Ihnen ins Bundeskriminalamt kommen.«

Da auch die Kommissarin nickt, bestätigt Moser den morgigen Termin und ergänzt:

»Sehr gut, dann nehmen wir zunächst den Vormittagstermin um zehn Uhr. Sollte dieser zeitlich nicht ausreichen, würden wir Sie gerne bei uns zu einem guten Kaffee empfangen. Bitte halten Sie sich diesen von Ihnen vorgeschlagenen Termin am Nachmittag auch frei. Wir wären froh, wenn Sie morgen Ihren Terminkalender für den 30.November letzten Jahres dabeihaben, ebenso wie eine Übersicht über die großen Projekte des Bau-Ausschusses um dieses Datum.«

Die stellvertretende Leiterin des Bau-Ausschusses stimmt den Plänen zu. Danach fragt die Kommissarin ihren Kollegen, warum dieser auch auf die Reservation eines zweiten möglichen Termins bestanden habe. Moser antwortet unverzüglich:

»Morgen Donnerstagvormittag haben wir nur eine halbe Stunde Zeit. Sollte ich Ansatzpunkte erkennen, dass uns Frau Wolff belügen sollte, dann möchte ich sie am Nachmittag noch intensiver befragen und in bewährter Weise mit unserer Videokamera besonders nahe aufnehmen. ... Dann sollte sich zeigen, ob sie uns anlügt oder doch nicht. Auch wenn wir damit wahrscheinliche Lügen gerichtlich nicht verwerten können, so würden sie uns und insbesondere mir wichtige Anhaltspunkte geben.«

Jetzt nickt die Kommissarin verständnisvoll. Da Herr Lenhardt telefonisch immer noch nicht erreichbar ist, rufen die Kommissare den neuen Leiter des Ausschusses für Bauten und Wohnen an. Sein Name ist Dr. Wilfried Schuster, Nachfolger von Dr. Alois Schwarz und ebenso ein Mitglied der Volkspartei. Auch er scheint vom Generalsekretär bereits vorgewarnt zu sein. Der Kommissar meldet sich und stellt sich und seine Kollegin Pichler mit ihren Funktionstiteln vor:

»Guten Tag, Herr Doktor Schuster. Hier sind Oberst Moser und Hauptmann Pichler. Da Sie der neue Leiter des Bau-Ausschusses sind und da Ihr unmittelbarer Vorgänger, wie Sie sicherlich bereits wissen, brutal ermordet wurde, hätten wir einige Fragen an Sie. Wir wären sehr froh, wenn ein persönliches Gespräch bereits morgen möglich sein könnte.«

Der Angerufene reagiert nicht überrascht über diesen Telefonanruf der Kriminalpolizei:

»Herr Oberst, ich habe Ihren Anruf erwartet. Leider bin ich morgen ganztägig in Graz. Ich könnte Ihnen allerdings einen Termin am Freitagmorgen gleich um 8.30 Uhr hier im Parlamentsgebäude anbieten. Morgen könnten wir auch telefonieren. Allerdings hätte ich dann keine Agenda-Unterlagen bei mir.«

»Herr Doktor Schuster, dann nehmen wir gerne den Termin am Freitagmorgen bei Ihnen wahr. Wie gesagt, es geht vor allem darum, ob sich aus den letzten Projekten, für welche Doktor Schwarz verantwortlich war, mögliche Mordmotive gegen ihn zeigen könnten.«

Der NR-Abgeordnete antwortet umgehend:

»Ich war damals auch bereits ein Mitglied dieses Ausschusses und kannte die wichtigen Projekte. Darum kann ich kein Mordmotiv daraus erkennen. Darüber können wir am Freitagmorgen ausführlich sprechen.«

Nach diesem Telefongespräch ergänzt Moser seiner Kollegin seine Gesprächsstrategie mit diesem neuen Leiter des Bauausschusses:

»Renate, ich bin mir recht sicher, dass dieser Doktor Schuster Bescheid gewusst hätte, hätte es Ungereimtheiten bei den Projekten gegeben, die Herr Schwarz zu verantworten hatte. Wenn wir irgendeinen Hinweis darauf in unserem Gespräch mit dem neuen Ausschussleiter erkennen sollten, dann möchte ich ihn sehr rasch zu einem weiteren Gespräch ins BKA vorladen.«

Einige Minuten später können die Kommissare auch Herrn Ingenieur Georg Lenhardt erreichen, ein Mitglied des Niederösterreichischen Landtags und der Freiheitlichen Partei, der vor einem Jahr ebenfalls unter Korruptionsverdacht gestanden ist. Auch ihn möchte Kommissar Moser sehr gerne persönlich kennenlernen, um sich ein Bild von ihm zu machen und um herauszufinden, ob er an den Morden mitgewirkt haben könnte.

Auch er war schon vorab von dem Generalsekretär seiner Partei kontaktiert worden, um ihm den möglichen Anruf der Kommissare anzukündigen. Darum ist er keineswegs überrascht, als sich Oberst Moser bei ihm telefonisch meldet. Ingenieur Lehnhardt erläutert, dass er schon vor einem Jahr seine Aussagen zu den Korruptionsvorwürfen getätigt habe, ebenso wie seine Aussagen nach dem Verschwinden von Alois Schwarz. Dennoch ist er bereit für ein persönliches Treffen im BKA morgen Donnerstag um 13:00 Uhr, da er diesen Termin mit einem anderen in Wien verbinden könne.

Obwohl der Kommissar schon sehr hungrig ist, möchte er mit seiner Kollegin an der Wandtafel in ihrem Arbeitszimmer eine erste Übersicht der bisherigen Erkenntnisse, der Protagonisten in diesem Mordfall und der möglichen verdächtigten Personen erstellen. Danach möchte er den Generalmajor in ihr Zimmer bitten, um ihm den Stand der Ermittlungen an der Wandtafel zu erklären.

Die Kommissarin stimmt dem Wunsch ihres Kollegen zu, wenngleich sie es vorgezogen hätte, heute noch ihr Trainingsprogramm im John Harris Fitness-Center zu absolvieren. Nach einer knappen halben Stunde haben die beiden Kommissare ihre bisherigen Erkenntnisse auf der Wandtafel übersichtlich dargestellt. Der Kommissar ersucht seinen Vorgesetzten, der sich glücklicherweise auch noch im BKA befindet, in das Arbeitszimmer der beiden Kommissare zu kommen, um ihm die erwünschte tägliche Berichterstattung zu geben.

Fünf Minuten später erscheint Mosers Chef und erwartet mit Spannung die Erläuterungen der beiden Kommissare. Sie berichten über die beiden erkennbaren Mordmotive aus dem privaten Umfeld aufgrund der zahlreichen Affären des NR-

Abgeordneten und aus dem beruflichen Umfeld aufgrund des Korruptionsskandals.

Erste Anhaltspunkte dazu wären einerseits die schon längere Beziehung von Alois Schwarz mit Verena Hofer als von seiner Frau angegeben sowie das angebliche uneheliche Kind aus einer anderen Beziehung und die vermeintliche Schwangerschaft einer weiteren Geliebten. Für Zusammenhänge mit dem Korruptionsskandal können die Kommissare entdeckte ausländische Bankkonten des Dr. Schwarz anführen. Dazu kommt, dass die Kommissare hoffen, morgen weitere Anhaltspunkte aus den ausländischen Bankkonten-Daten und aus den Erkenntnissen der Spurensicherung zu erfahren.

Der Generalmajor scheint mit den bisherigen Erkenntnissen nach etwa eineinhalb Tagen sehr zufrieden zu sein. Nach seiner Ansicht haben die beiden Kommissare schon mehr Erkenntnisse gewonnen, als er erhofft habe. Nachdem Moser die Pläne für den morgigen Tag dargelegt hat, stellt der Generalmajor eine Frage:

»Ich habe morgen früh eine Telefonkonferenz betreffend die nächste geplante PK zu diesen Mordfällen mit dem Generalstaatsanwalt und dem Oberstaatsanwalt. Zur Diskussion stehen Termine der nächsten Medien-Veranstaltung morgen Donnerstag 15:00 Uhr oder übermorgen Freitag um 11:00 Uhr. ... Was ist Eure Meinung dazu?«

Die beiden Kommissare denken kurz darüber nach, ehe sich Moser mit seiner Meinung meldet:

»Ich plädiere klar für Freitag elf Uhr aus folgenden Gründen: morgen erfahren wir wahrscheinlich einige wichtige Erkenntnisse, die wir für entscheidende Fragen an die Bevölkerung verwenden könnten. Die letzten Erfahrungen haben gezeigt, dass die Feedbacks während des Wochenendes deutlich höher sind. Mit den Erkenntnissen des morgigen Tages könnten wir unsere Fragen noch präziser stellen. Je genauer die Fragen formuliert werden, desto besser sind zumeist die Antworten.«

Kommissarin Pichler stimmt ihrem Kollegen umgehend zu. Auch der Generalmajor versteht die Argumentationen Mosers und wird diese in seiner morgigen Telefonkonferenz entsprechend vertreten. Der Kommissar hat eine weitere Anregung:

»Unser letzter Fall hat auch deutlich gezeigt, dass wesentlich mehr Rückmeldungen aus der Bevölkerung kommen, wenn Belohnungen für erfolgreiche sachdienliche Hinweise in Aussicht gestellt werden. Lässt sich diesbezüglich etwas machen? Hast Du dafür ein Budget zur Verfügung? Es müssen keine 100.000 Euro wie im letzten Fall sein. Wahrscheinlich würden 10.000 oder 20.000 Euro genügen, um mehr Hinweise zu bekommen und weil die Medien darüber berichten könnten.«

Der Generalmajor befürwortet die Anregung und meint:

»Karl, dies ist ein guter Hinweis. Ich selbst habe dafür kein Budget, aber ich werde morgen mit dem Generalstaatsanwalt darüber sprechen. Außerdem werde ich den Generalsekretär der Volkspartei diesbezüglich kontaktieren. Seine Partei müsste doch allergrößtes Interesse haben, den Mord an ihrem prominenten Parteimitglied rasch aufzuklären.«

Zuletzt bedankt sich Mosers Vorgesetzter bei den Kommissaren für die bisher schon sehr guten Erkenntnisse und wünscht viel Erfolg für den morgigen Tag. Inzwischen zeigt die Uhr bereits kurz vor 20:00 Uhr. Als der Kommissar sich bei seiner Kollegin entschuldigen will, dass es bereits wieder zu spät sei für ihr Trainingsprogramm, meint diese:

»Wieso zu spät? Das John Harris Fitness-Center hat bis 23:00 Uhr geöffnet. Mir bleibt noch genügend Zeit für eine Dreiviertelstunde Kraft-Training, eine halbe Stunde am

Laufband und eine Viertelstunde Schwimmen. Was ist mit Dir Karl? Wann warst Du zuletzt im Fitness-Center?«

»Renate, leider habe ich nicht Deine Kondition so spät am Abend. Ich war zuletzt vor zehn Tagen dort. Aber ich habe mir vorgenommen, am Samstag einige Stunden bei John Harris zu sein und am Sonntagmorgen eine Stunde in der Prater Hauptallee zu joggen. ... Ich werde heute Abend gemütlich essen gehen und mir dabei Fragen unsererseits an die Bevölkerung anlässlich der nächsten PK überlegen. Vielleicht denkst Du auch darüber nach, wenn Du am Laufband joggst.«

»Karl, und wo willst Du heute abends gemütlich essen?«

»Das Wetter ist frühsommerlich warm. Beim Gespräch mit dem Spusi-Leiter ist mir der Pfarrwirt in den Sinn gekommen. Darum möchte ich zu diesem nach Grinzing fahren, sofern ich einen Platz draußen bekommen kann. Außerdem könnte ich dort probe-essen.«

»Für welchen Anlass möchtest Du zur Probe essen?«

»Liebe Renate, natürlich für uns. Ich habe vor, Dich dorthin an einem schönen Sommerabend einzuladen, wenn wir diese Mordfälle erfolgreich aufgeklärt haben.«

Die Kommissarin freut sich über diese mögliche Einladung:

»Dies ist eine zusätzliche Motivation für mich. Darauf freue ich mich sehr. Morgen wird ein sehr wichtiger Tag für uns und ich hoffe, dass wir morgen oder in den nächsten Tagen entscheidend weiterkommen werden. Ich wünsche Dir einen guten Appetit.«

Damit macht sich Renate Pichler auf den Weg zum Fitness-Center. Moser ruft umgehend beim Pfarrwirt an. Er hat großes Glück, da in zwanzig Minuten ein Platz draußen frei wird. Darum beeilt er sich dorthin zu fahren.

Moser genießt die besondere Atmosphäre im Gastgarten unter freiem Himmel und den zuvorkommenden Service. Hier kann er sich von dem anstrengenden Tag erholen und versuchen, Kräfte für den morgigen Tag aufzubauen. Während des Essens resümiert er die bisherigen Erkenntnisse und überlegt nochmals seine Pläne für die kommenden Tage.

Verdächtigungen

Da Karl Moser nach dem gestrigen Besuch beim Pfarrwirt ausnahmsweise mit seinem Auto nachhause gefahren ist, benutzt er heute dieses für seinen Weg zum BKA. Unterwegs hält er beim Café Landtmann, um sein übliches Frühstück dort einzunehmen. Als der Oberkellner Anstalten macht, ihn nach neuesten Erkenntnissen zum Mord am NR-Abgeordneten zu fragen, unterbricht ihn der Kommissar:

»Herr Ober, Sie wissen doch, dass ich in laufenden Verfahren keine Auskünfte geben darf. Außerdem habe ich diesen Fall erst vor eineinhalb Tagen übernommen. Morde nach sechs Monaten aufzuklären ist überdies außerordentlich schwierig.«

An seinem gewohnten und für ihn reservierten Stammplatz genießt Moser ein Croissant, eine Buttersemmel und einen starken Kaffee, um sich danach bereits vor acht Uhr an seinem Arbeitsplatz einzufinden. Nahezu zeitgleich trifft dort auch die Kommissarin ein. Nach einem kurzen Austausch über die Erlebnisse am gestrigen Abend begeben sich die beiden Kommissare zur zweiten Wandtafel, um die Aufgaben des heutigen Tages schriftlich festzuhalten und um die Time-Slots für weitere Gespräche und Vernehmungen einzuplanen.

Da Renate die schönere und vor allem leserlichere Schrift hat, lässt der Kommissar sie auf die Wandtafel schreiben:

„Telefonat mit Mutter Antonia Schwarz wegen Termin, 10:00 Uhr Gespräch mit S. Wolff im Parlament, mittags Bericht der Spusi, 13:00 Uhr Gespräch mit G. Lenhardt im BKA, eventuell 15:00 Uhr PK, 16:00 Uhr Mordkommission."

Der Kommissar übernimmt es, die Mutter des Ermordeten anzurufen, um mit ihr einen Termin zu vereinbaren. Die Kommissare möchten mehr über die Liebschaften ihres Sohnes erfahren, welche nicht ohne vermeintliche Kindesfolgen geblieben sind.

Frau Schwarz wundert sich zwar, nochmals betreffend ihren Sohn befragt zu werden, ist aber mit einem weiteren Gespräch einverstanden, nachdem sie erfahren hat, dass der leitende Kommissar Oberst Moser selbst erscheinen will. Die Kommissare drängen auf einen raschen Termin, sodass dieser für heute 11:30 Uhr festgelegt wird.

Da bis zum ersten Termin um zehn Uhr noch etwas Zeit bleibt, überlegen die Kommissare gemeinsam, welche möglichen Fragen sie an die Bevölkerung im Rahmen einer nächsten PK richten könnten. Der Kommissar hält diese auf einem Blatt fest:

„Wurden am 30.November letzten Jahres der NR-Abgeordnete und seine Geliebte Verena Hofer in Loosdorf und Umgebung gesichtet? Wurde am 30.November ein Mercedes E-Klasse in silber-metallic Farbe und mit Wiener Kennzeichen dort gesehen? Wurde in den Tagen danach ein solches Auto in Österreich zum Kauf angeboten? Hat irgendjemand Kenntnisse gewonnen, dass einige Monate oder Wochen vor dem 30.November größere Geldflüsse im Zusammenhang mit möglichen Bestechungsgeldern oder geleisteten Informationen geflossen seien? Wer hat Kenntnis von Liebesbeziehungen von Alois Schwarz in den Monaten vor seinem Verschwinden?“

Den Kommissaren ist bewusst, dass sie für die PK nur zwei oder maximal drei Fragen auswählen können. Dies wollen sie kurzfristig entscheiden. Kurze Zeit später ruft der Generalmajor den Kommissar an, um den Termin der nächsten PK gemäß den Wünschen der Kommissare für morgen Freitag elf Uhr zu bestätigen. Allenfalls könne diese PK kurzfristig auch auf Freitagnachmittag verschoben werden. Gleichzeitig kann Mosers Vorgesetzter bestätigen, dass der Oberstaatsanwalt und die Volkspartei je 10.000 Euro als Belohnung für sachdienliche Hinweise zum Mord an den beiden Opfern ausloben werden. Beide Neuigkeiten erfreuen die Kommissare.

Bereits kurz vor zehn Uhr treffen die Kommissare beim Zimmer der NR-Abgeordneten Mag. Susanne Wolff im Parlament ein. Pünktlich empfängt sie die beiden Kommissare. Frau Wolff ist eine resolute, selbstbewusste und gutgekleidete Dame, die anscheinend sofort den Gesprächsablauf bestimmen möchte:

»Herr Oberst, Frau Hauptmann, ich habe verstanden, dass Sie vor allem wissen wollen, ob es vor sechs Monaten, also vor Ende November des Vorjahres, gewisse Bauprojekte gegeben habe, die einen Mord an meinem Kollegen Doktor Schwarz verursacht haben könnten. Ich bin gestern abends nach unserem Telefongespräch alle offenen Bauprojekte zum damaligen Zeitpunkt durchgegangen. Darunter hat sich kein besonders kritisches Projekt befunden.«

Als die NR-Abgeordnete eine weitere Frage nach den bisherigen Erkenntnissen der Mordermittlungen stellen will, wird sie von Karl Moser unterbrochen:

»Frau Magister, eigentlich sind wir hier, um die Fragen zu stellen. Es ist kein Geheimnis, dass vor einem Jahr auch Sie verdächtigt wurden, Bestechungsgelder angenommen zu haben. Die Untersuchungen gegen Sie wurden damals allerdings eingestellt. Warum gab es damals solche Vermutungen gegen Sie?«

Die Befragte scheint über diese Frage verärgert zu sein:

»Entscheidend ist doch, dass die Untersuchungen eingestellt wurden, nachdem meine zwei Privatkonten überprüft wurden. Ich habe sofort meine Konten offengelegt. Dabei hat sich gezeigt, dass es keine verdächtigen Zahlungen auf meine Bankkonten gegeben habe. ... Ich weiß bis heute nicht, wer diese Untersuchungen wegen möglicher Bestechungsgelder und Untreue gegen mich eingeleitet hat, und auch nicht warum. Ich vermute, dass politische Gegner dahintergesteckt haben. Ich dachte, dass Ihre Befragung heute vor allem Doktor Schwarz gelten sollte.«

Der Kommissar möchte die Vernehmung beschleunigen und fragt:

»Dazu kommt meine nächste Frage. Warum wurden die Untersuchungen in gleicher Sache gegen Doktor Alois Schwarz eingeleitet?«

Etwas schnippisch antwortet Susanne Wolff:

»Es liegt doch nahe, dass es bei ihm ähnliche Motive gegeben haben könnte wie gegen mich. Meines Wissens haben auch seine Konten-Überprüfungen keine Unregelmäßigkeiten gezeigt. Darum gab es weder weitere polizeiliche Ermittlungen noch einen Parlamentarischen Untersuchungsausschuss.«

Der Kommissar überlegt kurz seine nächste Frage, um sie danach zu stellen:

»Haben Sie eine Vermutung, warum Doktor Schwarz umgebracht wurde? Welche Motive könnte es gegeben haben?«

Ohne lange nachdenken zu müssen, antwortet die NR-Abgeordnete. Sie scheint diese Frage erwartet und eine Antwort vorbereitet zu haben:

»Ich habe mit Alois Schwarz eng und gut zusammenarbeitet. Obwohl wir unterschiedlichen Parteien angehören, haben wir in vielerlei Hinsicht ähnliche Ansichten gehabt. Darum haben mich die Geschehnisse um seine Person sehr betroffen gemacht. Nachdem ich vom Verschwinden meines Kollegen anfangs Dezember erfahren habe, war ich nicht nur verwundert, sondern auch schockiert. Jetzt, wo ich vom brutalen Mord an ihn erfahren habe, bin ich noch mehr erschüttert.

Da ich diese Ihre Frage erwartet habe, habe ich gestern abends nochmals darüber nachgedacht. Für mich kommen zwei Motive in Frage. Aber bitte betrachten Sie diese als meine persönlichen Vermutungen, da ich keine Beweise dazu habe.«

Mit dieser Ankündigung hat die Befragte die volle Aufmerksamkeit der beiden Kommissare erreicht:

»Ich weiß nicht, was Sie bisher über das Privatleben des Ermordeten erfahren haben. Aber es würde ihm jetzt nicht mehr helfen, gewisse Fakten zu verheimlichen. Alois Schwarz ist jedem Rock nachgelaufen, den er erreichen konnte. Er selbst hat sich als Womanizer oder Weiberheld gehalten. Dabei waren seine wesentlichen Pluspunkte seine politischen Funktionen und seine gewisse Prominenz, welche Frauen veranlasst haben, mit ihm sexuelle Beziehungen einzugehen.

Auch bei mir hat er mehrfach versucht, mich flachzulegen. Dies ist ihm selbstverständlich nicht gelungen. Es hat ihm nicht viel ausgemacht, er ist einfach zur nächsten Frau gegangen. ... Ich habe ihm einmal sogar angeraten, gegen seine Sex-Sucht anzukämpfen und sich psychologische Beratung und Hilfestellung zu leisten. Dies war vergebliche Liebesmüh meinerseits.«

Die Kommissarin unterbricht den Redefluss mit einer Zwischenfrage:

»Sie wissen sicherlich, dass Alois Schwarz und Verena Hofer gemeinsam ermordet aufgefunden wurden. Was wissen Sie darüber?«

Nach kurzem Überlegen antwortet die Befragte:

»Ich wusste, dass es dazu Gerüchte gegeben hat. Ich habe mich gewundert, dass sich Verena Hofer, eine vernünftige, anständige und verheiratete Frau mit Doktor Schwarz eingelassen hat. Sie hätte wissen müssen, dass sie höchstwahrscheinlich nur eine kurze Affäre für ihn sein würde.

Ich habe beide einmal in einem kleinen Restaurant händchenhaltend gesehen.«

Die Kommissarin stellt eine zweite Zwischenfrage:

»Gab es innerhalb des Parlaments andere Beziehungen zwischen dem Ermordeten und anderen Damen?«

»Ja, sicherlich einige. Aber den meisten Damen war bewusst, dass es dabei um gute Abendessen in sehr guten Restaurants und vielleicht kleine Geschenke gehen mag, aber dass nach einer kurzzeitigen Affäre die nächste Frau an der Reihe sein würde. Manchen Frauen scheint dies zu genügen, mir sicherlich nicht.«

Jetzt hat auch der Kommissar eine weitere Zwischenfrage:

»Haben Sie jemals seine Frau Franziska kennengelernt? Könnte sie etwas mit den beiden Morden zu tun haben?«

Die NR-Abgeordnete überlegt einige Sekunden, um danach zu antworten:

»Daran habe ich bisher noch nicht gedacht. Ich habe seine Frau zweimal an Veranstaltungen getroffen und habe mich dabei mit ihr gut unterhalten. Sie hat mir leidgetan, weil sie wahrscheinlich wusste, dass ihr Mann kein Kind von Traurigkeit war. Aber einen solchen brutalen Mord würde ich ihr nicht zutrauen. Wenn Alois Schwarz vergiftet worden wäre, dann würde ich sie vielleicht verdächtigen. Aber die Zunge abzuschneiden, dies halte ich bei ihr für ausgeschlossen.«

Nachdem die Kommissare keine weiteren Zwischenfragen stellen, fährt Frau Mag. Wolff fort:

»Nachdem ich erfahren habe, dass dem armen Mann die Zunge herausgeschnitten wurde, ist mir ein zweites mögliches Motiv in den Sinn gekommen. Ich habe Herrn Schwarz zweimal in unmittelbarer Nähe zur Minoritenkirche gesehen. Einmal ist er mit einem Mann in die Kirche an einem späten Nachmittag hineingegangen. Dies ist mir dann neulich wieder in den Sinn gekommen und haben bei mir gewisse Alarmglocken läuten lassen.«

Die Kommissarin sieht die NR-Abgeordnete fragend an:

»Ich sehe hier kein Mordmotiv. Was könnte dies mit den Mordfällen zu tun haben?«

Als Susanne Wolff kurz antwortet, dass eigentlich die Kriminalpolizei daraus Schlüsse ziehen sollte, erläutert Kommissar Moser seiner Kollegin das von der NR-Abgeordneten vermutete Mordszenario:

»Renate, die Minoritenkirche gilt als Treffpunkt von Personen mit einem Bezug zur italienischen Mafia und insbesondere zur Ndrangheta. Diese kriminelle Organisation ist für ihr besonders brutales Vorgehen bekannt. Darauf wollte uns Frau Wolff hinweisen.«

Die Befragte antwortet mit einem zustimmenden Kopfnicken. Moser setzt mit seinen Fragen fort:

»Frau Magister, haben Sie irgendeinen Anhaltspunkt, warum Herr Schwarz mit der Ndrangheta oder einer anderen mafiösen Organisation zu tun gehabt haben könnte.«

»Herr Oberst, es ist Ihre Aufgabe, dies herauszufinden. Ich selbst habe dazu keine Hinweise oder Ideen.«

Abschließend stellt Kommissar Moser noch eine weitere Frage:

»Frau Wolff, wir müssen allen Möglichkeiten nachgehen. Darum fragen wir auch alle Personen mit einem Bezug zum Mordopfer nach deren Alibi. Der Mord ist aller Wahrscheinlichkeit nach bereits am 30.November letzten

Jahres geschehen. Können Sie uns sagen, was Sie an diesem Tag nachmittags und abends gemacht haben?«

Die Befragte schmunzelt und fragt:

»Herr Kommissar, halten Sie mich wirklich für möglicherweise verdächtig? Glauben Sie, dass ich solch ein Verbrechen begehen könnte? Ich werde trotzdem Ihre lächerliche Frage beantworten. (Sie sieht in ihrem Taschenkalender und Handykalender nach.) Ich war an jenem Tag den ganzen Nachmittag im Parlament, um mich für Nationalrats-Sitzungen vorzubereiten. Dabei habe ich Gesetzestexte gelesen und Änderungsanträge vorbereitet. Dazu gäbe es genügend Zeugen im Parlament, sofern sich diese erinnern könnten. Abends war ich zuhause. Ich vermute, dass an jenem Tag auch mein Mann daheim war und allenfalls dies bezeugen könnte.«

Da die gewährte halbe Stunde für dieses Gespräch nahezu vorüber ist, bedanken sich die Kommissare für die Informationen und marschieren wieder zu Fuß zum BKA zurück. Unterwegs fragt die Kommissarin ihren Kollegen:

»Karl, was ist Deine Meinung zu Frau Wolff? Könnte sie Deiner Ansicht nach für die Morde in Frage kommen?«

Moser überlegt sich seine Antwort an seine Kollegin für einige Sekunden:

»Renate, ich glaube eher nein. Ich halte sie für fähig, Korruptionsverbrechen zu begehen und Bestechungsgelder anzunehmen. Sie ist eine resolute Frau, aber derartige Morde traue ich ihr nicht zu. ... Leider konnte ich an ihren Augen nicht erkennen, ob sie uns angelogen hat. Dazu war der Abstand zu groß. Bei einigen Fragen hatte ich das Gefühl, dass sie unsicher wurde.

Allerdings stelle ich mir eine andere Frage. Woher wusste Frau Wolff, dass dem Mordopfer die Zunge abgeschnitten wurde?

Darüber haben wir nicht detailliert in der Medien-Veranstaltung berichtet, darüber stand auch nichts in den Zeitungen. Allerdings wusste der Generalsekretär der Volkspartei darüber Bescheid. Möglicherweise hat er seinem Counterpart bei den Sozialisten berichtet und dieser hat dann Frau Wolff informiert. ... Wir sollten uns Frau Wolff nochmals bei uns im Vernehmungsraum vornehmen. Dann würde ich ihr die Frage stellen, woher sie vom Abschneiden der Zunge wusste. Dabei würde ich ihre Augen und Mundwinkeln genauestens beobachten.«

»Karl, Du bist wahrlich ein schlauer Fuchs. Generell bin ich Deiner Meinung. Auch ich traue ihr ein solches Verbrechen nicht zu. Aber vielleicht war sie eine Mittäterin. Bisher wissen wir nicht, ob es einen, zwei oder mehrere Täter gegeben habe.«

Moser nickt zustimmend: »Diesbezüglich hast Du recht, Renate.«

Die Kommissare haben nur wenige Minuten Zeit, in ihrer E-Mail-Korrespondenz nachzusehen. Es gibt keine weiteren Hinweise. Darum machen sich die Kommissare auf den Weg zur Mutter von Alois Schwarz. Sie wohnt in einer Altbau-Wohnung im 13. Wiener Gemeindebezirk. Obwohl die Kommissare einige Minuten zu früh sind, öffnet ihnen Frau Antonia Schwarz die Türe.

Vor ihnen steht eine etwa 75-jährige weißhaarige und ganz in schwarz gekleidete Dame, welche die beiden Kommissare in ihren Salon bittet. Sie hat bereits Kaffee vorbereitet und bietet eine Tasse davon an. Beide Kommissare nehmen das Angebot dankbar an. Dann eröffnet Moser das Gespräch:

»Gnädige Frau, danke, dass Sie sich nochmals Zeit nehmen für ein Gespräch mit uns. Meine Kollegin Hauptmann Pichler und ich werden alles unternehmen, um das Verbrechen an Ihrem Sohn ehestmöglich aufzuklären. Dazu brauchen wir auch Ihre Unterstützung, weil wir einige Fragen haben.«

Die Mutter des Ermordeten wundert sich, wie sie den Kommissaren helfen könnte. Darum fährt der Kommissar fort:

»Aus unseren bisherigen Recherchen zeigen sich im Wesentlichen zwei Mordmotive. Zum einen können diese aus dem Privatleben und vor allem aus den Liebesaffären Ihres Sohnes kommen. Zum anderen aus beruflichen Gründen, die möglicherweise auch mit den Korruptionsvorwürfen gegen Ihren Sohn zu tun haben.

Wir haben von dem Kriminalbeamten, der Sie vor eineinhalb Tagen informiert hat, erfahren, dass Sie überzeugt seien, dass eine Frau, die sich von Ihrem Sohn betrogen oder verlassen oder ungerecht behandelt gefühlt hat, die Morde selbst ausgeführt oder veranlasst habe. Haben wir diese Aussage von Ihrer Seite richtig verstanden?«

Die befragte ältere Dame nickt und ergänzt:

»Wenn Sie davon sprechen, dass ich überzeugt sei, dass eine oder mehrere Frauen dahinterstecken könnten, so ist dies etwas übertrieben. ... Ich glaube nicht, dass die seinerzeitigen Korruptionsvorwürfe gegen meinen Sohn Alois berechtigt gewesen seien. Er hat mir gegenüber auch alle diese öffentlich kommunizierten Vorwürfe ständig bestritten. Ich glaube ihm diesbezüglich.

Alois hat in Geldfragen immer korrekt gehandelt, soweit ich dies sagen kann. Leider hat er bei seinen Beziehungen zu Frauen nicht in gleichem Maße richtig gehandelt. Möglicherweise habe ich dabei in seiner Erziehung Fehler gemacht. ... Warum musste er neben seiner Ehefrau so viele andere Liebesbeziehungen eingehen? ... Oftmals habe ich mir die Frage gestellt, ob ich ihn zu streng oder mit zu wenig Liebe erzogen habe und dass er jetzt mangelnde Liebesbezeugungen meinerseits bei vielen Frauen kompensieren müsse.«

Nach diesem kurzen Monolog unterbricht Moser den Redefluss der Mutter und fragt:

»Wie sehen Sie die Beziehung seiner Frau Franziska zu Ihrem Sohn? Könnte sie etwas mit dem Mord zu tun haben, weil sie alle diese außerehelichen Affären satthatte?«

Ohne lange nachzudenken, antwortet die ältere Dame:

»Nein, ich bin überzeugt, dass sie nicht in dem Mord an meinem Sohn involviert war, obwohl sie vor allem anfänglich sehr darunter gelitten hatte. Ich habe mich oft mit Franziska abends unterhalten, wenn Alois wieder eine Nacht auswärts verbracht hat. ... Sie hat unbedingt ihre Ehe aufrechterhalten wollen, auch wegen ihrer drei Kinder. Sie war immer der Hoffnung, dass sich das Bedürfnis von Alois nach immer mehr Frauen irgendwann beruhigen werde.«

Jetzt stellt die Kommissarin eine Frage:

»Was wussten Sie von der Liaison Ihres Sohnes mit Verena Hofer, jener Frau, die mit ihm ermordet aufgefunden wurde?«

Diesmal überlegt die Befrage etwas länger und antwortet:

»Mit dieser Frau hatte Alois eine längere Beziehung. Mein Sohn hat mich alle zwei Wochen besucht. Einmal hat er mir Verena Hofer vorgestellt, eine sympathische und liebenswürdige Frau, die ebenfalls verheiratet war. ... Könnte ihr Mann etwas mit den beiden Morden zu tun haben? Vermutlich hat auch er darunter zu leiden gehabt.«

Der Kommissar übernimmt es, diese Frage der Mutter zu beantworten:

»Wir untersuchen auch diese Möglichkeit. Wir haben ihn schon einmal vernommen. Dabei haben wir keine Anhaltspunkte feststellen können. Sie haben unserem Kollegen von einer Frau erzählt, die eine Tochter von Ihrem Sohn hat. Können Sie sich an ihren Namen erinnern?«

Ohne längere Zeit überlegen zu müssen, beantwortet die Mutter diese Frage:

»Ihr Vorname ist Konstanze. Alois fühlte sich von dieser Frau etwas getäuscht. Sie wollte offensichtlich einfach ein Kind von ihm haben. Nach Aussagen meines Sohnes habe sie ihm vorgespielt, dass sie die Pille nehme. Zehn Monate später hat sie ihn mit einem ein Monat alten Baby und einem DNA-Test konfrontiert, der bestätigt, dass mein Sohn der Vater dieses Kindes sei. Danach hat Alois ihr monatliche Alimente gezahlt, obwohl Konstanze dies nicht verlangt habe.

Mein Sohn war trotzdem stolz auf sein viertes Kind und hat mir dieses Baby und deren Mutter präsentiert. Konstanze hat mich öfters angerufen und mich auch zweimal im letzten Jahr mit diesem meinem vierten Enkelkind besucht. Nach dem Verschwinden von Alois vor sechs Monaten hat sie mich nicht mehr besucht. Dies bedrückt mich.«

Abermals unterbricht die Kommissarin die Mutter mit einer Zwischenfrage:

»Wusste seine Frau Franziska von diesem unehelichen Kind ihres Mannes? Falls ja, wie hat sie darauf reagiert?«

»Ich hatte meinem Sohn geraten, proaktiv darüber seine Frau zu informieren, aber er wollte dies nicht. Im letzten Herbst hat sie dann zufällig davon erfahren. Sie war darüber sehr schockiert, meinte allerdings, dass ihre Ehe auch dies überstehen müsse.

Wenn Sie mich jetzt fragen, ob möglicherweise diese Konstanze an einem Mord an meinem Sohn beteiligt sein könnte, so kann ich dies nur klar verneinen. Auch ihr traue ich dies nicht zu.«

Der Kommissar setzt mit einer weiteren Frage nach:

»Wir haben gehört, dass Ihr Sohn vor seinem Tod noch eine andere Frau geschwängert habe. Stimmt dies? Wenn ja, kennen Sie ihren Namen?«

»Kurz vor seinem Verschwinden hat mich Alois abermals informiert, dass eine andere Frau gegen seinen Willen schwanger geworden wäre, aber ebenfalls nicht abtreiben wolle. Ich habe ihm geraten, diese Frau mit einem hohen Geldbetrag zur Abtreibung zu bewegen. ... Dies war das letzte Mal, dass ich meinen Sohn gesehen und gesprochen habe. Daher weiß ich nicht, was geschehen ist. Von ihr kenne ich auch nur ihren Vornamen: Doris. Ich habe diese Frau niemals persönlich kennengelernt.«

Moser überlegt, wie er seine nächste Frage an die Mutter des Ermordeten stellen solle:

»Gnädige Frau, wir haben jetzt über einige der Beziehungen Ihres Sohnes gesprochen. Aber bei all diesen Frauen sind Sie der Meinung, dass sie nichts mit dem Mord an Ihrem Sohn zu tun haben. Trotzdem meinen Sie, dass seine außerehelichen Affären das Mordmotiv hätten sein können. Welche Frau könnte dies gewesen sein?«

»Herr Kommissar, glauben Sie mir. Wenn ich dies wüsste, würde ich Ihnen dies umgehend mitteilen. Aber die von mir genannten und mir namentlich bekannten Frauen waren leider nur ein Bruchteil seiner Liebesaffären in den letzten Jahren.«

Moser wechselt jetzt das Thema und kommt auf die finanzielle Situation des NR-Abgeordneten zu sprechen:

»Frau Schwarz, wussten Sie, dass Ihr Sohn neben seinen zwei Konten im Inland auch über drei ausländische Bankkonten verfügte. Wissen Sie vielleicht, wofür er drei Konten im Ausland gebraucht hat?«

Nachdem die ältere Dame nur unwissend mit den Achseln zuckt, fährt Moser fort:

»Wir haben verstanden, dass Ihr Mann vor einigen Jahren verstorben ist. Hat er Ihrem Sohn ein größeres Vermögen hinterlassen? Haben Sie noch andere Kinder?«

»Leider nein. Ich hatte zwei Söhne, einer ist schon vor fünfzehn Jahren bei einem Autounfall ums Leben gekommen. Daher bin ich jetzt allein, aber ich habe zumindest vier Enkelkinder, davon drei eheliche und eine Schwiegertochter. ... Leider konnte mein Mann kein großes Vermögen hinterlassen. Mein Sohn hat mir in den letzten Jahren immer etwas Geld zugesteckt. Dies ist jetzt seit sechs Monaten ausgeblieben. Aber ich lebe sparsam und komme damit gut über die Runden.«

Moser greift das finanzielle Thema weiter auf und fragt die ältere Dame:

»Wie hat Ihr Sohn dies alles gestemmt? Er hat offensichtlich vor wenigen Jahren ein neues Haus gekauft, in der seine Frau und seine drei ehelichen Kinder wohnen. Er hat viele Affären mit Essenseinladungen, Hotelübernachtungen und Geschenken finanziert, ebenso monatliche Alimente gezahlt. Und er hat Ihnen auch monatlich etwas Geld zustecken können. Wie konnte er sich dies alles finanziell leisten?«

Jetzt sieht ihn die Mutter des Ermordeten fragend an:

»Herr Kommissar, dies weiß ich nicht. Ich habe Alois nach dem Hauskauf vor zwei Jahren gefragt. Damals hat er mir gesagt, dass er sehr erfolgreich mit dieser neuen Währung gehandelt habe.«

Als die Kommissarin das Wort „Bitcoin“ erwähnt, nickt Frau Schwarz. Die Kommissare haben zwar viel von der Mutter des Ermordeten erfahren, aber auch keine konkreten Hinweise und

Anhaltspunkte zu möglichen Mördern erhalten. Auf dem Weg zurück zum BKA stellt der Kommissar für sich fest:

»Inzwischen bin ich ziemlich überzeugt, dass der Nationalrats-Abgeordnete tatsächlich in eine Korruptionsaffäre verwickelt war. Vermutlich hat er Schmiergelder kassiert, um seinen sehr teuren Lebensstil mit seinen verschiedenen Frauen und sein Haus zu finanzieren. Aber ich sehe noch keinen Zusammenhang, warum er deshalb ermordet wurde.«

Seine Kollegin ergänzt seine Überlegungen:

»Karl, ich sehe dies ähnlich wie Du. Vielleicht ist er der Ndrangheta in die Quere gekommen, wie dies vorhin Frau Wolff vermutet hat. Ich bin sehr gespannt, was seine ausländischen Kontenbewegungen zeigen werden.«

Da aufgrund der anstehenden weiteren Termine keine Zeit für ein Mittagessen bleibt, parkt Moser bei einem Bäcker und besorgt sich zwei Leberkäs-Semmeln und eine Käsesemmel für seine Kollegin, welche sie am Arbeitsplatz verspeisen wollen.

Dabei lesen sie den versprochenen ersten Bericht des Spusi-Leiters. Darin erfahren die Kommissare, dass am Tatort in Loosdorf drei verschiedene Blutspuren gefunden wurden, davon zwei von den beiden Mordopfern und eine Blutspur einer noch unbekannten männlichen Person. Diese Spur habe sich auf einem Kleidungsstück gezeigt, welches in dem Bauschutt-Container am Grundstück in Loosdorf gefunden wurde. Wahrscheinlich wurde dieses Kleidungsstück von einem Bauarbeiter im Container entsorgt.

Auf den beiden im Gebüsch gefundenen Foltergeräten konnten keine Spuren gefunden werden, wohl aber auf den Klebebändern, mit denen die Münder der beiden Ermordeten verschlossen wurden. Leider haben sich in der polizeilichen Datenbank keine Personen erkennen lassen, denen die gefundene dritte Blutspur und die Fingerabdrücke an den

Klebebändern zugeordnet werden können. Trotzdem ist der Kommissar mit den Ergebnissen der Spurensicherung sehr zufrieden und stellt gegenüber seiner Kollegin fest:

»Renate, dies ist bereits ein großer Fortschritt. Jetzt brauchen wir nur noch diese eine oder zwei Personen finden. Aber da wir es möglicherweise mit Politikern zu tun haben werden, wird der Nachweis sehr schwierig werden.«

Der Kommissar möchte seine Freude und Dankbarkeit dem Spusi-Leiter ausdrücken und ruft ihn an:

»Lieber Kollege, dies sind ja erfreuliche Nachrichten von Dir. Jetzt müssen wir alle verdächtigten Personen bewegen, einem DNA-Test und der Abgabe von Fingerabdrücken zuzustimmen. Wie Du vermutlich weißt, können sich gerade Politiker dagegen wehren. Daher brauchen wir noch mehr Beweise. Daran arbeiten wir. Habt Ihr noch etwas gefunden?«

»Ja, Karl. Wir prüfen gerade, ob wir herausfinden können, wann, wo und von wem die Leichtbeton-Bausteine gekauft wurden, die zum Bau der Mauer im Keller verwendet wurden. Vielleicht gewinnen wir auch dadurch Anhaltspunkte zum Täter. Ich komme dann zur Sitzung der Mordkommission in gut drei Stunden.«

Pünktlich um 13:00 Uhr meldet sich Herr Ingenieur Lenhardt bei der Rezeption im BKA und wird umgehend von der Kommissarin abgeholt und in ein Vernehmungszimmer gebracht. Der gutaussehende und muskulöse Mittvierziger ist Parteimitglied der Freiheitlichen und bekleidet die Funktion des stellvertretenden Leiters im Amt der Niederösterreichischen Landesregierung für Landeshochbau. Nach der gegenseitigen Vorstellung eröffnet Kommissar Moser das Gespräch:

»Herr Ingenieur, danke, dass Sie zu uns gekommen sind. Unsere Fragen beziehen sich auf den Korruptionsfall vor etwa einem Jahr, in dem Sie gemeinsam mit Doktor Schwarz und Frau Magister Wolff verwickelt waren. ...«

Als Moser weitersprechen will, unterbricht ihn der Befragte in resoluter Weise:

»Herr Oberst, ich war nicht in jene Korruptionsfälle verwickelt, um dies klarzustellen. Dies war damals eine Fake News gegen mich. Ich habe meine Konten sofort offengelegt. Unser Generalsekretär hatte volle Einsicht und hat meine Erklärung voll und ganz unterstützt. Ich habe weder Informationen weitergegeben noch Bestechungsgelder angenommen.«

Der Kommissar erwidert umgehend:

»Darüber hat uns Ihr Generalsekretär bereits informiert. Wir untersuchen keine Korruptionsfälle, aber meine Kollegin und ich wollen den Mörder von Doktor Alois Schwarz und Verena Hofer finden. Gemäß den vorliegenden Informationen haben Sie vor über einem Jahr mit Herrn Schwarz und Frau Wolff in einigen Projekten intensiv zusammengearbeitet. Um welche Projekte ist es dabei gegangen?«

Herr Lenhardt überlegt einige Sekunden und antwortet dann:

»Ich hatte mit Herrn Doktor Schwarz schon einige Jahre gut zusammengearbeitet. Dabei ging es um gemeinsame Bauprojekte der Republik Österreich und des Landes Niederösterreich. Im letzten Jahr war auch Frau Wolff in zwei Projekten mitinvolviert. Diese beiden Kollegen konnten alle Verdachtsmomente so wie ich entkräften.«

Moser bohrt zum Thema mögliche Korruption und Bestechung weiter:

»Solche Verdächtigungen sind doch zumeist nicht aus der Luft gegriffen. Wer könnte Ihrer Meinung nach verantwortlich sein, dass solche nach Ihrer Ansicht ungerechtfertigte Vorwürfe aufgebracht wurden.«

Der Landespolitiker wirkt immer noch sehr erregt:

»Diesbezüglich könnte ich Ihnen zwei Kategorien nennen: einerseits Mitbewerber des Bauunternehmens, welches den Zuschlag erhalten hat. Damit sollte manchmal eine Neuausschreibung erreicht werden. Andererseits politische Gegner, die Mitglieder anderer Parteien bewusst diskreditieren wollen. ... In unserem Metier muss man diesbezüglich wahrhaft eine dicke Haut haben.«

Der Kommissar will nicht lockerlassen, vor allem auch deshalb nicht, weil er nach der Vernehmung aus den aufgenommenen Nahaufnahmen der Gesichter etwaige Lügen erkennen will. Darum setzt er nochmals nach:

»Herr Ingenieur, eine Bemerkung meinerseits muss allerdings gestattet sein. Es ist auffallend, dass bei den von Ihnen genannten Bauprojekten, in denen auch Herr Schwarz und Frau Wolff involviert waren, nahezu immer ein einziger großer Baukonzern zum Zuge gekommen ist und den Bau des Projekts durchführen konnte. ... Wie ist dies möglich? Dann ist es doch allzu logisch, dass Korruptions- und Bestechungsvorwürfe hochkommen.«

»Herr Kommissar, dafür gibt es einen einfachen und logischen Grund. Das obsiegende Unternehmen hat entweder in ihren Projektunterlagen die Vorgaben am besten erfüllt oder den tiefsten Baupreis angeboten. Dafür gibt es beim Staat und im Land klare Richtlinien. Der Rechnungshof prüft stichprobenweise die Einhaltung der Vergabevorschriften und die finalen Baukosten. ... Ich kann mich an kein Projekt erinnern, in dem ich mitverantwortlich war, und welches vom Rechnungshof beanstandet wurde.«

Moser ist mit dem bisherigen Verlauf der Vernehmung noch nicht zufrieden. Darum will er den Befragten nochmals unter Druck bringen:

»Herr Lenhardt, war Ihnen bewusst, dass Herr Doktor Schwarz neben zwei Privatkonten in Österreich auch drei weitere Konten in Deutschland, in der Schweiz und in Ungarn besessen hat?«

Die Kommissarin bemerkt sofort, dass diese letzte Frage den Amtsleiter sichtlich beunruhigt hat. Nach einigen Sekunden des offensichtlichen Nachdenkens antwortet dieser:

»Nein, dies habe ich nicht gewusst. Ich hatte und habe keine Ahnung, warum Doktor Schwarz solche Konten hatte? Gab es darauf Kontobewegungen?«

Auch der Kommissar hat die gestiegene Nervosität des befragten Ingenieurs bemerkt und antwortet:

»Vermutlich gab es solche Kontobewegungen im Ausland. Darüber erfahren wir erst im Laufe des Nachmittags. Dann wissen wir Genaueres. Übrigens, wie sieht es bei Ihnen aus? Verfügen Sie ebenfalls über ausländische Bankkonten?«

Der Befragte schüttelt verneinend den Kopf: »Ich wüsste nicht, warum ich solche Konten brauchen sollte.«

Als Ingenieur Lenhardt auf die Uhr blickt und meint, dass sein Folgetermin bald warten würde, erwidert der Kommissar:

»Wir sind gleich fertig und haben für heute noch eine letzte Frage an Sie. Inzwischen wissen wir, dass die beiden Morde vermutlich unmittelbar nach dem Verschwinden dieser beiden Personen geschehen sind, am 30.November des Vorjahres. Darum befragen wir alle Personen, mit denen Doktor Schwarz und Verena Hofer damals im Kontakt waren, nach deren Alibis. Herr Ingenieur, wo waren Sie am 30.November letzten Jahres am Nachmittag und am Abend?«

Der Befragte ist sichtlich noch nervöser geworden und sieht in seiner Agenda und danach auf seinem Mobiltelefon nach. Dann formuliert er seine Antwort:

»Herr Kommissar, glauben Sie ernstlich, dass ich der Mörder der beiden sein könnte. Ich habe in meinen Agenden nachgesehen. Am 30.November letzten Jahres war ich den ganzen Nachmittag im Landtag in St. Pölten. Dies könnten Kollegen bezeugen, sofern sie sich daran erinnern könnten. Wahrscheinlich gibt es auch Video-Aufzeichnungen, wenngleich ich nicht weiß, wie lange diese bei uns in St. Pölten gespeichert werden. ... Danach war ich in einer kleinen Parteiveranstaltung im Bezirk Melk und vermutlich gegen 21:00 Uhr zuhause. Vielleicht kann sich meine Lebenspartnerin daran erinnern.«

Damit ist diese Vernehmung zu Ende. Der Kommissar kann es kaum erwarten, die eben aufgezeichneten Nahaufnahmen zu überprüfen. Zu seiner Kollegin gewandt meint er:

»Renate, ich bin mir recht sicher, dass der Amtsleiter Lenhardt uns bei zwei bis drei Fragen belogen hat.«

Moser sieht sich die Disc-Aufzeichnungen dreimal an und erläutert seiner Kollegin an den Augen- und Pupillen-Veränderungen und an den Zuckungen der Mundwinkel des Befragten, bei welchen Fragen dieser besonders erregt gewessen sei oder offensichtlich nicht die Wahrheit gesprochen habe:

»Der Amtsleiter ist sichtbar nervös geworden bei den Themen, wieso nahezu immer ein einziger Baukonzern den Zuschlag bekommen habe, bei der Frage nach den drei ausländischen Bankkonten des Alois Schwarz und auch bei der Frage nach seinem Alibi am 30.November. Ich bin mir sicher, dass er gelogen habe, als ich ihn gefragt habe, ob er Kenntnis von den ausländischen Konten seines Kollegen hatte und er dies verneint hat. Dies sollte uns zeigen, an welchen Punkten wir bei ihm nachsetzen müssen.«

Die Kommissarin ist sich hinsichtlich des eben befragten Landespolitikers unsicher und fragt ihren Kollegen:

»Karl glaubst Du, dass Herr Lenhardt der oder einer der Mörder sein könnte?«

Moser überlegt kurz seine Antwort:

»Rein körperlich käme er für mich als Täter in Frage, aber mein Gefühl sagt mir, dass er zwar in Korruptionsaffären verwickelt, aber kein Mörder sei. Was ist Deine Meinung, Renate?«

»Ich bin seiner Person gegenüber noch indifferent. Aber ich kann Deine Meinung verstehen. Wir werden ihn sicherlich nochmals verhören. ... Ich bin gespannt, welche Erkenntnisse uns die Kontenbewegungen des Ermordeten zeigen werden.«

Kaum hat die Kommissarin diese Worte ausgesprochen, da meldet sich jene Kriminalbeamtin beim Kommissar, die beauftragt ist, die finanzielle Situation und die Kontobewegungen des Ermordeten zu durchleuchten. Moser bittet die Beamtin in sein Arbeitszimmer und ersucht sie um ihren Bericht:

»Gestern habe ich Euch informiert, dass ich keine besonderen Auffälligkeiten bei den beiden inländischen Privatkonten des Doktor Schwarz gesehen habe. Dieses Bild hat sich deutlich verändert, nachdem ich Einblick nehmen durfte in seine Konten bei der Commerzbank Frankfurt und bei der Deutschen Bank in Budapest. Der Ermordete scheint einige Kryptowährung-Wallets innezuhaben. ... Wie Ihr wahrscheinlich wisst, ist es nicht einfach, Transfers verschiedener Kryptowährungen über verschiedene Kryptowährung-Wallets zu verfolgen. Ich nehme an, dass Ihr Bescheid wisst über Kryptowährungen und insbesondere über Bitcoins und über Wallets, die wie Bankkonten funktionieren.«

Beide Kommissare nicken bejahend und hören besonders gespannt den weiteren Äußerungen der Kriminalbeamtin zu:

»Die große Schwierigkeit für uns ist, festzustellen, woher die Kryptowährung-Zahlungsströme kommen, da dahinter keine Namen, sondern Zahlen stehen. Oftmals laufen Zahlungen über einige Wallets mit geänderten Wallet-Daten und manchmal auch via Umtausche in andere Kryptowährungen. Daher konnte ich bislang nur feststellen, dass Doktor Schwarz Bestände verschiedener Kryptowährungen auf der größten österreichischen Wallet-Bank hat. Ich vermute, dass es ebenfalls noch größere Bestände auf Wallets in anderen Ländern geben könnte.«

Die Kommissarin stellt eine Zwischenfrage an die Beamtin, warum der Ermordete so viele Wallets besitzen würde. Diese Frage wird allerdings vom Kommissar umgehend beantwortet:

»Renate, dies ist leicht verständlich. Damit wollte Alois Schwarz verhindern, dass die Herkunft der Geldströme erfasst werden könnte. Damit sollten vermutlich Bestechungsgelder „gewaschen" werden.«

Auf die Frage, um welche Geldbeträge es sich dabei handelt, antwortet die Kriminalbeamtin:

«Es wird nahezu unmöglich sein, die Gesamtsumme der Einkünfte über alle verschiedenen Kryptowährungen zu erfassen. Ich schätze, dass es sich dabei um mehrere hunderttausend Euro im Laufe des vergangenen Jahres handeln dürfte. ... Ich kann auch noch nicht abschätzen, seit wann der Ermordete solche Geldströme in Kryptowährungen bezogen hat. Der Markt der Kryptowährungen ist ein sehr dynamischer mit explosionsartigen Kurs-Entwicklungen.

Dadurch könnte es möglich sein, dass Doktor Schwarz massiv an den Kurs-Entwicklungen verdient haben könnte.«

Abermals stellt die Kommissarin eine Verständnisfrage:

»Wie ist dies möglich? Um welche Kursveränderungen geht es dabei?«

Die Kriminalbeamtin scheint mit Kryptowährungen gut bewandert zu sein und antwortet:

»Frau Kollegin, dies ist eine Frage der Dynamik des Kryptowährung-Markts und der damit verbundenen Spekulationen. Ich nenne Ihnen ein Beispiel: vor etwa sechs Jahren kostete ein Bitcoin weniger als eintausend US-Dollar. Wenige Jahre später schnellte der Preis auf über sechzigtausend US-Dollar hoch, um danach wieder auf zwanzigtausend US-Dollar zurückzufallen. Gegenwärtig steht er wieder bei etwa sechzigtausend US-Dollar.

Die Kommissarin ist über diese Dynamik überrascht:

»Hätte ich nur vor fünf Jahren Bitcoins statt Gold gekauft, ...«

«Frau Kollegin, dann hätten Sie möglicherweise auch fast alles verloren, wenn Sie zum falschen Zeitpunkt gekauft hätten, ...«

Der Kommissar möchte wissen, was der Ermordete mit den Kryptowährungen gemacht habe. Darum fragt er:

»Liebe Kolleginnen, wir sind nicht hier, um über die Kursentwicklung des Bitcoins zu spekulieren, sondern um zwei Morde aufzuklären. Welche Zahlungen hat Doktor Schwarz von seinen ausländischen Bankkonten aus geleistet?«

»Auf die Schnelle konnte ich bislang nur die letzten 18 Monate erfassen, aber diese sind aussagekräftig genug. In Summe gab es Transfers von Kryptowährung-Wallets auf die beiden Alois

Schwarz-Konten in Deutschland und Ungarn in Höhe von knapp fünfhunderttausend Euro. Übrigens, das Deutsche Bank Konto in Ungarn wird als Euro-Konto geführt. ... Ich gehe davon aus, dass die Zahlungseingänge und etwaige Kursgewinne niemals deklariert und versteuert wurden, weder in Österreich noch in Deutschland oder in Ungarn. Dies ist ein anderes Kapitel.

Herr Doktor Schwarz hat bei den beiden Banken mehrere Bargeld-Abhebungen in München und Budapest in Summe von etwa 240.000 Euro getätigt. Es gab allerdings keine Bargeld-Einzahlungen auf seine Konten in Österreich. Gegenwärtig weisen die Salden seiner beiden ausländischen Banken Positivbeträge von nahezu hunderttausend Euro auf.

Besonders interessant ist, wohin höhere Geldbeträge geflossen sind: zweimal gingen je fünfzigtausend Euro an zwei Ein-Personengesellschaften, deren Eigentumsverhältnisse ich noch nicht kenne. Pro Monat fließen eintausend Euro als Dauerauftrag an eine Frau Konstanze Taus in Wien. Zwanzigtausend Euro gingen Mitte November letzten Jahres an eine Frau Doris Lichtner ebenfalls mit Wiener Adresse und zehntausend Euro an das andere Mordopfer Frau Verena Hofer.

Leider habe ich noch keine Angaben aus der Schweiz erhalten. Möglicherweise brauchen wir dazu einen richterlichen Beschluss in der Schweiz. Ich werde Euch alle diese Angaben und die Kopien des Jahresauszugs vom letzten Jahr zumailen.«

Kommissar Moser ist begeistert von den Informationen und stellt voller Freude fest:

»Damit ist mit hundertprozentiger Sicherheit geklärt, dass Doktor Schwarz in Korruptionsfälle verwickelt war und enorme Summen an Bestechungsgeldern kassiert hat, die überdies nie versteuert wurden. ... Jetzt müssen wir die Verbindung der Korruptionsfälle mit den Morden finden, sofern es diese gibt.«

Der Kommissar stellt eine weitere Frage an die Beamtin:

»Haben Konto-Abbuchungen nach dem 30.November letzten Jahres stattgefunden?«

Nachdem die Beamtin diese Frage verneint, äußert der Kommissar eine weitere Feststellung:

»Damit scheint geklärt, dass seine Frau von den Bestechungs- und Schwarzgeld-Strömen nichts wusste und weiß. Außerdem dürfte niemand anderer eine Zugangsberechtigung zu seinen Konten haben.

Jetzt kennen wir außerdem die Namen der beiden ehemaligen Geliebten des Ermordeten. Mit ihnen sollten wir dann auch bald sprechen, wenngleich ich nicht vermute, dass diese die Morde zu verantworten haben.«

Der Kommissar bedankt sich überschwänglich bei der Kriminalbeamtin und schließt weitere Bitten an:

»Wir danken Dir für Deine hervorragenden Recherchen. Super gemacht. Bitte versuche so rasch als möglich herauszufinden, wer die Eigentümer hinter diesen beiden Ein-Personengesellschaften sind. ... Es würde mich nicht wundern, wenn sich dabei die Namen Susanne Wolff und Georg Lenhardt zeigen könnten. Möglicherweise verbergen sich dahinter „Strohmänner" oder „Strohfrauen" für diese beiden oder für andere.

Bitte versuche mithilfe des Generalmajors oder auch mithilfe des Oberstaatsanwalts an die Kontoauszüge bei der Schweizer Bank zu gelangen. Ich werde ebenfalls bei diesen beiden um deren Unterstützung bitten. ... Bemühe Dich, die Kryptowährungen-Ströme und -Bestände bei den ausländischen Wallets zu erforschen. Und bitte versuche bei den inländischen und ausländischen Bankkonten die Zahlungsströme der letzten drei Jahre zu erfahren.

Wahrscheinlich werden wir nicht so leicht herausfinden, wofür Herr Schwarz die verschiedenen Bargeld-Abhebungen von etwa 240.000 Euro allein im Vorjahr verwendet hat. Ich vermute, dass diese Beträge zu einem großen Teil an seine Mitwisser verteilt wurden. Einen kleineren Teil hat der Ermordete wahrscheinlich eingesetzt, um sein aufwendiges Liebesleben zu finanzieren.

Bitte untersuche jetzt auch die Konten bei Verena Hofer, ob es an sie neben den erwähnten zehntausend Euro weitere Einzahlungen gegeben habe.«

Die Kriminalbeamtin ergänzt ihre Ausführungen mit der Erkenntnis, dass Dr. Schwarz im letzten Jahr eine Lebensversicherung zugunsten seiner Frau Konstanze in Höhe von einer Million Euro abgeschlossen habe. Die Kommissarin bemerkt dazu:

»Wenigstens dies hat der Nationalrats-Abgeordnete für seine Frau rechtzeitig getätigt, wenn er sie schon nach Strich und Faden betrogen hat. Vielleicht hat er aber auch geahnt, dass er umgebracht werden könnte.«

Abschließend macht der Kommissar eine für die Kommissarin und für die Kriminalbeamtin überraschende Empfehlung:

»Ich möchte die Ergebnisse der Konto-Bewegungen und vor allem die daraus gewonnenen Erkenntnisse für uns drei und für die Mitglieder der Mordkommission vertraulich behalten. Sie sollten zum gegenwärtigen Zeitpunkt nicht nach außen dringen. Ich habe Sorge, dass wir sonst auf eine Wand stoßen, welche uns hindert, an weitere benötigte Informationen zu gelangen. ... Ich denke, Ihr wisst, was und wen ich mit dieser Wand meine. Renate und ich werden diesbezüglich mit dem Generalmajor und mit dem Oberstaatsanwalt sprechen.«

Die Kommissarin und die Beamtin nicken verständnisvoll. Nachdem die beiden Kommissare wieder allein sind, realisiert die Kommissarin, dass die Informationen zu den Konto-Bewegungen des Ermordeten einen Motivationsschub bei ihrem Kollegen Moser ausgelöst haben. Der Kommissar äußert sich voller Freude:

»Renate, ich habe erwartet, dass die Konto-Daten einige Erkenntnisse bringen. Allerdings habe ich nicht damit gerechnet, so viele Anhaltspunkte zu erhalten. Dies ändert einiges an unseren Recherche-Prioritäten. ... Wir sollten unsere Aktivitäten für heute, für die Aufgaben der Mitglieder der Mordkommission, für unsere morgigen To-Do's und für die Fragen an die Bevölkerung für die morgige PK neusortieren.«

An der Wandtafel werden die bisherigen Notizen mit den Erkenntnissen des heutigen Tages ergänzt und die zu verteilenden Aufgaben an die Kommissions-Mitglieder erfasst. Dann ordnen die Kommissare ihren eigenen noch offenen Aufgaben Prioritäten zu. So wollen sie noch heute telefonisch mit Susanne Wolff und Georg Lenhardt sowie mit Franziska Schwarz und Josef Hofer sprechen, um Termine für morgen Freitag im BKA zu vereinbaren. Diese Gespräche sollen ebenso prioritär geführt werden wie jenes bereits vereinbarte mit Dr. Wilfried Schuster, dem neuen Leiter des Ausschusses für Bauten und Wohnen im Parlament.

Mit zweiter Priorität sollen die Gespräche mit der Geschäftsleitung des Baukonzerns geführt werden, welcher die größten und lukrativsten Bau-Aufträge des Staates und des Landes Niederösterreich in den letzten zwei Jahren akquirieren konnte. Dazu kommen auch zu vereinbarende und zu führende Gespräche mit Konstanze Taus und Doris Lichtner, jenen beiden Frauen, welche der ermordete NR-Abgeordnete geschwängert hat.

Um 16:00 Uhr sind nahezu alle Mitglieder der Sonder-Mordkommission anwesend. Es hat sich im BKA bereits herumgesprochen, dass die beiden Kommissare mit Unterstützung einzelner Mitglieder schon einige Ermittlungs-

Fortschritte in diesem außergewöhnlich schwierigen Fall gemacht hätten.

Nachdem die beiden Kommissare einen guten Überblick über die bisherigen Erkenntnisse und Anhaltspunkte gegeben haben, berichten einzelne Kommissions-Mitglieder über Detail-Erkenntnisse. Alle Teilnehmer lauschen besonders aufmerksam bei den vertraulich zu behandelnden Informationen zu den Konto-Bewegungen. Moser gibt die Devise aus, dass nach wie vor in beide Motiv-Richtungen recherchiert werden soll, einerseits in Richtung Rache aus privaten Beziehungen und andererseits Motive mit beruflichem Hintergrund wie Korruptionsvorwürfe und Bestechungen.

Danach informieren die Kommissare über ihre eigenen Recherche-Schritte für die kommenden Tage und über die morgen stattfindende PK, an der die Bevölkerung um Mithilfe ersucht werden soll und für sachdienliche Hinweise in Summe zwanzigtausend Euro ausgelobt werden. Zwei Beamtinnen werden bestimmt, um ab Freitag nachmittags bis zum Sonntag Meldungen aus der Bevölkerung via Telefone und E-Mails aufzunehmen.

Ein weiterer Kriminalbeamter wird ausgewählt, um nochmals im Inland und Ausland nachzuforschen, wohin der Mercedes der E-Klasse des Ermordeten gebracht oder verkauft wurde. Eine andere Kriminalbeamtin wird gebeten, möglichst viel an Informationen über den erwähnten Baukonzern und sein Management zu erfahren und aufzubereiten.

Weitere Aufgaben sind, bei dem Landeskreis der Freiheitlichen in Melk nachzufragen, ob Herr Lenhardt am 30.November letzten Jahres tatsächlich an einer Parteiveranstaltung teilgenommen habe, das Alibi von Susanne Wolff ebenfalls für den 30.November zu überprüfen und bei den verschiedenen Erbberechtigten des Tatort-Hauses nachzufragen, ob etwaige Kontakte zu jenen Personen mit Korruptionsvorwürfen bestehen, welche diesen erlaubt hätten, sich Zutritt zu diesem Haus zu verschaffen.

Nach einigen weiteren Fragen einzelner Mitglieder kann Moser die zweite Sitzung der Sonder-Mordkommission schließen. Das nächste gemeinsame Treffen solle am kommenden Dienstag zur selben Zeit stattfinden, sofern nicht besondere Erkenntnisse eine Vorverlegung erfordern würden.

Da für den morgigen Freitag Terminvereinbarungen problembehaftet sein könnten, möchten die beiden Kommissare jetzt Vernehmungstermine für morgen fixieren. Zunächst rufen sie die NR-Abgeordnete Susanne Wolff an, weil sie befürchten, dass sie sich dagegen verwehren werde.

Kommissar Moser übernimmt es, mit ihr zu sprechen. Die Kommissarin ist gespannt, ob es ihrem Kollegen gelingen wird, sie zu einer Vernehmung im BKA zu bewegen. Die Angerufene scheint die Mobilnummer des Kommissars bereits gespeichert zu haben, da sie sich gleich meldet:

»Guten Tag, Herr Oberst, wollen Sie mich informieren, dass Sie bei Ihren Recherchen weitergekommen sind? Hat Sie meine Vermutung, dass die Ndrangheta involviert sein könnte, weitergebracht?«

Mit ernster Stimme antwortet Kommissar Moser:

»Frau Wolff, ja, wir haben neue Erkenntnisse gewonnen. Aber diese sind anders gelagert, als Sie möglicherweise erwartet haben. Darum möchten wir Sie morgen zu einer Zeugenvernehmung hierher ins BKA einladen. Es ist sehr dringend.«

Die zu befragende NR-Abgeordnete antwortet, als ob sie nicht nur überrascht, sondern auch verärgert sei:

»Herr Oberst, welche Neuigkeit ist dies, dass Sie mich so dringend sprechen wollen? Morgen bin ich außerdem bereits voll ausgebucht. Können wir dies nicht heute telefonisch regeln? ... Oder könnte morgen mein Anwalt Ihre Fragen entgegennehmen, die ich dann schriftlich beantworten könnte?«

Moser antwortet in einem noch bestimmteren Ton:

»Frau Wolff, Sie können für eine Vernehmung morgen zwischen zwei möglichen Terminen wählen: entweder 9:30 Uhr oder 12:30 Uhr. Morgen werden Sie von uns erfahren, warum dieser Termin so dringlich ist. Sollten Sie sich entscheiden, an keinem der beiden Termine morgen hier erscheinen zu wollen, kann ich Ihnen sagen, was geschehen würde.

Wir würden die Medien informieren, dass Sie als Nationalrats-Abgeordnete trotz dringlicher neuer Erkenntnisse, die wir dann bereits publizieren würden, nicht zu einer Vernehmung im BKA erscheinen wollen. Dies wäre zwar Ihr gutes Recht, aber ich überlasse es Ihrer Beurteilung, wie ein solches Verhalten Ihrerseits in den Medien und in der Öffentlichkeit beurteilt werden würde.«

Die NR-Abgeordnete scheint einige Sekunden nachdenken zu wollen, um dann wie folgt zu antworten:

»Herr Oberst, was Sie machen, ist eine unverschämte Erpressung. Ich werde mich bei Ihrem Vorgesetzten über Ihr Verhalten und Ihre Drohung beschweren. ... Natürlich möchte ich eine Belastung meiner Person in den Medien vermeiden, obwohl ich mich vollkommen unschuldig fühle. Ich werde morgen um 9:30 Uhr bei Ihnen im BKA erscheinen. Ich bin schon sehr gespannt, was Sie mir zu sagen haben.«

Die Kommissarin beglückwünscht ihren Kollegen zu seiner Durchsetzungsstärke, fragt aber trotzdem, warum er einem weiteren möglichen Termin im Parlament nicht zustimmen wollte. Moser antwortet ihr:

»Renate, Du kennt meinen Grund. Ich möchte die Gesichtszüge in Nahaufnahme genauestens beobachten. Dies kann ich nur hier bei uns machen.«

Das nächste Telefongespräch läuft sehr ähnlich wie jenes mit Frau Mag. Wolff. Der Amtsleiter für Bauwesen im Niederösterreichischen Landtag stimmt allerdings dem vom Kommissar vorgeschlagenen weiteren Vernehmungstermin morgen um 12:30 Uhr im BKA sehr rasch zu.

Die Frau des Ermordeten Franziska Schwarz wird ebenfalls für morgen Freitag um 14:30 Uhr ins BKA bestellt. Der Ehemann der Ermordeten Josef Hofer möchte zunächst die Aufforderung, morgen um 16:00 Uhr im BKA zu erscheinen, ablehnen, stimmt allerdings zu, nachdem ihm Moser gedroht hat, ihn zwangshalber vorführen zu lassen.

Als letzte Aufgabe des heutigen Tages für die Kommissare steht die Benachrichtigung des Generalmajors an. Zunächst informieren die Kommissare über die Erkenntnisse des heutigen Tages und insbesondere über die Zahlungsströme der zwei ausländischen Konten des Ermordeten. Bei dieser Gelegenheit unterstützt der Kommissar die Bitte der Kriminalbeamtin, Druck auf die Credit Suisse auszuüben, um Einsicht in die Zahlungsströme von Alois Schwarz nehmen zu können. Mosers Vorgesetzter hofft, dass dies mithilfe einer richterlichen Aufforderung bis zum kommenden Dienstag möglich sein sollte.

Der Kommissar erörtert seinem Vorgesetzten gegenüber, warum er es als richtig und wichtig erachte, zum gegenwärtigen Zeitpunkt nicht über die bestätigten Korruptionsvorwürfe gegen den NR-Abgeordneten Alois Schwarz öffentlich zu informieren, um die weiteren Vernehmungsschritte und Recherchen nicht zu gefährden. Der Generalmajor versteht Mosers Bedenken und stimmt dessen vorgeschlagener Vorgangsweise zu.

Moser hat noch zwei weitere Bitten an den Generalmajor. In der morgigen PK werden sich die Kommissare mit zwei konkreten Fragen an die Bevölkerung wenden. Da eine Belohnung von zwanzigtausend Euro ausgelobt wird, erwartet Moser wieder einen stärkeren Rücklauf, sodass möglicherweise ein bis zwei zusätzliche Personen am Telefon benötigt werden könnten.

Nachdem der Kommissar über die Vermutung von Susanne Wolff berichtet hat, dass die Ndrangheta möglicherweise am Mord des NR-Abgeordneten mit involviert gewesen sein könnte, ergänzt Moser:

»Wir sollten diese Vermutung nicht außer Acht lassen. Die grausame Folterung und das Abschneiden der Zunge sprechen ebenfalls eine klare Sprache. Werner, Du hast mir einmal berichtet, dass Du Zugang zu einem Mittelsmann beziehungsweise einem eingeschleusten Informanten habest. Wenn dies nach wie vor gültig sein sollte, könntest Du bitte bei diesem nachfragen, ob die Ndrangheta eine Strafaktion gegen Alois Moser geplant hätte.«

Der Generalmajor überlegt einige Sekunden und meint danach:

»Solche Informationen zu bekommen, ist natürlich eine höchstsensible Angelegenheit. Ich werde es dennoch versuchen und mein Bestes geben.«

Mosers Vorgesetzter bedankt sich für die Informationen und freut sich, dass die Kommissare doch schon einige Fortschritte aufweisen können. Allerdings fehlen immer noch erforderliche Beweismittel, um Verhaftungen vornehmen zu können.

Zurück in ihrem Arbeitszimmer ergänzen die Kommissare die aktuellen Informationen in der Übersicht auf der Wandtafel. Sie halten die geplanten Recherche-Schritte für den morgigen

Freitag fest. Inzwischen zeigt die Uhr bereits 19:15. Da die Kommissarin einige Einkäufe und Hausarbeiten zu tätigen hat, macht sie sich auf den Weg. Moser bleibt noch eine Weile in seinem Zimmer und bereitet sich auf den morgigen Tag vor.

Heute will der Kommissar den Arbeitstag mit einem gemütlichen Spaziergang bei einem prächtigem Frühsommer-Abend beschließen. Er blättert seine Übersicht über seine Lieblings-Restaurants durch und entscheidet sich für das nahe gelegene „Ofenloch“ in der Kurrentgasse, einem sehr gemütlichen Alt-Wiener Restaurant. Für Oberst Moser findet der Oberkellner dort immer einen freien Platz, so auch heute.

Sein Dessert nimmt Moser im bekannten Künstler-Kaffeehaus Hawelka ein. Manchmal hat er in diesem klassischen Alt-Wiener Café bekannte Künstler und Literaten angetroffen. Er bestellt sich die bekannten Buchteln mit einem großen „Schwarzen“. Der Kommissar genießt es, den politischen Diskussionen zu Tagesthemen dort zu folgen.

Danach schlendert Moser über den Graben und die auch abends belebte Kärntner Straße. Dann geht es vorbei über das Kunstmuseum Albertina, durch den Burggarten und über die etwas verkehrsberuhigte Mariahilfer-Straße in Richtung Neubaugasse, wo sich seine Wohnung befindet.

Recherchen und Verhöre

Heute Freitag wartet ein arbeitsreicher Tag auf die Kommissare. Da Moser befürchtet, wegen des dicht gedrängten Terminplans auf das Mittagessen verzichten zu müssen, holt er sich wieder bei seinem Bäcker zwei Croissants für sein Frühstück im BKA und zwei Wurstsemmeln für einen kurzen Imbiss zwischendurch. Bei zwei Tassen starken Kaffees bereitet sich der Kommissar für die anstehenden Vernehmungen des heutigen Vormittags vor.

Auch die Kommissarin erscheint heute wieder frühzeitig am Arbeitsplatz. Wegen der heutigen Presseveranstaltung ist Renate Pichler besonders elegant gekleidet und trägt ein dunkelblaues Kostüm mit weißer Bluse. Hoffnungsvoll strahlt sie den Kommissar an und versucht, ihren Optimismus auf ihren Kollegen zu übertragen:

»Guten Morgen, Karl. Mein Gefühl sagt mir, dass dies ein sehr guter Tag werden wird und dass wir einige Schritte weiterkommen werden.«

»Dein Wort in Gottes Ohr, liebe Renate. Ich hoffe so wie Du.«

Wie vereinbart meldet sich der NR-Abgeordnete und neue Leiter des Ausschusses für Bauten und Wohnen Dr. Wilfried Schuster bei der Rezeption im BKA und wird von der Kommissarin in den Vernehmungsraum gebracht. Herr Schuster ist ein großgewachsener kräftiger und sportlicher Herr, vermutlich etwa 45 Jahre alt. Die Kommissare stellen sich nochmals mit ihren Funktionstiteln vor, ehe Moser die Vernehmung eröffnet:

»Danke Herr Doktor Schuster, dass Sie unserer kurzfristigen Einladung Folge leisten können. Wir recherchieren die letzten

Aktivitäten Ihres Amts-Vorgängers Doktor Schwarz und versuchen mögliche Mordmotive zu ergründen.«

Der Kommissar hätte den Amtsnachfolger Schuster informieren können, dass sie Beweise gefunden hätten, dass Alois Schwarz hohe Bestechungsgelder angenommen habe, aber Moser will vorerst herausfinden, ob sein Nachfolger darüber Bescheid wusste und ob dieser vielleicht auch involviert gewesen sein könnte. Darum fragt er weiter:

»Ist es richtig, dass Sie bereits vor einem Jahr Mitglied des Parlamentarischen Bau-Ausschusses waren, damals als es die Korruptionsvorwürfe unter anderem gegen Ihren Kollegen Doktor Schwarz gegeben hat?«

Nachdem der Befragte bejahend zustimmt, fragt der Kommissar weiter:

»Um welche Projekte handelte es sich damals? Inwieweit waren Sie über diese Projekte informiert und auch involviert?«

Wilfried Schuster zögert mit seiner Antwort:

»Herr Oberst, ich dachte, dass Sie im Mordfall Alois Schwarz ermitteln und nicht in den seinerzeitigen Korruptionsfällen. ... Ich war damals roch recht neu in diesem Ausschuss und habe kaum Einzelheiten gekannt. Meines Wissens haben sich alle Verdachtsmomente gegen Alois Schwarz und seine Stellvertreterin Susanne Wolff später aufgelöst.«

Der Kommissar versucht, einige kritische Fragen zu stellen, um später bei der Analyse der Nahaufnahmen erahnen zu können, ob Herr Schuster immer die Wahrheit spricht:

»Herr Doktor Schuster, unsere bisherigen Recherchen zeigen, dass es möglicherweise Mordmotive aus den beruflichen Tätigkeiten des Alois Schwarz gegeben habe.«

Der Befragte unterbricht den Kommissar:

»Welche Recherchen, welche Motive? Muss ich mir als sein Amtsnachfolger Sorgen um meine Sicherheit machen? Was wissen Sie?«

Moser bleibt ruhig und sachlich:

»Herr Schuster, wie Sie sicherlich wissen, dürfen wir keine Aussagen zu laufenden Ermittlungen machen. Es verstärken sich allerdings einige Vermutungen, dass es doch Bestechungs- oder Schmiergelder gegeben haben könnte. Haben Sie damals nie mit Ihrem damaligen Parteikollegen Schwarz darüber gesprochen? ... Wurde Ihnen auch Geld angeboten, um gewisse Informationen zu Angeboten preiszugeben oder um gewisse Bau-Unternehmen zu bevorzugen?«

Der Vernommene scheint etwas erregter und nervöser zu werden:

»Herr Kommissar, ich weiß, dass solche Gerüchte zirkuliert haben und möglicherweise auch weiterhin existieren. Ich wurde unter anderem zum Leiter des Ausschusses bestellt, weil ich mich immer als korrekt, integer und unbestechlich erwiesen habe. Vermutlich auch deshalb wurden mir keine unsittlichen Angebote unterbreitet, die ich ohnedies brüsk abgelehnt und zur Anzeige gebracht hätte.«

Moser will nicht lockerlassen und setzt nach:

»Herr Schuster, wie kann es sein, dass in den letzten zwei Jahren nahezu alle großen Bauprojekte an einen großen Baukonzern erteilt worden sind? Hier scheint doch etwas nicht mit rechten Dingen zugegangen zu sein.«

Der Befragte wundert sich über diese Frage und antwortet:

»Ich war damals auch etwas überrascht. Ich bin immer für klare Regeln mit fairen und transparenten Bedingungen eingetreten. Auch der Rechnungshof hat bei seinen Stichproben zuletzt keine Unregelmäßigkeiten feststellen können. ... In den letzten Monaten hat auch ein anderer großer Baukonzern einige Projekte gewonnen.«

Der Kommissar will jetzt intensiver nachbohren:

»Herr Doktor, wussten Sie, dass bei Korruptionsfällen heutzutage oftmals Kryptowährungen eingesetzt werden, um die Geldflüsse besser verbergen zu können?«

Die Kommissarin bemerkt, dass Herr Schuster bei dieser Frage noch nervöser zu werden scheint. Dennoch versucht dieser bewusst entspannt zu antworten:

»Ehrlich gesagt, wusste ich dies bisher noch nicht. Außerdem kenne ich mich in diesem Metier nicht aus. Nochmals, was hat dies mit den Morden an Alois Schwarz und Verena Hofer zu tun?«

Einige Augenblicke lang überlegt der Kommissar seine Antwort:

»Neueste Recherchen zeigen, dass Herr Schwarz Inhaber von einigen Kryptowährung-Wallets gewesen ist. Verstehen wir Sie richtig, dass Sie selbst keine Kryptowährungen besitzen?«

Jetzt bemerkt auch Kommissar Moser eine gesteigerte Nervosität und Gereiztheit beim Befragten:

»Ja, Herr Kommissar, Sie haben mich richtig verstanden. Ich habe bereits deutlich gemacht, dass ich weder mit Bestechungen noch mit Kryptowährungen zu tun haben will. Warum stellen Sie mir alle diese Fragen?«

»Herr Doktor, es ist unsere Aufgabe, alle möglichen Mordmotive auszuloten. Herr Schwarz war Ihr Kollege in der

Volkspartei, im Nationalrat und im Bau-Ausschuss. Er wurde, wie Sie sicherlich wissen, auf grausame Weise ermordet. Wer könnte Ihrer Meinung nach für einen solchen Mord in Frage kommen?«

Ohne lange nachzudenken, antwortet Wilfried Schuster:

»Selbstverständlich habe ich mir dazu auch meine Gedanken gemacht. Meine Vermutung ist, dass das Mordmotiv aus seinen bekannten zahlreichen Affären kommt. Haben Sie schon alle seine Kurzzeit-Geliebten und vor allem deren Ehemänner und Lebenspartner überprüft? ... Wenn mir dies angetan werden sollte, wäre ich auch sehr wütend auf meine Frau und deren Liebhaber. Allerdings wäre ich zu einem Mord nicht fähig.«

Nachdem Dr. Schuster keine konkreten Namen nennen kann, ist die Vernehmung zu Ende. Nach der Verabschiedung sehen sich die beiden Kommissare die Nahaufnahmen des aufgezeichneten Gesprächs mit dem NR-Abgeordneten Schuster an. Für Moser ist sofort klar, dass jener bei einigen Fragen gelogen habe:

»Renate, ich habe nicht erwartet, dass offensichtlich auch dieser Nationalrats-Abgeordnete in den Korruptionsfall verwickelt sein könnte. Nach dieser Vernehmung bin ich mir allerdings dessen recht sicher. Dies kann ich nicht nur an seiner gestiegenen Nervosität erkennen, sondern auch an seinen Augen- und Mundwinkel-Bewegungen bei manchen Fragestellungen und Antworten. ... Wir sollten überprüfen, ob Herr Schuster nicht doch Kryptowährung-Wallets besitzt. Wie groß ist dieser Korruptions-Sumpf in diesem Fall, der immer umfangreicher zu werden scheint? Wir werden später über die weitere Vorgehensweise mit dem Oberstaatsanwalt sprechen.«

Moser nutzt die kurze Wartezeit bis zur nächsten Vernehmung, um jene Kriminalbeamtin zu kontaktieren, die sich um die Untersuchung der Privatkonten der ermordeten Personen kümmert. Er ersucht diese Beamtin herauszufinden, ob der eben befragte Wilfried Schuster ebenfalls Kryptowährung-Wallets besitzen würde.

Pünktlich um 9:30 Uhr erscheint die sichtlich sehr verärgerte NR-Abgeordnete Susanne Wolff, die gestern nur mit massivem Druck dem heutigen kurzfristigen Vernehmungstermin zugestimmt hat. Mit erkennbarer Erregung eröffnet sie das Gespräch:

»Herr Oberst, wie ich bereits erwähnt habe, werde ich mich beim Innenminister persönlich über Ihre Vorgehensweise beschweren. So lasse ich mit mir nicht umgehen.«

Der Kommissar hat sich an solche Androhungen gewöhnt. Diese lassen ihn nicht nur kalt, sondern spornen ihn sogar an, bei solchen Drohgebärden noch investigativer vorzugehen:

»Frau Wolff, machen Sie gerne, was Sie wollen. Der Innenminister höchstpersönlich ist sehr interessiert, dass der Mordfall am Nationalrats-Abgeordneten Schwarz so rasch und gründlich als möglich aufgeklärt wird. ... Wir haben Sie zu diesem dringenden Vernehmungstermin gebeten, weil sich neue Erkenntnisse in Bezug auf die Korruptionsaffäre vor einem Jahr gezeigt haben. Es ist hinlänglich bekannt, dass in jüngster Zeit Bestechungsgelder vermehrt über Kryptowährungen versteckt werden. Wussten Sie, dass Herr Doktor Schwarz offensichtlich einige solcher Kryptowährung-Wallets besessen hat?«

Diese Frage macht Susanne Wolff sichtlich verlegen. Leicht errötend und etwas stotternd antwortet sie:

»Ja, ... mir hat Alois Schwarz einmal bei einem Gläschen Wein beim Heurigen über Kryptowährungen erzählt und berichtet, dass er sogar mit Bitcoins gehandelt habe. ... Aber ich wusste nicht, dass auch Bestechungen mittels Kryptowährungen möglich seien.«

Der Kommissar will nicht lockerlassen, sondern fasst diesbezüglich nach:

»Verstehe ich dies richtig, dass Sie selbst keine Kryptowährung-Wallets haben und auch keine Kryptowährungen besitzen?«

Jetzt errötet die Befragte noch stärker im Gesicht, als ob sie sich bei einer unangenehmen Frage oder Lüge ertappt fühlen würde. Stotternd antwortet sie:

»Damals hat mir Alois Schwarz das Thema Kryptowährungen und Bitcoins so sehr empfohlen, dass ... ich auch zwei Wallets mit seiner Hilfe eröffnet habe. ... Solche Wallets zu eröffnen war nicht so einfach. ... Ich habe aber selbst nicht mit Kryptowährungen gehandelt.«

Ruhig und besonnen entgegnet ihr der Kommissar und stellt danach eine weitere Frage:

»Die Recherchen in den nächsten Tagen werden zeigen, inwieweit es doch zu Bestechungen an Alois Schwarz mittels Kryptowährungen gekommen ist. Aber dies wird nicht unser Thema sein. Wir wollen den Mord an Alois Schwarz und Verena Hofer aufklären. In diesem Zusammenhang stelle ich Ihnen eine direkte Frage. Wir haben öffentlich niemals kommuniziert, wie brutal Herr Doktor Schwarz ermordet wurde und dass ihm dabei die Zunge abgeschnitten wurde. Woher wussten Sie darüber?«

Die Gesichtsfarbe der NR-Abgeordneten errötet abermals. Nach kurzem Nachdenken antwortet sie:

»Ich musste jetzt kurz überlegen. Ich glaube, dies habe ich von unserem Bundesgeschäftsführer erfahren. Inzwischen weiß dies nahezu jeder im Parlament. So etwas spricht sich rasch herum.«

Die Befragte versucht, etwas von sich abzulenken und stellt jetzt selbst eine Frage an den Kommissar:

»Herr Oberst, ich habe Sie in unserem letzten Gespräch darüber informiert, dass ich vermute, dass die Ndrangheta bei dem Mordfall involviert sein könnte. Haben Sie diesbezüglich ebenfalls schon Recherchen eingeleitet?«

»Ja, auch dieser Möglichkeit gehen wir bereits nach. Nochmals danke für diesen Hinweis. Sollten Sie weitere Vermutungen haben, so sind wir für jede Anregung dankbar. Für heute wollen wir Ihre kostbare knappe Zeit nicht weiter in Anspruch nehmen. Sie hören von uns.«

Beim Hinausgehen stellt der Kommissar noch eine letzte Frage:

»Wie läuft eigentlich die Zusammenarbeit mit Ihrem neuen Kollegen Herrn Doktor Schuster? Hat sich etwas in der Zusammenarbeit im Bauausschuss gegenüber den Zeiten mit Herrn Schwarz verändert?«

Die Befragte wundert sich über diese Frage:

»Herr Kommissar, warum fragen Sie? Wir haben eine klare Aufgaben- und Kompetenzen-Regelung. Diese ist gleichgeblieben. Ich arbeite mit Wilfried Schuster gleich gut wie zuvor mit Alois Schwarz.«

Auch nach dieser Vernehmung betrachten die beiden Kommissare die Nahaufnahmen des Gesichts der befragten NR-Abgeordneten. Für Moser war das Hauptziel dieses Gesprächs mit ihr herauszufinden, ob sie ebenfalls bei gewissen Antworten gelogen habe. Der Kommissar scheint sein Ziel erreicht zu haben. Nach zweifacher Analyse der Video-Aufnahmen ist für ihn klar, dass auch Susanne Wolff gerade bei den Themen Bestechungsgelder und Kryptowährungen nicht die volle Wahrheit gesprochen habe. Renate Pichler bestätigt ihn bei seinen Äußerungen.

Die heutige für elf Uhr geplante Medien-Information zu den Mordfällen Alois Schwarz und Verena Hofer findet wegen des großen Medien-Interesses abermals im großen Pressesaal des Innenministeriums statt. Dort treffen sich zur Vorbesprechung bereits eine halbe Stunde zuvor die Kommissare, der Generalmajor und der Oberstaatsanwalt.

Die Kommissare berichten über ihre neuesten Erkenntnisse und Erfahrungen. Der Oberstaatsanwalt ist nicht besonders erstaunt zu erfahren, dass es doch eine Korruptionsaffäre mit Bestechungsgeldern um den NR-Abgeordneten Alois Schwarz gegeben habe und dass dieser Skandal viel größere Ausmaße annehmen könnte als bislang angenommen.

Nach einer gemeinsamen kurzen Diskussion beschließen sie in der Vorbesprechung, diesen möglichen größeren Korruptionsskandal nicht zum Thema der heutigen PK zu machen. Auch der Oberstaatsanwalt schließt sich den Befürchtungen der Kommissare an, dass dadurch die Recherchen zu den Mordfällen behindert werden könnten, weil durch politische Interessen wahrscheinlich manche Ermittlungen verzögert werden könnten.

Der Oberstaatsanwalt möchte allerdings auch zu diesem Korruptionsskandal auf dem Laufenden gehalten werden, da er selbst mit Genugtuung seinem Kollegen für Wirtschafts- und Korruptionsverbrechen diesen Fall zur finalen Aufklärung übergeben möchte, nachdem es diesem offensichtlich vor einem Jahr nicht gelungen wäre, die Korruptionsverbrechen aufzuklären.

Wie üblich nehmen vorne am Redner-Podium der Generalmajor, der Oberstaatsanwalt und die beiden Kommissare Platz. Wie zu erwarten ist diese PK wieder sehr gut besucht. Zunächst gibt der Generalmajor einen Überblick und erläutert, dass nach etwa zweieinhalb Tagen verständlicherweise die beiden Mordfälle vor über sechs

Monaten noch nicht aufgeklärt seien, dass aber bereits erhebliche Fortschritte erreicht wären.

Danach erläutern die beiden Kommissare einige ihrer Recherche-Aktivitäten in Richtung beider möglicher Mordmotive aus dem beruflichen Umfeld insbesondere in Bezug auf die Tätigkeiten des NR-Abgeordneten Alois Schwarz als Leiter des Parlamentarischen Bau-Ausschusses und aus dem privaten Umfeld. Gerade in Bezug auf die zahlreichen Affären und kurzfristigen Liebesabenteuer von Dr. Schwarz nimmt die Kommissarin kein Blatt vor den Mund.

Bei diesem Thema hören die Medienleute besonders aufmerksam zu und machen dabei zahlreiche Fotos von der präsentierenden Kommissarin. Anschließend bittet Kommissar Moser die Bevölkerung mithilfe der Medien um Unterstützung zu drei Fragen:

- Hat jemand am 30.November des Vorjahres auffallende Bewegungen um das benannte leerstehende und baufällige Haus in Loosdorf bemerkt? Hat jemand in den Wochen oder Tagen zuvor bemerkt, wie eine Lieferung von Leichtbeton-Bausteinen bei diesem Haus zugestellt wurde?
- Hat jemand den silber-metallic farbigen Mercedes E-Klasse des NR-Abgeordneten mit dem angegebenen Wiener Kennzeichen am und nach dem 30.November gesehen? Ist dieser Mercedes in den Folgetagen in einer Werkstatt umlackiert worden? Oder ist dieser Mercedes jemandem privat angeboten worden?
- Hat jemand Kenntnisse über Affären des Alois Schwarz aus den Monaten vor dem Verbrechen, bei denen es zu erheblichen familiären Problemen innerhalb der Beziehungen der Liebespartnerinnen gekommen sei?

Für sachdienliche Hinweise stünden wie gewohnt eine Telefon-Hotline im BKA ab heute nachmittags bis Sonntag bereit. Alternativ seien E-Mail-Meldungen möglich. Als Moser ergänzt, dass dafür zwanzigtausend Euro für sachdienliche Hinweise zur Verfügung stünden, die zur Ergreifung der Mörder führen würden, steht auch der Kommissar für einige Sekunden im Blitzlichtgewitter der Fotografen.

Danach haben die Medienvertreter Gelegenheit, ihre Fragen zu stellen, die hauptsächlich von den beiden Kommissaren beantwortet werden. Auf die Frage eines Journalisten an Kommissar Moser, ob er daran glaube, dass er diesen offensichtlich diffizilen Fall lösen werde, meint dieser:

»Viele hier im Raum kennen meine Aufklärungsquote bei Mordfällen im BKA. Ich habe nicht die Absicht, meine Quote mit diesem Fall zu verschlechtern. Ich teile die Ansicht des Oberstaatsanwalts. Es gibt keinen perfekten Mord, der nicht aufgeklärt werden könnte.«

Nach einer knappen Stunde kann der Pressesprecher des BKA die Medien-Veranstaltung mit der nochmaligen Bitte an die Medienvertreter beenden, dass die Fragen des Kommissars und die ausgelobte Belohnung umfassend kommuniziert werden. Der Oberstaatsanwalt und der Generalmajor gratulieren den Kommissaren zu der gelungenen PK.

Einige TV-Sender wollen kurze Interviews mit den Kommissaren machen. Diese entschuldigen sich allerdings mit dem Hinweis, dass dringliche Recherche-Arbeiten anstünden und verweisen auf den Generalmajor und den Oberstaatsanwalt, welche gerne dafür zur Verfügung stehen würden.

Sofort eilen die beiden Kommissare zurück ins BKA. Es bleiben einige Minuten Zeit, um die mitgebrachten Wurstsemmeln und das Käsebrot zu verzehren und um währenddessen die eingegangenen E-Mails zu lesen. Eine E-Mail der Kriminalbeamtin, welche die Konten der verdächtigten Personen untersucht und welche bereits Geldflüsse vom deutschen Konto des Alois Schwarz an zwei Ein-Personen-

Gesellschaften in Deutschland entdeckt hat, hat herausgefunden, dass hinter einer Gesellschaft mit Namen Kraus GmbH offensichtlich die NR-Abgeordnete Susanne Wolff stecke. Herr Kraus ist der Ehemann Susannes. Hinter der anderen Ein-Personen-Gesellschaft verberge sich eine andere Person, die allerdings bisher noch nicht erreicht werden konnte.

Der Kommissar stellt erfreut fest:

»Wie ich geahnt habe, hat auch die scheinbar ehrwürdige Nationalrats-Abgeordnete der anderen Partei Susanne Wolff Bestechungsgelder angenommen. Ich könnte mir gut vorstellen, dass hinter der anderen noch unbekannten Gesellschaft Georg Lenhardt steckt, den wir in Kürze zur Vernehmung hier erwarten.«

Kaum hat Moser seinen Namen ausgesprochen, da meldet die Rezeption die Ankunft desselbigen. Die Rezeptionistin wird gebeten, diesen ins Vernehmungszimmer zu geleiten. Der Kommissar will dessen Reaktion für einige Minuten vom Nebenzimmer aus durch das einseitige Spiegelglas beobachten.

Herr Ingenieur Lenhardt ist ein eher kleinwüchsiger schmächtiger Mittfünfziger, nahezu kahlhaarig und gut gekleidet. Er läuft sichtlich aufgeregt im Vernehmungszimmer umher und betrachtet sich im großen Spiegel. Kurze Zeit später erscheinen die beiden Kommissare und entschuldigen sich für die kurze Verspätung aufgrund der eben zu Ende gegangenen Presse-Veranstaltung.

Danach bedankt sich der Kommissar für die Bereitschaft des Abgeordneten des Niederösterreichischen Landtags, für die Vernehmung von St. Pölten nochmals nach Wien gekommen zu sein. Moser erläutert kurz den Stand der Ermittlungen und stellt dann seine erste Frage:

»Herr Ingenieur, Sie haben uns schon beteuert, nichts mit der seinerzeitigen Korruptionsaffäre um Alois Schwarz zu tun gehabt zu haben. Warum sind Sie trotzdem ins Visier der damaligen Recherchen geraten? ... Wo haben sich die gemeinsamen Projekte mit Alois Schwarz beziehungsweise mit Susanne Wolff überschnitten?«

»Herr Oberst, wie ich schon angedeutet habe, hatte ich keine Ahnung und habe sie bis heute nicht. Vermutlich gab es parteipolitische Gründe, die neben der Volkspartei und der Sozialistischen Partei auch die Freiheitlichen in Misskredit bringen wollten. Es existierten wie immer auch gemeinsame Bauprojekte der Republik Österreich und des Landes Niederösterreich. Diesbezüglich habe ich früher mit Herrn Alois Schwarz gut zusammengearbeitet so wie jetzt mit Herrn Wilfried Schuster.«

Nachdem der Befragte einige der gemeinsamen Bauprojekte der Vergangenheit und Gegenwart dargestellt hat, stellt der Kommissar die überraschende Frage:

»Herr Lenhardt, was haben Sie mit der deutschen Trenkwald GmbH zu tun? Welche gemeinsamen Interessen haben Sie mit dieser Gesellschaft?«

Trenkwald GmbH ist die andere Ein-Personen-Gesellschaft, an die Alois Schwarz fünfzigtausend Euro überwiesen hat und von welcher der Kommissar annimmt, dass diese möglicherweise mit dem Befragten verbunden sei. Mit dieser plötzlichen Frage will Moser herausfinden, ob seine Vermutung richtigliegen würde.

Herr Lenhardt überlegt einige Momente und antwortet dann ruhig:

»Trenkwald GmbH ... Dieser Name sagt mir nichts. Ich kenne kein Unternehmen dieses Namens. Wo ist dieses Unternehmen zuhause?«

Moser meint zu erkennen, dass der Befragte tatsächlich keinen Bezug zu dieser Ein-Personen-Gesellschaft habe und dass er mit seiner Vermutung falschliegen würde. Er antwortet:

»Alois Schwarz hat offensichtlich mit diesem kleinen Unternehmen zusammengearbeitet. Darum habe ich vermutet, dass Sie vielleicht die Personen hinter diesem Unternehmen kennen.«

Kurz danach ist die Vernehmung von Georg Lenhardt beendet. Bei der anschließenden Analyse der Nahaufnahmen kann der Kommissar keine sichtbaren Lügen des eben Befragten erkennen. Darum zieht er gegenüber seiner Kollegin folgenden Schluss:

»Ich denke, dass wir diesen Landtags-Abgeordneten von der Liste unserer verdächtigten Personen streichen können. Wir werden ihn trotzdem nicht ganz außer Acht lassen. Möglicherweise hatte und hat er auch nichts mit den seinerzeitigen und jetzt noch möglichen Korruptionsfällen zu tun.«

Damit bleibt zu klären, wer hinter der deutschen Trenkwald GmbH steckt. Als hundertprozentiger Eigentümer wird ein Herr Stefan Trenkwald angegeben, als Geschäftszweck Beratungs-Dienstleistungen. Moser vermutet hier einen Strohmann für eine Person, die nicht in Erscheinung treten möchte.

Zwischenzeitlich haben die Kommissare einige Unterlagen zu jenem Baukonzern erhalten, welcher die Mehrzahl der Bauprojekte in der Amtszeit vom Alois Schwarz als Leiter des Parlamentarischen Bauausschusses zugesprochen bekommen hat. Die Kommissare wollen mögliche Gespräche mit der Geschäftsführung im Laufe der kommenden Woche ins Auge fassen. Allerdings sind die Kommissare der Ansicht, dass dieser Konzern kaum etwas mit den beiden zu untersuchenden Morden zu tun haben könnte.

Wie geplant erscheint um 14:30 Uhr die schwarz gekleidete Frau des Ermordeten Franziska Schwarz zum vereinbarten Vernehmungstermin im BKA. Auf dieses Gespräch und die Erkenntnisse daraus sind die Kommissare besonders gespannt. Frau Schwarz wirkt ziemlich angespannt und nervös, weil sie nicht weiß, von welchen neuen Erkenntnissen der Kommissar bei der Aufforderung zur Vernehmung im BKA gesprochen hat. Moser stellt ohne große Vorrede seine erste Frage:

»Frau Schwarz, Sie haben uns zwar von einigen Affären Ihres Mannes berichtet, aber Sie haben dabei nicht erwähnt, dass Ihr Mann daraus auch eine dreijährige uneheliche Tochter hatte. Haben Sie dies nicht gewusst oder warum haben Sie uns dies verschwiegen?«

Die Befragte überlegt einige Augenblicke und antwortet dann mit einigen Unterbrechungen:

»Mein Mann hat mir dies bereits vor etwa einem Jahr gebeichtet, nachdem ich zufällig davon erfahren habe. ... Ich war sehr schockiert, habe aber ihm dies trotzdem verziehen. ... Wir haben vereinbart, dies unter uns vertraulich zu behandeln. Unsere eigenen Kinder wissen davon noch nicht Bescheid. ... Ich habe Ihnen dies nicht erzählt, weil ich dies nicht als relevant erachtet habe.«

Mit strengem Blick antwortet Moser:

»Frau Schwarz, ob etwas relevant sei oder nicht, möchten wir entscheiden. Daher sollten Sie uns nichts verschweigen. Wir haben erfahren, dass auch eine andere Frau von Ihrem Mann schwanger gewesen sein soll, als Ihr Mann verschwunden ist. Was wissen Sie darüber?«

Mit etwas errötetem Kopf und zittriger Stimme antwortet Frau Schwarz:

»Herr Kommissar, Sie müssen mir glauben, dass ich bis gestern nichts davon wusste. … Meine Schwiegermutter hat mir gestern erstmals davon erzählt. … Allerdings konnte sie mir nicht sagen, ob dieses Kind auch geboren wurde. Sie kennt nur den Vornamen der seinerzeitigen Geliebten. Was wissen Sie darüber?«

Der Kommissar überlegt kurz, wie er darauf antworten soll:

»Wir werden in den nächsten Tagen mit dieser Frau sprechen und Sie zu gegebener Zeit informieren, wenn dies Erbansprüche verändern könnte. In Bezug auf die Affären Ihres Mannes haben wir noch eine Frage. Aus Ihren Äußerungen uns gegenüber haben wir verstanden, dass die Liebesbeziehung Ihres Mannes mit der ermordeten Verena Hofer ebenfalls nur kurzzeitig gewesen sei. Andere Erkenntnisse zeigen, dass die Affäre bereits mindestens ein halbes Jahr vor dem Verschwinden Ihres Mannes begonnen habe. Haben Sie uns diesbezüglich auch nicht die Wahrheit gesagt?«

Frau Schwarz beginnt jetzt etwas zu weinen. Schluchzend antwortet sie:

»Herr Kommissar, … bitte glauben Sie mir, dass ich Sie nicht belügen wollte. … Ich habe ebenfalls erst gestern von meiner Schwiegermutter erfahren, dass die Liebesbeziehung zwischen meinem Mann und dieser Frau bereits einige Monate bestanden habe. … Ich war überzeugt, dass dies ebenfalls nur eine kurzzeitige Affäre gewesen wäre. … Aber warum fragen Sie mich dies alles? … Was hat all dies mit dem Mord an Alois zu tun?«

Diesmal übernimmt die Kommissarin die Beantwortung der Frage:

»Es macht einen großen Unterschied, ob ein Ehemann aus einer gewissen Sex-Sucht kurzzeitige Seitensprünge begeht oder ob es nebenbei längere Liebesbeziehungen mit

Kindesfolgen oder Schwangerschaften gibt. Dies macht sicherlich auch Unterschiede bei möglichen Mordmotiven aus. ... Es ist verständlich, dass Sie sich dadurch gedemütigt gefühlt haben müssen. Deshalb wäre es in gewissem Maße verständlich, dass bei Ihnen Gedanken an Mord aufgekommen sein könnten.«

Bei dem letzten Satz erschrickt die Befragte ersichtlich und beginnt stärker zu weinen:

»Frau Kommissarin, ... ehrlich, ... ich hatte nie Mordgedanken oder sogar Mordabsichten. ... Ja, ich habe oftmals an Scheidung gedacht. ... Ich habe sogar mit Alois darüber gesprochen, aber er hat mich immer zu beruhigen versucht. ... Er hat mir versichert, dass er nur mich liebe, dass alle seine Affären nur sexuelle Beziehungen wären und dass er versuchen würde sich zu bessern. Diesbezüglich hat sich offensichtlich nicht viel geändert. ... Kurz vor seinem Verschwinden hat er mir sogar versichert, dass er psychologische Hilfen in Anspruch nehmen wolle.«

Der Kommissar ändert das Thema der Vernehmung:

»Frau Schwarz, unsere Recherchen laufen in mehrere Richtungen. Wir untersuchen auch, ob es finanzielle Hintergründe geben könnte, die zu seiner Ermordung geführt haben. Dazu zählen auch mögliche Bestechungsgelder. Was wussten Sie über die drei ausländischen Bankkonten Ihres Mannes?«

Mit großen Augen und sichtlich überrascht blickt die Befragte den Kommissar an:

»Was für Bankkonten im Ausland? Ich kenne nur seine zwei Konten in Österreich, zu denen ich zugangsberechtigt bin. Von anderen Konten hatte ich keine Ahnung.«

»Frau Schwarz, wir wollen nicht indiskret sein, müssen Sie aber dennoch fragen. Wovon leben Sie und Ihre Kinder gegenwärtig? Werden Sie von Ihren Eltern oder Verwandten unterstützt?«

Ohne lange nachdenken zu müssen, antwortet die Frau des Ermordeten:

»Dank Alois musste ich mir niemals finanzielle Sorgen machen, bis heute nicht. Bis vor zwei Monaten wurden seine monatlichen Gehälter auf sein Konto überwiesen. Auf seinen beiden Konten befinden sich noch genügend Guthaben, um unsere Ausgaben inklusive der Hypothekarzinsen für unser Haus noch einige Monate zu bezahlen. ... Außerdem hat er in unserem Safe im Haus für etwaige Notfälle einen Barbetrag von etwa fünfzigtausend Euro deponiert, auf die ich bislang nicht zurückgreifen musste. In finanzieller Hinsicht war Alois sehr fürsorglich für mich und unsere Kinder.«

Abermals stellt die Kommissarin eine Frage an Frau Schwarz:

»Sicherlich wussten Sie auch von der Lebensversicherung Ihres Mannes in Höhe von einer Million Euro zu Ihren Gunsten?«

»Ja natürlich, die Unterlagen dazu liegen ebenfalls in unserem Safe. Ich werde mich darum kümmern, wenn mein Mann begraben und sein Mord aufgeklärt sein werden.«

Renate Pichler bohrt entschieden nach:

»Unsere polizeilichen Erfahrungen zeigen, dass Lebensversicherungen Mordmotive sein können. Versicherte werden oft schon bei geringeren Beträgen umgebracht.«

Frau Schwarz zeigt sich jetzt entsetzt und zugleich empört:

»Frau Kommissarin, Sie glauben doch hoffentlich nicht ernstlich, dass ich meinen Mann wegen der Lebensversicherung umgebracht hätte und dass ich damit meinen Kindern ihren Vater geraubt hätte.«

Der Kommissar versucht, die jetzt aufgebaute angespannte Atmosphäre etwas abzumildern, indem er rasch eine Folgefrage stellt:

»Frau Schwarz, auch wenn Sie sich nach Ihren Aussagen nicht um finanzielle Themen gekümmert haben, so werden Sie sich doch sicher gefragt haben, woher all das Geld Ihres Mannes gekommen sei. Ihr Mann hat allein das Haushaltseinkommen bestritten, er hat den Kauf Ihres gemeinsamen Hauses finanziert, er hat seinen eigenen recht hohen Aufwand für seine Affären geleistet. Wir haben erfahren, dass Ihr Mann keinen signifikanten Erbbetrag nach dem Tod seines Vaters erhalten habe.«

Immer noch sehr angespannt und mit zittriger Stimme antwortet die Frau des Ermordeten:

»Herr Kommissar, natürlich habe ich mich dies gefragt. Selbstverständlich habe ich auch meinem Mann mehrmals Fragen dazu gestellt, besonders nachdem es die öffentlichen Vermutungen von Korruptionsaffären gegeben hat. Alois hat mich auch diesbezüglich beruhigt. Er hat auf sein erfolgreiches Handeln mit Bitcoins verwiesen. Nach seinen Aussagen habe er frühzeitig an die starke Performance der Bitcoins geglaubt und deshalb darin massiv investiert.«

Moser fasst nach und erwidert mit sehr ernstem Blick:

»Frau Schwarz, möglicherweise hat Ihr Mann auch erfolgreich mit Bitcoins getradet. Aber ich muss Ihnen leider auch in aller Deutlichkeit mitteilen, dass Ihr Mann offensichtlich sehr hohe Beträge aus bisher noch nicht geklärten Quellen erhalten hat.

Der Verdacht liegt allerdings sehr nahe, dass es sich um Schmiergeld-Zahlungen gehandelt habe.

Es ist allerdings nicht unsere Aufgabe, diesen Korruptions-Vorwürfen nachzugehen. Dies wird in naher Zukunft die Aufgabe der Staatsanwaltschaft für Wirtschafts- und Korruptionsverbrechen sein. Darum halten wir uns mit Aussagen dazu in den Medien zurück.«

Die Kommissare erkennen an den Gesichtsausdrücken der Befragten, dass diese über die neuerlichen und verstärkten Korruptionsvorwürfe gegenüber ihrem Mann nicht nur sehr überrascht, sondern auch erschüttert ist.

Abschließend stellt der Kommissar die übliche Alibi-Frage:

»Frau Schwarz, nach diesen unseren Erkenntnissen werden Sie sicherlich verstehen, dass wir auch Sie nach Ihrem Alibi am 30.November des Vorjahres fragen müssen, auch wenn inzwischen über sechs Monate vergangen sind.«

»Herr Kommissar, ich kann Ihre Frage verstehen. Normalerweise weiß ich nicht, was an welchem Tag vor sechs Monaten geschehen ist. Aber weil damals mein Mann entgegen seinen Versprechungen nicht nachhause gekommen ist, habe ich mir an diesem Tag große Sorgen gemacht. ... Auch wenn Alois oft auswärts übernachtet hat, so hat er sich zumindest immer bei mir abgemeldet. Damit hat er auch sichergestellt, dass ich ihn nicht mehrfach anrufen und nachfragen würde.

Ich war an diesem Tag wie üblich zuhause, habe das Haus gehütet, meine Tochter bei Hausaufgaben unterstützt, das Abendessen für die Familie vorbereitet und nach 20:00 Uhr mehrfach meinen Mann telefonisch zu erreichen versucht. Nachdem sich Alois bis zum nächsten Vormittag nicht gemeldet hat, habe ich zunächst den Generalsekretär angerufen und dann die Abgängigkeitsanzeige bei der Polizei gestellt.«

Mit der Aufforderung an Franziska Schwarz, sich zur Verfügung zu halten und Wien nicht großräumig zu verlassen, beenden die Kommissare diese Vernehmung. Moser versucht sofort aus den Nahaufnahmen der Befragten herauszufinden, ob diese zu allen Punkten die volle Wahrheit gesprochen habe. Nach zweimaliger Analyse an manchen Stellen fasst Moser seine Erkenntnisse daraus gegenüber seiner Kollegin zusammen:

»An manchen Stellen konnte ich Unsicherheiten und Zweifeln bei Franziska Schwarz erkennen, insbesondere bei den Themen Korruption und Schmiergelder an ihren Mann und bei längeren Beziehungen ihres Mannes. Bei ihrem Alibi wirkte sie allerdings sehr sicher. Ich kann mir nicht vorstellen, dass sie am Mord ihres Mannes involviert gewesen wäre.«

»Dies kann ich meinerseits nur bestätigen.«: ergänzt die Kommissarin.

»Renate, Du bist Frau Schwarz zweimal erstaunlich hart bei möglichen Mordmotiven ihrerseits angegangen. Ich war und bin nicht dagegen, dass Du manchmal so vorgehst.«

»Ja, Karl. Ich bin einmal selbst über mich erschrocken. Immerhin ist sie die Ehefrau, die erst vor drei Tagen vom Mord an ihrem Mann erfahren hat. Mit tut diese Frau einerseits sehr leid. Andererseits ärgere ich mich als Frau über sie. Wie kann man seinem Mann so viel durchgehen lassen? ... Wieso hat sie sich nicht viel stärker gegen seine Demütigungen und Erniedrigungen durch seine Affären gewehrt?«

Der Kommissar überlegt noch eine Weile über die weitere Vorgehensweise in Bezug auf Franziska Schwarz und teilt seiner Kollegin seine Überlegungen mit:

»Ich bin zwar überzeugt, dass Frau Schwarz keine Mörderin ist und auch keinen Auftrag dazu erteilt hat, aber ich könnte mir vorstellen, dass wir weitere Hinweise oder Anhaltspunkte im Haus von Alois und Franziska Schwarz finden könnten, möglichweise im Safe, der uns bis jetzt nicht bekannt war, oder im Arbeitszimmer des Ermordeten.

Darum schlage ich vor, dass wir in den nächsten Tagen und möglicherweise sogar am kommenden Wochenende uns sehr kurzfristig anmelden und vor Ort um Zugang zum Safe und zum Schreibtisch des ermordeten Nationalrats-Abgeordneten ersuchen.

Sollte Frau Schwarz dies verweigern, sollten wir eine Hausdurchsuchung bei unserem Oberstaasanwalt beantragen. Da wir keine Beweismittel gegen sie in der Hand haben, könnte dieser eine Hausdurchsuchung ablehnen. Wäre dies der Fall, würden wir über die Staatsanwaltschaft gegen Wirtschaftsverbrechen und Korruption vorgehen, da es in Bezug auf Bestechungsgelder genügend Beweismittel zu geben scheint.«

Der Kommissar ersucht eine Kriminalbeamtin herauszufinden, ob und wie häufig Frau Schwarz am 30.November abends und am Folgetag versucht habe, ihren Mann telefonisch zu erreichen.

Die letzte geplante Vernehmung am heutigen Freitag im BKA findet mit dem Mann der ermordeten Verena Hofer statt. Der IT-Fachmann Josef Hofer erscheint pünktlich und stellt sofort eine Frage:

»Ich bin neugierig zu erfahren, warum Sie mich an einem Freitagnachmittag hierher bestellt haben. Ich habe Ihnen schon alles gesagt, was ich weiß. ... Wie ich Ihnen zuletzt mitgeteilt habe, hole ich üblicherweise meinen Sohn Freitag nachmittags von der Ganztagesschule ab. Meine Schwiegereltern sind mit ihm für ein paar Tage aufs Land gefahren, weil wir Angst hatten, dass er sonst in der Schule vom Mord an seiner Mutter erfahren könnte. ... Dies will ich ihm selbst am Wochenende schonend übermitteln. Ich hole meinen Sohn heute um 18:00 Uhr bei meinen Schwiegereltern ab. Darum hoffe ich, dass unser Gespräch nicht länger als eine Stunde dauern wird.«

Der Kommissar kann ihn beruhigen und zeigt Verständnis für dessen Situation:

»Keine Sorge, wir brauchen vermutlich maximal eine halbe Stunde. Unsere ersten Fragen betreffen die Dauer der Affäre Ihrer Frau mit Alois Schwarz. Unsere bisherigen Recherchen haben ergeben, dass es sehr wohl eine Liebesbeziehung zwischen den beiden gegeben habe und dass diese bereits etwa sechs Monate vor dem Verschwinden der beiden begonnen habe.«

Bei diesen Aussagen bemerken die Kommissare, dass der Befragte zugleich von einer gewissen Enttäuschung, aber auch von Wut getroffen wird. Diesem schießen Tränen in die Augen, als er erwidert:

»Ich habe dies befürchtet, ... aber ich habe meiner Frau bislang immer voll vertraut. ... Sie hat mir doch versichert, dass es keine Affäre mit diesem Hallodri Alois Schwarz gegeben habe. ... Ich habe mich einerseits gewundert, aber auch für Verena gefreut, als sie mir mittelte, dass sie die Genehmigung für eine Fortbildung erhalten habe und deshalb einige Male nach Salzburg zu Seminartagen mit Übernachtung fahren müsse. Ich habe Verena so sehr vertraut, dass ich nicht nachgefragt oder nachkontrolliert habe.

Herr Kommissar, woher haben Sie diese Informationen über die sechsmonatige Liebesbeziehung? ... Sind Sie sicher? ... Ich hätte nie gedacht, dass ich so blind sein könnte, dies nicht zu bemerken. ... Ich ärgere mich maßlos über mich.«

Der Kommissar versucht den erregten Mann der Ermordeten zu beruhigen:

»Herr Hofer, die Vergangenheit können Sie nicht ändern. Denken Sie an Ihren Sohn und an Ihre gemeinsame Zukunft. Dies ist jetzt wichtig.«

Der Kommissar überlegt angesichts der Erregung des Ehemanns, ob er die nächste geplante Frage stellen solle. Er entscheidet sich dafür:

»Herr Hofer, Ihre Frau und Sie hatten beide ein regelmäßiges Einkommen. Wie haben Sie den gemeinsamen Haushalt bestritten? Hatte Ihre Frau Zugang zu Ihrem Konto beziehungsweise hatten Sie Zugang zum Konto Ihrer Frau?«

Herr Hofer wundert sich über diese Frage, dennoch antwortet er rasch:

»Jeder von uns hatte sein eigenes Konto. Jeder von uns hat regelmäßig gewisse Kosten übernommen und die entsprechenden Ausgaben getragen. Daneben gab es eine gemeinsame Urlaubskasse. Seit dem Verschwinden von Verena habe ich alle laufenden Kosten allein gezahlt. Ich habe immer gehofft, dass Verena zurückkommen würde. ... Darum habe ich ihr Konto bisher nicht angetastet. Vor zwei Monaten habe ich auf ihrem Konto nachgesehen, ob es vielleicht Abbuchungen gegeben habe. Ihr Konto weist einen recht hohen positiven Wert aus. Herr Kommissar, warum fragen Sie?«

Moser stellt dem verunsicherten Ehemann eine weitere Frage:

»Herr Hofer, war Ihnen bewusst, dass Herr Schwarz im Herbst letzten Jahres Ihrer Frau zehntausend Euro überwiesen hat? Falls ja, wissen Sie wofür?«

Die Mimik der Enttäuschung und Wut bei Josef Hofer ist sichtlich noch größer geworden. Er braucht eine Weile, um klare Gedanken zu fassen und dann zu antworten:

»Dies macht doch alles nur noch viel schlimmer? ... Ich kann dies alles nicht verstehen. ... Hat sich meine Frau vielleicht des Geldes wegen bei ihm prostituiert? ... Zu Ihrer Frage: ich hatte keine Ahnung. Ich hätte es meiner Frau auch nicht erlaubt. Wir hatten doch genügend Geld für unseren Haushalt und unseren Urlaub. ... Warum musste Verena Geld von diesem Schürzenjäger annehmen?

Mir ist zwar aufgefallen, dass sich meine Frau einige neue Kleider im letzten Herbst gekauft hat und vor allem dann angezogen hat, wenn sie zu diesen angeblichen Seminaren nach Salzburg gefahren ist. Ich habe gedacht, dass sie bei einigen namhaften Referenten positiv auffallen wollte.«

Abermals versucht der Kommissar den noch stärker erregten Ehemann zu beruhigen und zu besänftigen:

»Herr Hofer, wir glauben nicht, dass sich Ihre Frau bei Herrn Schwarz prostituiert hat. Wir glauben eher, dass es sich dabei um Schweigegeld gehandelt haben könnte.«

Ungläubig antwortet der befragte Ehemann der Ermordeten:

»Schweigegeld? Aber wofür? Was hätte Verena verschweigen sollen?«

Der Kommissar möchte diese Frage nicht beantworten. Darum erwidert er:

»Herr Hofer, darüber können wir zum derzeitigen Zeitpunkt noch nicht sprechen. Wenn wir mehr darüber wissen, werden wir Sie informieren. Dies waren unsere Fragen für heute.«

Der Ehemann der Ermordeten lässt nicht locker und stellt eine weitere Frage:

»Herr Kommissar, Sie haben aber die wichtigste Frage von meiner Seite noch nicht beantwortet? Haben Sie Personen identifizieren können, die in Frage kommen könnten, meine Frau und ihren Liebhaber ermordet zu haben?«

»Herr Hofer, seien Sie versichert, wir arbeiten mit Hochdruck daran. Heute mittags hatten wir eine neuerliche große Medienveranstaltung mit Fragen an die Bevölkerung. Wir erwarten eine große Berichterstattung heute in den Abendzeitungen und im Fernsehen und in den morgigen Tageszeitungen. ... Darum wäre es vorteilhaft, wenn Sie Ihren Sohn ehestmöglich schonend informieren könnten. Falls Sie kinderpsychologische Beratung und Unterstützung brauchen, helfen wir sehr gerne.«

Der bestürzte Ehemann bedankt sich für die Fürsorge und meint, dass er möglicherweise auf dieses Angebot zurückkommen werde. Wie bei den Vernehmungen zuvor analysiert der Kommissar die Nahaufnahmen und meint zu seiner Kollegin:

»Herr Hofer war sichtlich sehr erregt, verärgert und wütend. Im Affekt hätte ich ihm sogar einen Mord oder Totschlag am Liebhaber seiner Frau zutrauen können. Aber er ist authentisch geblieben und war bei manchen Fragen wahrlich sehr überrascht. Ich halte ihn nicht für den Mörder an den beiden Opfern. Was meinst Du, Renate?«

Die Kommissarin überlegt einige Augenblicke und antwortet:

»Karl, ich schließe mich Deiner Meinung an. Ich habe mehrfach Mitleid mit diesem armen Mann und vor allem mit seiner jetzigen Situation. Eben erfährt er, dass seine Frau ihn definitiv einige Monate lang betrogen habe und dass sie womöglich sogar Geld dafür angenommen habe. Und in dieser Stimmung soll er seinem Sohn schonend erläutern, dass er seine Mutter niemals wiedersehen werde. Wie schrecklich ist dies!«

»Ja, Renate. Ich kann nur hoffen, dass seine Eltern und seine Schwiegereltern den beiden eine gute Stütze sein werden.«

Danach legen die beiden Kommissare ihre Arbeitsschwerpunkte für die nächsten Tage fest. Die Kommissarin will etwa noch zwei Stunden im BKA bleiben, um die verschiedenen Vernehmungsprotokolle zu schreiben. Wie üblich hat sie sich bei den Befragungen viele Notizen gemacht. Danach will sie zwei Stunden im John Harris Fitness-Center verbringen, da sie nach den anstrengenden letzten Tagen einigen sportlichen Ausgleich brauche.

Der Kommissar will zunächst alle noch offenen und noch nicht gelesenen Rückmeldungen einzelner Mitglieder der Mordkommission studieren und verarbeiten, sowie die neuesten Erkenntnisse an der Wandtafel ihres Arbeitszimmers nachtragen. Er ergänzt:

»Renate, für ein körperliches Training heute Abend bin ich zu ausgepowert. Ich werde mir einige der TV-Nachrichten noch hier ansehen und danach gemütlich Abendessen gehen. Dabei werde ich einige der Abendausgaben der Top-Zeitungen lesen.

Morgen werde ich vormittags nach meinem Frühstück im Landtmann ins BKA kommen, um mir die E-Mail-Meldungen aus der Bevölkerung anzusehen. Mittags gibt es dann den ersten Bericht aus den telefonischen Rückmeldungen nach unserer heutigen PK. Vielleicht ergeben sich daraus einige neue Anhaltspunkte oder sogar Hinweise.«

Der Kommissar hofft, dass seine Kollegin auch ohne seine ausdrückliche Aufforderung morgen ins BKA kommen werde. Darum fragt er vorsichtig:

»Renate, was sind Deine Pläne für den morgigen Samstag?«

»Karl, warum fragst Du? Dies ist doch selbstredend. Natürlich komme ich auch morgen hierher. Mich interessieren ebenfalls die Rückmeldungen aus der Bevölkerung. Außerdem wollten wir doch Frau Schwarz einen überraschenden Spontanbesuch abstatten. Nicht zuletzt möchte ich die Vernehmungsprotokolle dieser Woche finalisieren. Wie Du weißt, gehe ich ungern mit offenen unerledigten Aufgaben in eine neue Arbeitswoche.»

Moser freut sich über die Einsatzfreude seiner Kollegin und ergänzt:

»Falls Zeit bleibt, möchte ich morgen spätnachmittgas mein Trainingsprogramm im Fitness-Club absolvieren.«

Nachdem Renate Pichler das BKA verlassen hat und während der Kommissar auf die Meldungen in den TV-Nachrichten wartet, überlegt er für sich, welches Restaurant er heute aufsuchen möchte. Er findet, dass er sich nach dieser anstrengenden, arbeitsreichen und nicht unerfolgreichen Woche ein gutes Restaurant gönnen darf. Er entscheidet sich für das traditionelle Alt-Wiener Nobel-Restaurant „Zum Weißen Rauchfangkehrer".

Moser ist mit den Berichterstattungen in den Fernseh-Nachrichten sehr zufrieden. Die ausgelobte Belohnung von zwanzigtausend Euro wird deutlich erwähnt, wodurch für eine hohe Rückmeldequote gesorgt sein sollte. Es wird darauf hingewiesen, dass die konkreten Fragen der Kriminalpolizei online zu lesen sind. Außerdem werden kurze Interviews mit dem Generalmajor und dem Oberstaatsanwalt gezeigt.

Gegen 20:30 Uhr verlässt der Kommissar seinen Arbeitsplatz und schlendert bei sehr angenehmen frühsommerlich warmen Temperaturen die Ringstraße entlang, durch das Heldentor und die Hofburg, über den Michaeler-Platz, den geschäftigen Kohlmarkt und Graben entlang. Da er den Tisch im Restaurant erst für 21:00 Uhr bestellt hat, bleiben ihm einige Minuten Zeit, um im Stephansdom Platz zu nehmen und dem Orgelspiel des Organisten zuzuhören, der für die sonntägliche Messe zu proben scheint.

Unterwegs hat Moser die Abendausgaben der drei größten Zeitungen gekauft, da er diese lesen will, während er auf sein

Essen wartet. Obwohl er schon seit einigen Monaten nicht mehr in diesem Nobellokal gewesen ist, wird er sofort vom Oberkellner erkannt und zu einem gemütlichen Platz gebracht, von wo Moser die Gäste im Restaurant gut überblicken kann. Er liebt es, Restaurant-Besucher aus den Augenwinkeln zu beobachten und einzuschätzen, welchen Beruf diese wohl ausüben oder in welcher persönlichen Beziehung diese zueinanderstehen könnten.

Heute hat der Kommissar allerdings keine Zeit für solche Beobachtungen und Einschätzungen. Zunächst überfliegt er die Headlines auf den Titelseiten der Abendausgaben sowie die Sub-Headlines auf den Innenseiten in Bezug auf die Mordfälle und auf die heutige Medien-Veranstaltung: „War seine Sex-Sucht schuld am Politiker-Mord?“, „Mord-Motiv noch unklar: Seitensprünge oder Korruption?“, „Wie korrupt sind unsere Politiker?“, „Wiens Super-Kommissar bittet um Mithilfe“.

Moser ist mit der Berichterstattung in den Zeitungen sehr zufrieden. Er freut sich für seine Kollegin, dass diese gut auf den Fotos zur Geltung komme. Er weiß, dass Renate dies sehr schätzt. Darum kann er jetzt seine Karotten-Ingwer-Suppe, sein Forellenfilet und die Marillen-Palatschinken genießen und danach den Freitag mit einem gemütlichen Spaziergang nachhause ausklingen lassen.

Überraschende Erkenntnisse

Eigentlich wollte Moser den heutigen Samstag langsamer angehen und erst später zum Frühstück im Café Landtmann erscheinen. Da aber sein Stammplatz dort immer nur bis halb acht Uhr reserviert ist, hat er sich zeitgerecht aufgemacht und ist strammen Schrittes von zuhause dorthin marschiert. Dort wird er vom Oberkellner mit den Hinweisen auf die massive Berichterstattung in allen Medien über den Mordfall Alois Schwarz und dessen zahlreichen Affären begrüßt.

Der Kommissar ergreift die Tagesausgaben der größten Zeitungen, wobei diese bereits in den gestrigen Abendausgaben ausführlich berichtet haben. Heute bestellt Moser ein etwas umfangreicheres Frühstück. Beim Servieren spricht ihn der Oberkellner nochmals an:

»Herr Oberst, dieser Doktor Schwarz war oftmals Gast auch bei uns. Zumeist hat er einen Tisch im hintersten Raum gewünscht. Manchmal war er mit einzelnen Herren hier und hat mit diesen intensiv und gelegentlich lautstark diskutiert. Genauso oft war seine Begleitung weiblich. ... Ich war mir nicht bewusst, dass Herr Schwarz angeblich unter einer Sex-Sucht gelitten habe, wie manche Medien jetzt schreiben. Aber wenn ich mich an ihn erinnere, habe ich ihn manchmal händchenhaltend mit Damen gesehen.

Es würde mich massiv interessieren, ob es Neuigkeiten zu dem Mordfall gebe, aber ich werde Sie nicht fragen, weil Sie mir ohnedies keine Antwort geben würden.«

Moser genießt sein Frühstück nahezu eine Stunde lang, weil er erst um halb neun im BKA sein will. Seine Kollegin hat ihr Eintreffen um etwa neun Uhr zugesagt. Dies gibt dem Kommissar noch genügend Zeit, die eingetroffenen E-Mail-Meldungen nach der gestrigen Medien-Veranstaltung zu studieren. Aus den bisher knapp achtzig E-Mail-Nachrichten stechen dem Kommissar folgende Meldungen ins Auge:

„Ein Geländewagen mit Melker Kennzeichen habe offensichtlich im Zeitraum Mitte/Ende November einige Bau-Materialien zu dem angegebenen baufälligen Haus gebracht, in dem die Morde verübt wurden. Das exakte Datum könne nicht präzisiert werden."

„Dieser silber-metallic farbige Mercedes mit Wiener Kennzeichen ist Ende November und damit möglicherweise genau am 30.November vor dem benannten Grundstück einige Zeit lang gestanden."

„Ende November sei einem Bewohner in unmittelbarer Umgebung zum Tatort aufgefallen, dass am späten Vormittag dieser Mercedes mit einem Herrn und einer jüngeren Frau vorgefahren sei, nach einigen Minuten wieder abgefahren und nach einer guten Stunde wieder zurückgekommen sei. Einige Stunden später sei eine andere Frau mit diesem Fahrzeug abgefahren."

Einige Personen haben sich schriftlich gemeldet, um über mögliche Affären des NR-Abgeordneten zu berichten. Darunter befinden sich zwei Herren, die über wahrscheinliche kurzzeitige Affären ihrer Ehefrauen mit dem offensichtlich „sex-geilen" Politiker berichten. Zwei Frauen geben an, von Herrn Schwarz bei einem Rendez-vous unsittlich bedrängt worden zu sein. Eine andere Frau meldet, dass Alois Schwarz ihr zunächst die große Liebe versprochen habe, sich aber nach einem One-Night-Stand nicht mehr gemeldet habe.

Aus diesen Meldungen lassen sich aber keine unmittelbare Mordmotive herauslesen. Am interessantesten findet der Kommissar die Meldungen zu dem an- und abfahrenden Mercedes und zur Anlieferung der Baumaterialien. Er speichert diese E-Mails, da er hofft und plant, von den Beobachtern mehr Informationen zu erhalten.

Kurz nach neun Uhr trifft Renate Pichler im BKA ein. Mit ihren dunklen Augen strahlt sie ihren Kollegen an. Heute trägt sie ein sportlich-elegantes Sommerkleid und eine hellblaue Weste:

»Guten Morgen, Karl. Ich hoffe, Du hattest einen angenehmen Abend und ein ausreichendes Frühstück im Landtmann. Wie waren die Berichterstattungen im Fernsehen und in den Zeitungen?«

Der Kommissar drückt seine große Zufriedenheit aus und zeigt ihr zwei Tageszeitungen, in deren Innenteil die Kommissarin sehr gut abgebildet ist. Dann liest er ihr jene E-Mail-Nachrichten vor, die für Moser besonders interessant zu sein scheinen.

Vor der Wandtafel stehend überlegen die Kommissare nochmals ihre nächsten Schritte für den heutigen Tag. Sie wollen heute noch die Ehefrau des Ermordeten in deren Haus im 23.Bezirk aufsuchen. Darum ruft der Kommissar sie unverzüglich an:

»Guten Morgen, Frau Schwarz. Entschuldigen Sie bitte die frühe Störung an einem Samstagmorgen. Wie Sie wissen, wollen wir den Mord an Ihrem Mann so rasch als möglich aufklären. Darum würden wir gerne die Unterlagen in seinem Schreibtisch in Ihrem Haus durchsehen. ... Wir haben zwar schon einiges erfahren, aber die Hinweise sind bislang noch nicht ausreichend genug für mögliche Festnahmen. Wir wären Ihnen sehr dankbar, wenn wir Sie dazu ehestmöglich aufsuchen könnten.»

Franziska Schwarz ist überrascht, so früh von den Kommissaren angerufen zu werden. Sie ist einerseits genervt von der Tatsache, dass die Kommissare schon wieder vorbeikommen wollen. Andererseits freut sie sich darüber, dass diese auch am Samstag sehr aktiv zu sein scheinen und die Aufklärung vorantreiben wollen.

Die Freude bei Frau Schwarz scheint zu überwiegen, da sie Folgendes antwortet:

»Herr Kommissar, ich wollte zwar mit meinem ältesten Sohn in Kürze Wocheneinkäufe erledigen. Allerdings wollen wir alle auch eine rasche Aufklärung. Wie lange werden Sie bei uns brauchen?«

Moser überlegt, wie er die Angerufene am besten motivieren könne, den Wünschen der Kommissare zu entsprechen:

»Gnädige Frau, dies hängt ganz von Ihnen ab. Wenn Sie uns gestatten, einige der Unterlagen aus dem Schreibtisch Ihres Mannes mitzunehmen, um diese hier im BKA gründlich zu analysieren, dann könnten wir in etwa zwanzig Minuten bei Ihnen sein und bräuchten vor Ort eine knappe halbe Stunde. Wir würden alle Unterlagen spätestens am Montag wieder zurückbringen.

Sollten Sie aber darauf bestehen, dass alle Unterlagen Ihres Mannes in Ihrem Haus bleiben, dann könnte dies je nach Menge der Dokumente einige Stunden in Anspruch nehmen.«

Frau Schwarz überlegt kurz und stimmt dem Vorschlag des Kommissars zu, die Unterlagen zur detaillierten Prüfung mitzunehmen. Dies würde ihr erlauben, die Wocheneinkäufe mit ihrem Sohn fast plangemäß zu erledigen.

Keine fünf Minuten später sitzen die Kommissare in Mosers Auto und beeilen sich in den Süden Wiens. Dort werden sie von Frau Schwarz und ihrem 16-jährigen Sohn empfangen. Um keine Zeit zu verlieren, verzichten die Kommissare auf den angebotenen Kaffee. Frau Schwarz hat bereits vorsorglich den verschlossenen Schreibtisch ihres getöteten Mannes entsperrt.

Aufgrund seiner jahrzehntelangen Erfahrung weiß Moser, wie er bei der Suche nach möglichen interessanten Dokumenten vorzugehen hat. Auf dem Schreibtisch selbst lassen sich keine vertraulichen Unterlagen finden, wohl aber in drei der vier Schubladen. Währenddessen sucht die Kommissarin im nicht verschlossenen Schrank im Arbeitszimmer nach möglichen interessanten Dokumenten. Beide Kommissare sammeln die mitzunehmenden Unterlagen in zwei klappbaren Kunststoff-Kisten, welche der Kommissar immer in seinem Auto mitführt.

Moser möchte aber auch sehen, welche Unterlagen sich im Safe befinden. Andererseits will er Frau Schwarz nicht überfordern, sondern sensibel vorgehen. Darum schlägt er ihr folgende Schritte vor:

»Frau Schwarz, wir vermuten, dass sich entscheidende Hinweise im Safe Ihres Mannes befinden könnten. Es wäre gut, wenn Sie zunächst das Bargeld aus dem Safe entfernen. Dann könnten wir gemeinsam die Dokumente durchgehen.«

Die Ehefrau des Ermordeten hat volles Vertrauen zu den Kommissaren und meint:

»Wir können das Öffnen des Safes gemeinsam vornehmen. Dabei könnten Sie mir behilflich sein. Ich habe den Safe bisher noch nie allein geöffnet und daher auch nicht, seitdem Alois verschwunden ist.«

Frau Schwarz hat den Zugangs-Code zum Safe in ihrem Schreibtisch hinterlegt. Der Safe selbst befindet sich hinter einem Gemälde im Arbeitszimmer des Ermordeten. Die Ehefrau nennt den Code Ziffer für Ziffer und der Kommissar gibt diese ein. Das Öffnen gelingt bereits beim ersten Versuch.

Im Safe zeigen sich ein Bündel Bargeld, einige Dokumente und Schreiben, die bereits bekannte Lebensversicherung samt Kopie sowie ein goldener Siegelring, offensichtlich ein Erbstück des Vaters. Moser ersucht die Schreiben, einige der Dokumente und die Kopie der Lebensversicherung mitnehmen zu dürfen. Franziska Schwarz stimmt zu und bittet den Kommissar auch um eine Prüfung der Lebensversicherung hinsichtlich erforderlicher Schritte. Die nicht mitgenommenen Dokumente, das Bargeld und der Siegelring werden wieder in den Safe gelegt und dieser vom Kommissar versperrt. Das gesamte Prozedere im Haus hat eine gute halbe Stunde gedauert.

Kurze Zeit später befinden sich die Kommissare wieder auf dem Weg zurück ins BKA. Die Kommissarin gratuliert ihrem Kollegen:

»Karl, dies hast Du wieder super gemacht. Dank Deiner überzeugenden und besonnenen Art hat die arme Frau vollstes Vertrauen zu Dir. Dies hat uns wahrscheinlich einiges an Zeit gespart. Ich bin gespannt, ob wir Hinweise auf einen potenziellen Mörder in den mitgenommenen Unterlagen finden werden.«

Im BKA nutzen die Kommissare einen besonders großen Arbeitstisch in einem Nebenraum, um die Dokumente und Schreiben auszubreiten und zu verteilen. Besonders interessant erscheint ein Schreiben datiert vom Oktober letzten Jahres, in dem Alois Schwarz die Annahme von Bestechungsgeldern über einen Zeitraum von zwei Jahren vorgeworfen wird. Dabei werden konkrete Bauprojekte und geschätzte Geldbeträge angeführt. Darin wird ein Schweigegeld in Höhe von zweihunderttausend Euro gefordert. Bedauerlicherweise wird kein Autor des Schreibens genannt.

Weitere interessante Angaben sind offensichtlich Online-Zugangs-Daten und Codes zu mehreren Kryptowährung-Wallets und Online-Zugangsdaten zu den drei ausländischen Bankkonten. Auf die Frage der Kommissarin, ob damit der Zugang zu den Konten und Wallets möglich sein könnte, meint der Kommissar:

»Leider nein, weil dazu zumeist gleichzeitig der Laptop und das Handy des Ermordeten erforderlich wären. Laptop und Handy sind aber verschwunden. Vermutlich hat diese der Mörder zu sich genommen. ... Mit einem richterlichen Beschluss zum gegebenen Zeitpunkt werden wir die Zugänge zu den Konten erreichen. Dies wird später vor allem die Aufgabe der Staatsanwaltschaft für Wirtschaftsverbrechen und Korruption sein.

Unsere Aufgabe ist, den Mörder und sein Motiv zu finden. Mir ist eine Idee gekommen, warum Alois Schwarz die Zunge abgeschnitten wurde. Leider würde dies den Kreis potenzieller Mörder deutlich erhöhen.«

Gespannt sieht die Kommissarin ihren Kollegen an, als dieser fortfährt:

»Es könnte jede Person in Frage kommen, die erfahren hat, dass Alois Schwarz auf kriminellem Wege eine größere Menge Kryptowährungen oder Euro erhalten habe. Diese Person, es könnten auch mehrere Personen sein, ahnte, dass Herr Schwarz deshalb vermutlich nicht die Polizei einschalten würde. ... Diese Person hat Herrn Schwarz dieses Schreiben zukommen lassen und zu einem Treffen am Tatort aufgefordert. Vielleicht hat Herr Schwarz seine Geliebte Verena Hofer als Zeugin mitgenommen, da sie möglicherweise über diese kriminellen Geschäfte Bescheid wusste.«

»Und warum wurde ihm dann die Zunge abgeschnitten?«: fragt die Kommissarin weiter.

»Renate, diese Vermutungen meinerseits basieren auf Annahmen. Für den Zugang zu den Konten und vor allem zu den Wallets bedarf es neben dem Handy und dem Laptop zumeist auch eines PIN-Codes, welchen der Ermordete hätte nennen müssen. ... Vielleicht hat Alois Schwarz diesen nicht angeben wollen, bis schlussendlich der oder die Täter aus Rache die Zunge abgeschnitten haben. Aber dies ist lediglich meine Vermutung.

Auch wenn ich vorhin meinte, dass sehr viele Täter in Frage kommen könnten, so glaube ich an einen Mörder aus dem engeren beruflichen Umkreis, den wir finden müssen. Möglicherweise ist doch die Ndrangheta involviert. Das Abschneiden der Zunge könnte dafürsprechen. Ich habe diesbezüglich mit dem Generalmajor vor zwei Tagen gesprochen. Ich hoffe von ihm zu Beginn kommender Woche dazu Anhaltspunkte zu bekommen.«

Während der Kommissar Kopien einiger Dokumente anfertigt, arbeitet die Kommissarin an der Fertigstellung der Vernehmungs- und Gesprächs-Protokolle der letzten Woche. Bis zum mündlichen Bericht der Kriminalbeamtin über die eingegangenen telefonischen Rückmeldungen aus der Bevölkerung bleibt dem Kommissar etwas Zeit.

Er nutzt diese, um sich die Lebensversicherung des Ermordeten zugunsten seiner Ehefrau anzusehen. Daraus lassen sich keine Auffälligkeiten oder Sonderklauseln feststellen. Er sieht auch keine Gefahren für Franziska Schwarz, die Versicherungssumme nicht ausbezahlt zu erhalten.

Kurz nach Mittag erscheint wie angekündigt die Kriminalbeamtin, um einen ersten mündlichen Bericht über Hinweise aus der Bevölkerung seit gestern Nachmittag bis heute kurz vor zwölf Uhr abzugeben:

»Liebe Kollegen, wir erfassen alle telefonisch und schriftlich eingegangenen Meldungen. Seit gestern Mittag gab es rund fünfhundert Anrufe und zweihundert E-Mails. Etwa siebzig Prozent haben Hinweise zu Affären des Ermordeten abgegeben, die anderen verteilen sich zu gleichen Teilen auf Informationen zu Bewegungen um das Haus zum wahrscheinlichen Mordzeitraum und zum verschwundenen Auto des Politikers.«

Danach führt die Kriminalbeamtin einige Beispiele telefonischer und schriftlicher Nachrichten an, wobei sich einige davon mit den Informationen decken, welche der Kommissar schon heute früh gelesen hat. Es wird beschlossen, fünf Informanten für eine Vernehmung im BKA am kommenden Montag spätnachmittags vorzuladen. Darunter sind zwei Personen, welche angeblich ein Gelände-Fahrzeug einige Tage vor dem Morddatum auf dem Grundstück gesehen haben, mit dem vermutlich Baustoffe angeliefert wurden. Zwei weitere Personen haben angeblich eine Frau mit dem Mercedes des Ermordeten am Tag des Verbrechens vom Grundstück wegfahren gesehen und eine Person habe dieses Fahrzeug ebenfalls mit einer Frau einen Tag später, am 1.Dezember, in Bratislava gesichtet.

Aus den zahlreichen Nachrichten zu vielen weiteren Affären des Alois Schwarz wollen die Kommissare vorläufig keine Informanten einladen, da sich daraus keine Hinweise auf mögliche Gewaltverbrechen zeigen. Dennoch sollen daraus etwa zwanzig Rückmeldungen für etwaige spätere Recherchen besonders gespeichert werden. Die telefonischen Erhebungen der zwei Kriminalbeamtinnen sollen wie geplant bis morgen Sonntagabend fortgesetzt werden. Besonders markante Hinweise sollen unmittelbar an die Kommissare weitergeleitet werden.

Inzwischen zeigt die Uhr bereits 13:30. Auch wenn den Kommissar einige Hungergefühle bedrängen, möchte er vor einem Imbiss noch drei Telefongespräche tätigen. Während er diese Telefonate führt, arbeitet die Kommissarin an ihren Protokollen weiter, hört aber bei den lautgestellten Gesprächen des Kommissars zu.

Das erste Telefongespräch gilt Frau Konstanze Taus, jener Frau, welche das etwa dreijährige gemeinsame Kind mit Alois Schwarz aufzieht. Moser stellt sich vor und äußert danach eine erste Frage:

»Frau Taus, möglicherweise überrascht Sie mein Anruf. Nach unseren Erkenntnissen haben Sie eine gemeinsame Tochter mit dem ermordeten Alois Schwarz. Ist dies richtig? Ich nehme an, dass Sie mitbekommen haben, dass Doktor Schwarz ermordet aufgefunden wurde.«

Konstanze Taus scheint nicht besonders überrascht über den Anruf zu sein:

»Herr Kommissar, ich habe bereits einen Anruf der Polizei erwartet, nachdem mich Alois doch einige Male in den letzten fünf Jahren besucht hat. Mit Schrecken habe ich von seinem grauenvollen Ende gehört.«

Nachdem Moser Frau Taus ersucht hat, über ihre Beziehung zum Politiker zu sprechen, beginnt sie zu erzählen:

»Ich habe Alois Schwarz in einem Club kennengelernt. Wir haben uns einige Male bei mir getroffen. Überraschenderweise und unerwartet bin ich schwanger geworden. Da ich christlich erzogen wurde, wollte ich das Kind nicht abtreiben, sondern mithilfe meiner Eltern aufziehen. Alois wusste zunächst nichts von der Schwangerschaft, hat aber später bei einem zufälligen Zusammentreffen davon erfahren. Er hat sich seiner Verantwortung gestellt und immer pünktlich die zugesagte monatliche Alimente-Zahlung von eintausend Euro überwiesen.

Damals haben wir uns danach etwa einmal pro Monat bei mir getroffen, bis seine Frau von unserer neuerlichen Liaison und dem Kind erfahren hat. Daraufhin hat er seiner Frau versprochen, mich nicht wieder zu sehen. Dennoch kamen weiterhin und bis jetzt die monatlichen Zahlungen von einem deutschen Konto. Ich weiß nicht, ob diese zugesagten Alimente-Zahlungen weiterfließen werden.«

Auf die Frage der Kommissarin, ob sich Konstanze Taus nicht gewundert habe, nichts mehr von ihrem Ex-Geliebten gehört zu haben, antwortet diese:

»Ich habe in den Zeitungen von seinem plötzlichen Verschwinden und später von einem möglichen bewussten Untertauchen gelesen. Da weiterhin die regelmäßigen Zahlungen eingetroffen sind, habe ich an ein absichtliches Verschwinden seinerseits mit seiner damaligen Geliebten geglaubt. Vielleicht wollte er nach den Korruptionsvorwürfen gegen ihn untertauchen.«

Der Kommissar stellt eine neuerliche Frage:

»Frau Taus, wer könnte nach Ihrer Ansicht als Mörder Ihres Ex-Geliebten in Frage kommen? Hat er Ihnen gegenüber irgendwelche Andeutungen gemacht?«

Die Befragte überlegt einige Sekunden lang und antwortet:

»Herr Kommissar, ich kann Ihnen leider nicht weiterhelfen und auch keine konkreten Namen nennen. Ich vermute, dass ein gehörnter Ehemann dahinterstecken könnte. Alois hat sich mit Freude und auch mit einer gewissen Absicht seine Liebschaften unter verheirateten Frauen gesucht. Vielleicht weil für ihn der Reiz des Verbotenen und damit auch des Ertappt-Werdens eine gewisse Rolle gespielt haben. … Außerdem musste er sich dann weniger Sorgen hinsichtlich Schwangerschaften machen. Ich möchte nicht wissen, wie viele „Kuckuckskinder“ er damit ahnungslosen Ehemännern in die Wiege gelegt und damit untergeschoben hat.«

Wie üblich stellt der Kommissar eine letzte Frage nach dem Alibi von Konstanze, worauf diese antwortet:

»Herr Kommissar, hier kann ich Ihnen mit dem besten Willen nicht weiterhelfen. Wissen Sie, was genau Sie an einem Abend vor über sechs Monaten gemacht haben? Mit hoher Wahrscheinlichkeit war ich damals mit meiner knapp dreijährigen Tochter allein zuhause. Ich habe keinen ständigen Freund. Leider nehmen die meisten Männer Reißaus, wenn sie von meiner kleinen Tochter erfahren.«

Am Ende des Gesprächs erwähnt Moser, dass sich die Mutter des Ermordeten über eine neuerliche Kontaktaufnahme von Konstanze Taus und ihrer Tochter sehr freuen würde. Nach dem Telefonat fragt die Kommissarin ihren Kollegen, was er von der eben Befragten halte. Moser überlegt einige Momente, um danach zu antworten:

»Am Telefon ist es zumeist schwierig, eine Einschätzung vorzunehmen. Ich kann mir nur sehr schwerlich vorstellen, dass eine Frau wie Konstanze Taus als Täterin in Frage kommen könnte. Bei ihr fehlt jegliches Mord-Motiv. Im Gegenteil, der Tod von Alois Schwarz könnte bedeuten, dass der Geldhahn für das uneheliche Kind gänzlich zugedreht werden könnte. Darum sollten wir sie nur im Hinterkopf behalten. Ich bin neugierig, herauszufinden, ob Doris Lichtner ihr Kind ausgetragen hat.«

Der Kommissar versucht die eben genannte ehemalige Geliebte des ermordeten Politikers telefonisch zu erreichen, scheitert aber und bittet diese um dringenden Rückruf.

Moser nutzt die Zeit, um seinem Vorgesetzten Generalmajor Obermaier das versprochene Update zu den laufenden Recherchen zu geben. Dieser ist besonders an den Rückmeldungen der Bevölkerung interessiert. Leider kann immer noch keine stark verdächtigte Person identifiziert und benannt werden. Dennoch ist der Generalmajor sehr erfreut darüber, dass die beiden Kommissare auch am Samstag mit Aufklärungsarbeiten beschäftigt sind. Er hofft auf baldige Recherche-Erfolge und spricht dem Kommissar und seiner Kollegin Mut zu:

»So wie Ihr zwei Euch engagiert, wird der Erfolg nicht lange auf sich warten lassen. Dennoch hoffe ich, dass Ihr diesen herrlichen Tag noch etwas genießen könnt. Karl, was sind Deine weiteren Pläne für heute und morgen?«

»Renate will heute die Vernehmungs-Protokolle der letzten Woche fertigstellen. Ich bleibe auch noch eine Weile hier im

BKA, da ich den Rückruf einer von Alois Schwarz geschwängerten Ex-Geliebten erwarte und weil ich laufend die Rückmeldungen aus der Bevölkerung verfolgen möchte. Morgen werde ich wahrscheinlich diesbezüglich ebenfalls im BKA vorbeischauen. Ich hoffe, dass ich Zeit finden werde, einige Stunden im Fitness-Center zu verbringen.«

Mosers Vorgesetzter muss bei der letzten Aussage des Kommissars innerlich schmunzeln. Er weiß, dass Moser früher ein Gegner von Trainings in Fitness-Studios gewesen ist, aber dass Renate Pichler ihren Kollegen ermuntern konnte, ihrem Beispiel zu folgen und jetzt zwar weniger häufig als sie, aber doch gelegentlich das John-Harris-Center aufzusuchen.

Kurze Zeit später meldet sich Doris Lichtner und fragt den Kommissar verwundert, warum sie um einen dringenden Rückruf gebeten wurde. Moser kann im Hintergrund ein schreiendes Baby hören. Deshalb könnte er seine erste geplante Frage unterlassen, stellt sie aber doch:

»Frau Lichtner, wie Sie sich denken können, untersuchen wir den Mordfall Alois Schwarz. Wir haben erfahren, dass Sie vor dessen Verschwinden von diesem geschwängert wurden. Was ist seither geschehen?«

»Mein Mann und ich haben seit einigen Jahren versucht, dass ich schwanger werde. Leider hat es nie geklappt. Wir sind davon ausgegangen, dass der Grund dafür bei mir liegen würde. Ich habe damals Herrn Schwarz bei einer politischen Veranstaltung kennengelernt und es kam zu einer kurzen Affäre mit ihm. Wir haben dabei nicht verhütet, weil ich vermutete, nicht schwanger werden zu können. Welch Wunder, es geschah doch.

Bei einem DNA-Test habe ich festgestellt, dass nur Alois Schwarz als Vater in Frage kommen konnte. Ich habe den Nationalrats-Abgeordneten mit dieser Erkenntnis und mit meinem Wunsch konfrontiert, das Kind austragen zu wollen.

Alois hat mich diesbezüglich mehrfach angerufen und mich gebeten abzutreiben. Um dies zu erreichen, hat er mir zwanzigtausend Euro angeboten und diesen Betrag auch sofort überwiesen.«

Der Kommissar unterbricht den Redeschwall der Angerufenen:

»Wie hat Ihr Mann reagiert? Haben Sie ihm die Affäre mit Herrn Schwarz gestanden? ... Hatten Sie nach der Überweisung noch Kontakt mit dem Nationalrats-Abgeordneten?«

Da das Baby etwas stärker zu schreien beginnt, bittet Frau Lichtner um eine kurze Pause, um das Kind stillen zu können. Währenddessen wartet Moser am Telefon. Mit dem zu stillenden Baby im Arm fährt die Ex-Geliebte des Ermordeten fort:

»Ich habe meinem Mann die Affäre mit Alois gestanden. Er hat mir verziehen, da er so wie ich sehr glücklich war, dass ich schwanger wurde. Er betrachtet dieses Baby als sein Kind. Er will auch keinen DNA-Test machen, sondern die Hoffnung behalten, dass dieses Kind vielleicht doch das seine sein könnte.

Ich habe damals Alois einige Male anzurufen versucht, konnte ihn aber nicht erreichen. Danach habe ich erfahren, dass er verschwunden und möglicherweise untergetaucht sei. Vor fünf Wochen habe ich entbunden. Mein Mann und ich sind sehr happy mit unserem kleinen Buben.«

Damit ist für die Kommissare offensichtlich, dass weder Doris Lichtner noch ihr Mann als potenzielle Mörder von Alois Schwarz in Frage kommen könnten. Eine Ermordung würde null Sinn machen. Im Gegenteil, das Ehepaar Lichtner ist glücklich und betrachtet das Baby als ihr gemeinsames Kind.

Inzwischen zeigt die Uhr bereits 15:30. Die Kommissarin hat ihre Protokolle fertiggestellt. Auf die Frage des Kommissars nach ihren weiteren Plänen für das Wochenende antwortet sie:

»Mein Kühlschrank ist nahezu leer, darum mache ich zunächst meinen Wocheneinkauf. Dann wartet meine Wohnung auf meine Reinigung. Wie Du weißt, habe ich keine Heinzelmännchen zuhause, die dies für mich erledigen könnten. Morgen Sonntag möchte ich mittags meine Eltern besuchen und danach mein volles Fitness-Programm absolvieren. Was sind Deine Pläne, Karl?«

»Renate, heute möchte ich meine Geliebte genießen. (Die Kommissarin weiß, dass Moser damit seine Heimatstadt Wien meint.) Ich habe heute früh nachgesehen, welches Konzert ich besuchen könnte. Ich habe bereits nach einer Karte für heute Abend im Musikvereinssaal angefragt. Die Wetterprognose für morgen ist gut. Darum möchte ich morgen etwa eine Stunde lang joggen.

Danach werde ich kurz hier vorbeischauen, um die neuesten Rückmeldungen aus der Bevölkerung zu erfahren. Am Nachmittag möchte ich ebenfalls im Fitness-Center sein. Ich hoffe, Dich dort zu treffen.«

Die Kommissarin überlegt kurz:

»Karl, dies hoffe ich auch. Sollten sich morgen allerdings interessante Erkenntnisse oder konkrete Hinweise zeigen, dann würde ich selbstverständlich ins BKA kommen und Dich unterstützen.«

Während die Kommissarin in ein Einkaufszentrum eilen will, bleibt Moser noch eine Weile, weil er sich eine Konzertkarte für heute abends sichern will. Erfreulicherweise kann er eine Restkarte für das von ihm bevorzugte Konzert ergattern.

Da ihm der Magen schon gewaltig knurrt, führt ihn sein Weg zum nächstgelegenen Würstelstand. Dort gönnt er sich je ein Paar Puszta Krainer und Debreziner. Danach genießt er die warmen Sonnenstrahlen im Volksgarten, wo er auf einer Bank Platz nimmt. Er erfreut sich an der farbigen Blumenpracht und beobachtet spielende Kinder.

Er spaziert zum Café im Palais Ferstl, einem seiner bevorzugten Kaffeehäuser gerade an einem Samstagnachmittag. Auch heute spielt ein Pianist einige klassische Klavierstücke. Dabei genießt Moser eine Sacher-Torte mit Schlagobers und eine Tasse schwarzen Kaffee und verweilt dort etwa eine Stunde lang.

Danach schlendert Moser gemütlich in seine Wohnung in der Neubaugasse, um sich für den Musikvereinssaal etwas eleganter anzuziehen. Der Kommissar stellt einmal mehr fest, wie glücklich er sein kann, nahezu alle kulturellen Veranstaltungen von zuhause zu Fuß erreichen zu können. Er spaziert über den Spittelberg, durch das Museumsquartier an der Sezession vorbei zu diesem weltbekannten Konzertsaal, der als einer der schönsten der Welt gilt.

Heute werden Klavierkonzerte von Liszt, Schubert und Mozart gegeben. Moser schätzt nicht nur die wunderbare Akustik hier, sondern das gesamte Ambiente. An einem Samstagabend ist das Publikum zumeist eleganter gekleidet als an einem Wochentag. Auch dies gefällt dem Kommissar. Er genießt es, die eleganten Kleider der Damen zu betrachten. Dabei denkt er an seine Kollegin und an deren gemeinsamen Konzertbesuch hier vor einigen Wochen.

In Gedanken an Renate Pichler einerseits und an die Aufklärungsarbeiten in der kommenden Woche andererseits wird Moser durch die Musiker der Wiener Philharmoniker in eine andere Welt entführt. Er kann seine Recherche-Sorgen vergessen und genießt die Klavierkonzerte in vollen Zügen.

Der Kommissar bevorzugt, nicht vor, sondern nach dem Konzert in einem Restaurant zu speisen. Da er diese Woche schon mehrfach Fleisch gegessen hat, entschließt er sich zu einem Besuch beim Italiener Ristorante Fratelli in der Rotenturmstraße, um sich eine Minestrone, einen großen Pasta-Teller und danach ein Tiramisu zu gönnen und um danach am Rückweg die abendliche Atmosphäre in der Wiener Innenstadt zu genießen.

Ausnahmsweise holt er sein Auto im BKA ab, da er morgen Sonntag früh in der Prater Hauptallee joggen möchte. In seinem Auto befinden sich seine Trainingskleidung und seine Jogging-Schuhe. Dazu kommt, dass er an einem Samstagabend keine Probleme hat, einen Parkplatz in unmittelbarer Nähe zu seiner Wohnung zu finden.

Wie geplant macht sich Moser am nächsten Morgen nach einer Tasse Kaffee bereits vor sieben Uhr bereit, um in Richtung Prater zu fahren. Heute joggt der Kommissar so wie viele andere Wiener und Wienerinnen in der Hauptallee. Nach einer Stunde fährt er nachhause und holt sich bei seinem Bäcker zwei Croissants, welche er daheim bei einer weiteren Tasse Kaffee verspeist.

Nach einer Dusche fährt der Kommissar ins BKA, um sich über etwaige Rückmeldungen aus dem Kreis der Mitglieder der Mordkommission und insbesondere über Nachrichten aus der Bevölkerung zu informieren. Unterwegs nimmt er eine Sonntags-Zeitung mit, die er im BKA lesen will.

Ein wenig enttäuscht ist Moser, nachdem er keine wesentlichen neuen Erkenntnisse aus den E-Mail-Meldungen erfahren hat. Darum ruft er jene Kriminalbeamtin an, die gemeinsam mit einer Kollegin telefonische Rückmeldungen aus der Bevölkerung entgegennimmt. Leider zeigen sich daraus ebenfalls keine besonderen Neuigkeiten. Wie am Vortag betreffen die meisten Nachrichten angebliche Liebesaffären des Nationalrats-Abgeordneten mit verheirateten Ehefrauen.

Der Kommissar wundert sich über die offensichtliche Kondition des getöteten Politikers in dieser Richtung und fragt sich, ob der Ermordete Ahnung gehabt habe, mit wie vielen Frauen er wohl verkehrt habe und welche Gründe es für diesen gegeben habe, ein derartig exzessives Liebesverhalten auszuüben.

Die Sonntagsausgabe der Kronenzeitung bringt auch keine neuen Nachrichten zu den Mordfällen Schwarz und Hofer. Kurz nach Mittag fährt Moser in Richtung John Harris Fitness-Center, parkt sein Auto und schlendert hinüber zur Würstelbude bei der Albertina, einer seiner bevorzugten Standorte zum Verspeisen von Würsten.

Als er nach einer Stunde im Fitness-Center eintrifft, macht er zunächst einen Rückgang, um zu sehen, ob seine Kollegin möglicherweise bereits anwesend ist. Es kommt ihm allerdings wieder in den Sinn, dass Renate Pichler mittags ihre Eltern aufsuchen wollte. Darum lässt es der Kommissar heute eher gemütlich angehen und absolviert einige Geräte-Stationen mit längeren Pausen dazwischen.

Gegen 15:00 Uhr trifft die Kommissarin ein und findet ihren Kollegen, der sich gerade einen Becher Tee gönnt. Moser beobachtet seine Kollegin aus den Augenwinkeln und erkennt, dass diese deutlich fitter und geschmeidiger ihre Fitness-Übungen absolviert als er selbst. Als Rechtfertigung für sich meint er, dass er heute schon eine Stunde gejoggt sei und schon über eineinhalb Stunden an den Geräten gearbeitet habe. Er vereinbart mit seiner Kollegin, dass sie um 16:30 Uhr gemeinsam einige Längen im Pool schwimmen werden.

Im Pool realisiert der Kommissar, dass seine Kollegin auch eine exzellente Schwimmerin ist. Mit Mühe schwimmt Moser seine Längen ein klein wenig schneller als sie, wenngleich er sich nicht sicher ist, ob Renate Pichler nicht doch rascher schwimmen könne und ihn einfach nicht blamieren wolle, dass sie auch die bessere Schwimmerin als er sei.

Zuletzt schlägt Moser einen gemeinsamen Saunagang vor. Insgeheim hofft er, dass er heute seine Kollegin einmal so sehen könne wie Gott sie schuf. Aber zu seinem Leidwesen schlägt Renate diesen Vorschlag aus und entschuldigt sich mit der Notwendigkeit, heute noch Bügelwäsche erledigen zu müssen. Der Kommissar vermutet allerdings, dass sich seine Kollegin ihm nicht völlig nackt zeigen wolle.

Dazu kommt, dass sich die Kommissarin anscheinend immer noch als zu mollig fühlt. Für Moser hat sie allerdings eine wunderbare perfekte Figur. Diesbezüglich hofft er, dass sie mit ihrem Körperbau genau so bleiben möge, wie sie ist.

Allein möchte der Kommissar auch nicht in die Sauna gehen. Darum fährt er lieber nachhause, um sich eine Klassik-CD aufzulegen, danach die aktuellen Nachrichten anzusehen und frühzeitig zu Bett zu gehen, um vielleicht von seiner Kollegin träumen zu können.

Konkrete Verdachtsmomente

Heute Montag steht den Kommissaren vermutlich wieder ein harter Arbeitsalltag bevor. Darum verzichtet der Kommissar auf sein übliches Frühstück im Café Landtmann und hat sich zwei Croissants bei seinem Bäcker mitgenommen. Bei einem starken Kaffee studiert er die E-Mail-Meldungen aus der Bevölkerung und den Abschlussbericht der beiden Kriminalbeamtinnen, welche am Wochenende die telefonischen Berichte entgegengenommen haben. Es zeigen sich keine weiteren neuen Hinweise oder Anhaltspunkte betreffend den oder die vermeintlichen Mörder als jene, welche die Kommissare bereits am vergangenen Samstag erfahren haben.

Während Moser die wesentlichen Aufgaben und Aktivitäten der Kommissare für den heutigen Tag auf der Wandtafel festhält, erscheint bereits kurz vor acht Uhr seine Kollegin. Sie zeigt sich sehr zuversichtlich, heute entscheidende Fortschritte machen zu können.

Gegen halb neun Uhr bittet jene Kriminalbeamtin, von den Kommissaren empfangen zu werden, welche die Aufgabe innehat, die Bank- und Kryptowährung-Konten jener Personen zu prüfen, welche in den Korruptionsfall verwickelt sein könnten. Keine fünf Minuten später steht jene Beamtin im Arbeitszimmer der Kommissare, um zu berichten:

»Ich habe einige höchstinteressante Informationen für Euch. Karl, Du hast mich gebeten zu prüfen, ob Doktor Wilfried Schuster ebenfalls über eine oder mehrere Kryptowährung-Wallets verfüge. Die Antwort ist einfach und rasch getan: Ja, er besitzt einige Wallets bei der größten österreichischen Krypto-Börse. Vermutlich ist er demnach auch im Besitz einiger Wallets im Ausland.«

Der Kommissar unterbricht die Beamtin mit einer Frage:

»Hast Du herausfinden können, wie hoch die Kryptowährung--Bestände auf dieser Wallet sind?«

Spontan und ohne längere Nachdenk-Phasen antwortet die Kriminalbeamtin:

»Leider nein, dazu bräuchten wir die Zustimmung des betreffenden Inhabers oder eine richterliche Verfügung. Dies könnte bei einem Nationalrats-Abgeordneten einige Zeit in Anspruch nehmen. Ähnliches gilt für die Kontostände seiner österreichischen Bankkonten. Karl, könntest Du bitte diesbezüglich über den Generalmajor oder über den Oberstaatsanwalt anfragen.

Außerdem habe ich mich wegen eines anderen Themas nochmals rückversichert. Der Besitzer jenes Bankkontos, auf das Alois Schwarz etwa drei Monate vor seinem Verschwinden fünfzigtausend Euro überwiesen hat, ist die Kraus GmbH. Deren hundertprozentiger Eigentümer ist Herr Sebastian Kraus, der Ehemann der Nationalrats-Abgeordneten Susanne Wolff.«

Die Kriminalbeamtin ist sehr zuversichtlich, weitere interessante Rückschlüsse aus den Konten und Konto-Bewegungen ziehen zu können. Mithilfe des Oberstaatsanwalts dürfte sehr bald der Zugang zum Schweizer Credit Suisse Konto des Alois Schwarz ermöglicht werden und herausgefunden werden, welche Kryptowährung-Wallets der potenziell verdächtigten Personen in anderen Ländern existieren.

Die Kommissare bedanken sich bei der besonders eifrigen Beamtin und ersuchen sie weiterhin um ehest mögliche Informationen zu neuen Hinweisen. Jetzt stehen für die Kommissare zwei dringende Gespräche an, jenes mit Frau Susanne Wolff und jenes mit Wilfried Schuster. Allerdings könnten beide erforderliche Vernehmungen deutlich erschwert werden, weil beide als Nationalrats-Abgeordnete über eine politische Immunität im Zusammenhang mit ihrer Berufsausübung verfügen.

Moser vermutet, dass beide zu befragende Politiker auf ihre politische Immunität im Zusammenhang mit ihren Aufgaben als Leiter beziehungsweise stellvertretende Leiterin des Ausschusses für Bauten und Wohnen verweisen könnten. Die Kommissarin hält es für möglicherweise vorteilhaft, beide zu einer weiteren Vernehmung ins BKA einzuladen. Moser ist anderer Meinung:

»Inzwischen wissen wir bereits, dass uns beide Nationalrats-Abgeordnete mehrfach belogen haben und dass vermutlich beide direkt oder indirekt Schmiergelder angenommen haben. Ich meine, dass es jetzt auf eine gewisse Geschwindigkeit und Überrumplung ankommt. Deshalb sollten wir beide Politiker sofort mit unseren Erkenntnissen konfrontieren und deren Reaktionen abwarten. ... Wenn wir sie heute um einen Termin im BKA ersuchen, dann bekommen wir einen solchen frühestens morgen oder gar erst am Mittwoch. Möglicherweise werden wir die Unterstützung des Generalsekretärs beziehungsweise des Bundesgeschäftsführers der jeweiligen politischen Partei brauchen.«

Nachdem die Kommissarin die Beweggründe ihres Kollegen verstanden hat, rufen sie gemeinsam zunächst Frau Susanne Wolff an. Renate Pichler überlässt bei dieser sensitiven Argumentation die Gesprächsführung ihrem erfahrenen Kollegen. Leider können die Kommissare nur die Mailbox der NR-Abgeordneten erreichen und ersuchen sie um einen äußerst dringenden Rückruf wegen neuester Erkenntnisse.

Ähnliches widerfährt den Kommissaren bei dem Versuch, Dr. Wilfried Schuster telefonisch zu erreichen. Während sie auf die Rückrufe der beiden NR-Abgeordneten warten, meldet sich der Generalmajor und informiert sie über sein Gespräch mit einem Verbindungsmann zur Ndrangheta:

»Ich kenne diesen eingeschleusten Informanten seit nahezu zehn Jahren. Er spricht nur, wenn er sich bei seiner Information zu neunzig Prozent sicher fühlt. Wir verwenden seine Beziehungen nur in besonders dringenden Fällen. Da dieser Mordfall besonders kritisch ist, habe ich ihn gefragt, ob die Ndrangheta beim Mord am Nationalrats-Abgeordneten involviert sein könnte. Er hat dies abgeklärt und mich nach einigen Stunden zurückgerufen. Seine Antwort war ein klares Nein. Die Ndrangheta ist sich bewusst, dass ein politischer Mord in Österreich ein extrem sensibles Thema wäre. Ihr könnt diese Option im Hinterkopf behalten, aber vermutlich stecken andere Gründe und andere Täter dahinter.«

Kaum hat der Generalmajor sein Telefonat mit den Kommissaren beendet, meldet sich Wilfried Schuster beim Kommissar:

»Herr Oberst, welche dringende neue Erkenntnisse haben Sie? Ich war doch letzten Freitag mittags bei Ihnen.«

Moser spricht betont ernst und bestimmend:

»Herr Doktor Schuster, ich nehme an, dass Sie sich bewusst sind, dass Sie in einem laufenden Verfahren keine Unwahrheiten uns gegenüber machen dürfen. Sie können Aussagen verweigern, um sich nicht selbst zu belasten, aber Sie dürfen nicht lügen.«

Einige Sekunden lang herrscht vollkommene Stille, dann meldet sich der NR-Abgeordnete:

»Ich habe Sie nicht belogen. Wann soll ich nicht die Wahrheit gesagt haben?«

Der Kommissar bleibt bei seinem ernsten Ton:

»Herr Schuster, wir haben das Gespräch im BKA aufgezeichnet. Ich habe Sie am Freitag gefragt, ob Sie so wie

Alois Schwarz über Kryptowährungen auf Wallets verfügen. Dies haben Sie mit einem klaren Nein beantwortet. Sie haben zu verstehen gegeben, als ob Sie keine Ahnung von Kryptowährungen hätten. Beides stimmt nicht.«

Der befragte NR-Abgeordnete scheint einige Augenblicke nachzudenken und antwortet dann:

»Herr Kommissar, Sie scheinen mich missverstanden zu haben. Ich habe gesagt oder habe sagen wollen, dass ich keine Kryptowährungen in Österreich besitzen würde. Mein Parteikollege Alois Schwarz hat mir vor etwa einem Jahr geholfen, Wallets bei einem Provider in Österreich einzurichten, nachdem er mir von hohen Bitcoin-Gewinnen vorgeschwärmt hat.«

Der Kommissar will nicht lockerlassen, sondern setzt konsequent nach:

»Wir sollten ganz präzise bleiben. Das Telefongespräch wird übrigens, so wie die Vernehmung am vergangenen Freitag, aufgezeichnet. Sie sagen, dass Sie keine Kryptowährungen auf einer österreichischen Wallet besitzen. Interpretieren wir dies richtig, dass Sie über Kryptowährungen auf anderen Kryptowährung-Wallets im Ausland verfügen?«

Nach einigen Sekunden antwortet der Befragte:

»Herr Kommissar, ich werde jetzt von meinem Recht Gebrauch machen und künftige Aussagen verweigern. Sie scheinen meine Worte verdrehen zu wollen. Darum lehne ich eine weitere Befragung durch Sie ab. Sie können sich gerne an meinen Anwalt wenden.

Die Kommissarin blickt ihren Kollegen fragend an und erwartet voller Spannung seine Antwort:

»Herr Doktor Schuster, so machen Sie die Sachlage nur noch viel schlimmer. Inzwischen wissen wir, dass Alois Schwarz über mehrere Wallets im Inland und Ausland verfügt hat, auf welche größere Kryptowährung-Beträge eingegangen sind. Ihr Parteikollege hat verschiedene Transfers auf andere Wallets vorgenommen. ... Es ist nur eine Frage von Stunden, bis wir herausgefunden haben, dass auch Kryptowährung-Beträge auf Ihre Wallets geflossen sind.

Es ist nicht unsere Aufgabe, solche Kryptowährung-Ströme zu verfolgen. Wir haben zwei Morde und die zugehörigen Mordmotive aufzuklären. Da diese Zahlungen vermutlich nicht in direktem Zusammenhang mit Ihren parlamentarischen Tätigkeiten und Ihrer Tätigkeit als Leiter des parlamentarischen Bauausschusses stehen, greift Ihre politische Immunität nicht für solche Zahlungsströme, bei denen es sich vermutlich um Schmiergeld-Überweisungen handelt.«

Wilfried Schuster bleibt konsequent bei seiner Haltung, verweigert jegliche Aussagen und verweist auf sein Recht, schweigen zu dürfen. Damit ist diese telefonische Befragung beendet. Auf die Frage der Kommissarin, wie Moser jetzt vorgehen möchte, antwortet dieser:

»Ich möchte zunächst das Gespräch mit Frau Wolff abwarten. Ich habe realisiert, dass sie mich eben telefonisch zu erreichen versucht hat. Ich werde Sie sofort zurückrufen, da sie möglicherweise von Wilfried Schuster zeitnah kontaktiert werden wird.«

Einige Sekunden später hat der Kommissar wie beabsichtigt die NR-Abgeordnete auf seiner Mobilleitung:

»Danke für Ihren raschen erforderlichen Anruf. Warum haben Sie uns nicht gesagt, dass Ihr Mann Sebastian Kraus letztes Jahr von Alois Schwarz den sehr hohen Geldbetrag von fünfzigtausend Euro erhalten hat? Dabei ist es vermutlich um Schmiergeld-Zahlungen gegangen.«

Die Kommissare haben den Eindruck, als ob es der Befragten die Stimme verschlagen habe. Nach einer halben Minute antwortet Frau Wolff mit stockender und zittriger Stimme.

»Diese Überweisung hat nichts mit mir und meinen Tätigkeiten zu tun. Mein Mann ist Unternehmens- und Politik-Berater. Im Rahmen seiner selbständigen Tätigkeiten berät Sebastian nicht nur mich, sondern auch andere Politiker. So hat es auch Beratungs-Dienstleitungen seinerseits an Doktor Schwarz gegeben. Dies ist ein völlig korrekter Vorgang gewesen, ...«

»... den er hoffentlich auch korrekt steuerlich angegeben habe?«: ergänzt der Kommissar fragend.

»Ich bin sicher, dass mein Mann einen solchen Betrag in seiner Steuererklärung als Unternehmens- und Politik-Berater angeben wird. ... Wie Sie sicherlich wissen, ist die entsprechende Steuererklärung für das Vorjahr erst in einigen Monaten fällig.«

Der Kommissar möchte nicht lockerlassen und fragt deshalb weiter:

«Hat Ihr Mann oder haben Sie weitere Beträge von Alois Schwarz aus welchen Gründen auch immer erhalten, egal ob in Euro oder in einer anderen Währung oder in Kryptowährungen?»

Die NR-Abgeordnete scheint einige Zeit zu überlegen und antwortet dann:

»Herr Kommissar, ich möchte an dieser Stelle unsere telefonische Unterhaltung beenden. Ich möchte jedes weitere Gespräch mit Ihnen nur in Anwesenheit meines Anwalts führen. Ich möchte sichergehen, dass Sie mir nicht das Wort im Mund verdrehen.«

Moser ist überrascht über das plötzliche Stillschweigen der Befragten. Darum stellt er zwei abschließende Fragen:

»Frau Wolff, es ist Ihr gutes Recht so vorzugehen. Ich möchte unser Gespräch ehest möglich bei uns im BKA fortsetzen. Wann könnten Sie dazu ins BKA kommen? Wie kann ich Ihren Mann erreichen? Wir möchten ihn zu seinen Beratungen an Alois Schwarz befragen.«

Mit sichtlich erregter Stimme antwortet die Befragte:

»Sie werden von meinem Anwalt hören. In diesem Zusammenhang wird sicherlich zunächst die Frage meiner politischen Immunität zu klären sein. Diesbezüglich werde ich auch unseren Bundesgeschäftsführer informieren. Was meinen Mann betrifft, so können Sie ihn schriftlich an unserer Wohnadresse kontaktieren. Mein Mann arbeitet gegenwärtig in einem Mandat in Deutschland. Vermutlich wird er erst in etwa zwei Wochen wieder nach Wien zurückkehren.«

Damit ist auch dieses Telefongespräch beendet. Nachdem Moser einige Zeit still nachzudenken scheint, fragt die Kommissarin:

»Karl, was machen wir nun in beiden Fällen?«

Nach einer weiteren Nachdenk-Phase, in welcher der Kommissar verschiedene Handlungsoptionen überdenkt, antwortet er seiner Kollegin:

»Sorry für meine späte Antwort. Ich musste nachdenken, wie wir jetzt am besten vorgehen könnten. Ich will vermeiden, dass der große drohende offensichtliche Korruptions-Skandal unsere Aufklärungsaktivitäten zu den Morden zu sehr behindert.

Es ist offensichtlich, dass Susanne Wolff und Wilfried Schuster tief in dieser Schmiergeld-Affäre verwickelt sind. Ich vermute sogar, dass Herr Schuster seiner Nationalrats-Kollegin während unseres Gesprächs eine Nachricht geschickt hat, weil sie abrupt unser Gespräch beenden wollte.

Ich bin auch nicht sicher, ob sich ihr Mann gegenwärtig tatsächlich im Ausland befindet oder ob sie und ihr Mann einfach Zeit gewinnen wollen. Da wir gegenwärtig keine schwerwiegenden belastenden Anhaltspunkte gegen Frau Wolff und ihren Mann haben, können wir vermutlich nicht rasch vorgehen. Wir brauchen mehr Informationen über die beiden Politiker betreffend mögliche und sogar wahrscheinliche Zahlungen von Schmiergeldern.«

»Und was machen wir gegenüber Wilfried Schuster?«: ergänzt die Kommissarin ihre Frage.

»Renate, wir werden noch heute mit dem Oberstaatsanwalt darüber sprechen. Wir werden wahrscheinlich einen richterlichen Beschluss benötigen, um seine Konten durchleuchten zu können. Aber auch dies wird unseren Recherchen zum Mordfall nicht helfen. Wir müssen achtgeben, dass wir mit unseren Aufklärungsarbeiten nicht in einer Sackgasse enden.«

Die mit der Telefon-Recherche beauftragte Beamtin meldet, dass Frau Franziska Schwarz am 30.November abends und am Tag danach einige Male versucht habe, ihren Mann telefonisch zu erreichen. Dies ist für die Kommissare keine Überraschung, da sie die Ehefrau des Ermordeten bereits geistig auf der Liste der möglichen Mörder gestrichen haben.

Als besonders interessant erachtet der Kommissar die bisherigen Recherchen einer Kriminalbeamtin zu den Leichtbeton-Bausteinen, mit denen die Mauer errichtet wurde, um die beiden Mordopfer einzumauern. Im Umkreis von dreißig Kilometern zu Melk und St. Pölten werden diese von der Spusi gesicherten Bausteine nur in drei Baustoff-Großhandlungen angeboten.

Moser ersucht diese besonders engagierte und talentierte Kriminalbeamtin, diese drei Großhandlungen persönlich aufzusuchen und nach möglichen Käufern der für den Mauerbau benötigten Mengen im Zeitraum um den 30.November letzten Jahres zu fragen. Zur Unterstützung übergibt er ihr Fotos von möglichen Käufer-Kandidaten. Darunter befinden sich die NR-Abgeordnete Susanne Wolff, ihr Ehemann Sebastian Kraus, der Ehemann der Ermordeten Josef Hofer, der Landtags-Abgeordnete Georg Lenhardt und der neue parlamentarische Bauausschuss-Leiter Wilfried Schuster.

Da die Kommissare die Unterstützung des Oberstaatsanwalts anstreben, um richterliche Beschlüsse zur Öffnung der Kontodaten einiger Personen zu erwirken, schreibt ihm Moser eine kurze SMS und bittet um dessen möglichst baldigen Rückruf. Im letzten Fall hat ihm der Oberstaatsanwalt seine persönliche Mobilnummer mitgeteilt und die Erlaubnis gegeben, ihn bei dringenden Aktionen rasch persönlich zu kontaktieren.

Keine fünf Minuten später erhält der Kommissar eine kurze Rückmeldung des Oberstaatsanwalts mit folgender SMS: „Treffen um 12:15 Uhr in meinem Büro." Damit bleibt den Kommissaren noch eine gute halbe Stunde Zeit, um sich auf das Gespräch mit dem Oberstaatsanwalt vorzubereiten. Gemeinsam notieren sie auf einem Blatt Papier die gewünschten Konto-Zugänge, geordnet nach ihren Prioritäten:

(1) Credit Suisse Konto Alois Schwarz; Anfrage bereits gestellt,
(2) Kryptowährung-Wallets Alois Schwarz in Österreich, Deutschland und Schweiz,
(3) Bankkonten NR-Abgeordnete Susanne Wolff in Österreich, Deutschland und Schweiz,
(4) Bankkonten Sebastian Kraus in Österreich, Deutschland und Schweiz,
(5) Kryptowährung-Wallets Susanne Wolff in Österreich, Deutschland und Schweiz,

(6) Kryptowährung-Wallets Sebastian Kraus in Österreich, Deutschland und Schweiz,
(7) Bankkonten NR-Abgeordneter Wilfried Schuster in Österreich, Deutschland und Schweiz,
(8) Kryptowährung-Wallets Wilfried Schuster in Österreich, Deutschland und Schweiz.

Beiden Kommissaren ist bewusst, dass ihre Wunschliste sehr lange ist. Dennoch hoffen sie darauf, mögliche Anhaltspunkte und Hinweise auf den oder die Mörder und ihre Motive zu finden. Mit einem Schmunzeln im Gesicht ergänzt der Kommissar:

»Möglicherweise erreichen wir mehr beim Oberstaatsanwalt, wenn Du, liebe Renate, Dich heute besonders hübsch für ihn machst. ... Für mich kannst Du Dich ohnedies nicht noch schöner machen, als Du bereits bist.«

Damit spielt Moser auf seine Einschätzung an, dass der Oberstaatsanwalt seine Kollegin als Frau besonders schätzt und mit ihr sogar flirtet. Dies macht den Kommissar manchmal eifersüchtig, aber der Zweck heiligt die Mittel.

»Karl, wenn Du meinst, dass dies helfen könnte, dann mache ich dies. Aber ich möchte Dich nicht eifersüchtig machen. Wie ich Dir schon gesagt habe, der Oberstaatsanwalt ist nicht mein Typ. Außerdem ist er verheiratet und verheiratete Männer sind für mich tabu.«

Der Kommissar ergänzt seine vorgeschlagene Strategie:

»Zunächst werde ich den Oberstaatsanwalt über die bisherigen Erkenntnisse informieren und überlasse dann Dir, unsere Bitten um Unterstützung vorzutragen.«

Renate Pichler frischt ihr Make-up auf, zieht den Lippenstift nach, ergänzt ihr Parfum und legt sich zuletzt ein elegantes Seiden-Foulard um, welches sie für besondere Zwecke immer in ihrer Handtasche bei sich trägt. Währenddessen hat der Kommissar den Generalmajor über die Pläne der Kontaktaufnahme zum Oberstaatsanwalt informiert.

Die Kommissare dürfen pünktlich um 12:15 Uhr das Arbeitszimmer des Oberstaatsanwalts betreten. Die Kommissarin schmunzelt innerlich, da sie erkennt, dass auch dieser offensichtlich eben ein Herren-Parfum aufgetragen habe. Mit einem charmanten Lächeln begrüßt er die beiden Kommissare:

»Frau Hauptmann, Herr Oberst, was kann ich für Sie tun? Ich habe eine halbe Stunde Zeit für Sie.«

Wie vereinbart erläutert zunächst der Kommissar in knappen Worten den aktuellen Stand ihrer Ermittlungen und fasst dann zusammen:

»Auch wenn der Nationalrats-Abgeordnete außergewöhnlich viele Affären mit Damen und vor allem mit verheiraten Frauen hatte und wir deshalb in dieser Richtung unsere Recherchen fortsetzen, so vermuten wir, dass das Mordmotiv eher in seinen beruflichen Aktivitäten liegen könnte, weil offensichtlich hohe Schmiergeld-Zahlungen stattgefunden haben.

Wir können es als gesichert ansehen, dass Alois Schwarz Bestechungsgelder in Höhe von mindestens einer Million Euro erhalten habe und dass zumindest seine Nationalrats-Kollegin Susanne Wolff und ihr Ehemann Sebastian Kraus mitinvolviert seien. Möglichweise waren und sind vielleicht immer noch andere Personen beteiligt.

Wir sind uns der Konsequenzen bewusst, dass dieser Korruptionsskandal zu einem politischen Erdbeben führen könnte. Leider könnten dadurch unsere Ermittlungs-Tätigkeiten etwas eingeschränkt werden und das Auffinden der Mörder verzögert und möglicherweise erschwert wird.«

Der Oberstaatsanwalt ist bestürzt über den sich abzeichnenden besonders großen Korruptionsskandal. Nach wenigen Rückfragen hält er fest:

»Ich teile Ihre Erkenntnisse und bin erschüttert, wenngleich mich dies leider auch nicht übermäßig überrascht. Ich verstehe Ihre Sorgen, dass Ihre Aufklärungsaktivitäten durch politische Interventionen beeinträchtigt werden könnten. Darum sollten wir behutsam vorgehen. Wie und wobei kann ich Sie unterstützen?«

Jetzt ist die Kommissarin an der Reihe. Mit einem charmanten und gelegentlich sogar flirtenden Lächeln präsentiert sie die Wünsche der Kommissare nach richterlichen Beschlüssen zu Konto- und Kryptowährung-Wallet-Zugängen und übergibt dem Oberstaatsanwalt ein Blatt Papier, auf welchem sie zuvor die acht Angaben ausgedruckt hat.

Dieser nimmt das Blatt entgegen, liest es durch und scheint einige Überlegungen anzustellen. Nach etwa drei Minuten antwortet er mit einem Schmunzeln:

»Frau Hauptmann, es würde mich nicht wundern, wenn Sie das nächste Mal kämen und die Konto-Zugänge zu einem Minister oder gar zum Bundeskanzler wünschen. Aber Spaß beiseite, ich kann Ihre Bedürfnisse verstehen, aber gegenwärtig nicht alle erfüllen.

Die richterlichen Beschlüsse zur Offenlegung des Credit Suisse Kontos sind bereits beantragt. Dazu sollten Sie sehr bald die benötigten Informationen erhalten. Die Gesuche um Offenlegung der Kryptowährung-Wallets von Alois Schwarz werden kein Problem darstellen. Da es noch keine zentralen Stellen gibt, wo alle Kryptowährung-Wallets zusammen erfasst werden, bräuchte ich konkrete Angaben über Wallet-Provider von Ihnen. Damit könnte ich aktiv werden.

Die Zugänge zu den Konten von Sebastian Kraus werde ich ebenfalls erfragen und die nötigen Schritte in die Wege leiten. Bei seiner Ehefrau Susanne Wolff könnte es etwas schwieriger werden, sofern wir ihr keine konkreten Zahlungen auf ihre Konten oder mögliche Wallets nachweisen können. Vielleicht finden Sie Zubuchungen von Wallets des ermordeten Politikers an ihre Wallets. Dann dürften Nachforschungen keine Schwierigkeiten darstellen.

Am diffizilsten ist die Lage bei Wilfried Schuster. Dazu brauche ich mehr konkrete Hinweise. Darum würde ich die Recherchen bei diesem Politiker etwas hintanstellen. Sobald Sie etwas Konkretes gegen ihn in Händen haben, werde ich umgehend agieren. ... Bei all den anderen Personen werde ich sofort handeln. Denken Sie daran, dass ich konkrete Angaben zu den Kryptowährung-Wallet-Providern brauche.«

Mit den besten Wünschen zu raschen Erfolgen verabschiedet der Oberstaatsanwalt die Kommissare. Auch er wünscht zu Recherche-Ergebnissen immer zeitnah informiert zu werden. Der Kommissar ist mit dem Erreichten zufrieden und hofft, mit den Zugängen zu den Konten und Wallets von Alois Schwarz und Sebastian Kraus entscheidende Hinweise erhalten zu können.

Am Weg zurück zum BKA machen die Kommissare kurzen Halt bei einem Würstelstand. Der Kommissar wird sofort vom Betreiber dieses Standes erkannt:

»Herr Oberst, ich nehme an, wie immer ein Paar Puszta Krainer mit scharfem Senf und einem Salzstangerl. Was darf es für die Dame sein?«

Die Kommissarin ist mit einer Buttersemmel und einem Glas Apfelsaft zufrieden. Moser kommentiert den Besuch und das Gespräch mit dem Oberstaatsanwalt:

»Renate, Du hast bei ihm viel mehr erreicht, als ich bekommen hätte. Darum hatte ich recht, Dich unsere Wünsche vortragen zu lassen. So wie ich kann er Deinem Charme nicht widerstehen. Dafür, dass er verheiratet ist, hat er wieder sehr mit Dir geflirtet.«

Die Kommissarin will dies nicht weiter kommentieren, sondern meint nur:

»Wichtig ist, dass wir seine Unterstützung erhalten und vor allem, dass wir wichtige Erkenntnisse gewinnen können.«

Zurück im BKA beratschlagen die Kommissare ihre nächsten Schritte. Es meldet sich die erfahrene und mit den telefonischen Meldungen betraute Kriminalbeamtin, um vier persönliche Termine mit Zeugen aus der Bevölkerung für den heutigen Nachmittag zwischen 16:00 und 18:00 Uhr im BKA anzukündigen. Die Befragung der angestrebten fünften Person könne heute nur telefonisch erfolgen.

Die Kommissare nutzen die Zeit, um einen Kontakt zu jenem Bau-Konzern herzustellen, welcher die meisten Aufträge in der Amtszeit von Alois Schwarz erhalten habe. Moser drängt die Vorstands-Assistentin wegen besonders dringlicher Fragen zur Zusammenarbeit des Vorstands mit Alois Schwarz zu einem möglichst baldigen Termin mit dem Vorstands-Vorsitzenden und dem Vertriebsvorstand. Das Gespräch wird für morgen Dienstag spätnachmittags vereinbart.

Die Kriminalbeamtin hat die Gespräche mit jenen vier Zeugen präzise vorbereitet und auf zwei Vernehmungsräume verteilt. Das erste Gespräch findet mit einem älteren Herrn statt, dessen kleines Haus sich etwa zweihundert Meter von jenem baufälligen Haus in Loosdorf entfernt befindet, in dem die beiden Mordopfer gefunden wurden.

Dieser Zeuge berichtet unter anderem:

»Ich habe mich damals über das Fahrzeug gewundert, das nahe an das Haus herangefahren ist. Dieses Haus ist seit einigen Jahren nicht mehr bewohnt worden. Der Garten um das Haus war völlig verwildert. Ich habe damals vermutet, dass das etwas baufällige Haus möglicherweise innen saniert werden sollte.«

Auf die Frage des Kommissars nach dem genauen Datum antwortet jener erste Zeuge, dass er einen exakten Tag nicht angeben könne, dass er aber den Zeitraum auf gegen Mitte November letzten Jahres schätze.

Der Kommissar stellt seine nächsten Fragen:

»Haben Sie das Fahrzeug erkannt? Wissen Sie vielleicht, welches Kennzeichen das Auto hatte? Wie lange stand das Fahrzeug dort«

Der Befragte bemüht sich die Fragen möglichst korrekt zu beantworten:

»Leider sind meine Augen nicht mehr die allerbesten, vor allem was die Fernsicht betrifft. Ich bin damals mit meinem Hund spazieren gegangen und bis etwa fünfzig Meter an jenes Haus herangekommen. ... Bei dem Fahrzeug handelte es sich um einen Geländewagen mit Anhänger. Ich habe weder den Fahrzeugtyp noch das Kennzeichen genau erkannt. Am ehesten glaube ich, ein St. Pöltner Kennzeichen gesichtet zu haben.

Ich habe einen großgewachsenen, kräftigen Mann mit Overall gesehen, der sehr oft Baumaterialien und Bausteine hineingetragen hat. Ich habe ihn mindestens eine halbe Stunde arbeiten gesehen. Vermutlich war dies viel länger, da das Fahrzeug noch dastand, als ich weitergehen musste.«

Auf die Frage des Kommissars, ob er den Mann noch besser beschreiben könne und ob er diesen Mann vorher oder später nochmals gesehen habe, antwortet der befragte Zeuge:

»Ich kann nur mit Sicherheit sagen, dass jener Mann groß und kräftig gewesen ist. Sein Alter könnte etwa vierzig Jahre gewesen sein. Ich habe diesen Herrn weder vorher noch später gesehen.«

Jetzt zeigt Moser dem Zeugen die Fotos jener Personen, welche er auch der Kriminalbeamtin mitgegeben hat, welche die Baustoff-Händler befragen sollte. Der Zeuge sieht sich nur die Fotos von Wilfried Schuster und Josef Hofer etwas länger an und meint:

»Einer dieser beiden Männer könnte die Baumaterialien zum Haus gebracht haben. Allerdings könnte ich dies nicht beschwören, da die Entfernung zu groß war und meine Augen zu kurzsichtig sind.«

Der Kommissar stellt eine weitere Frage betreffend das Auto des Ermordeten:

»Haben Sie möglicherweise einige Tage später einen silber-metallic farbigen Mercedes beim Haus stehen gesehen.«

Der Befragte verneint und stellt abschließend die Frage nach einer möglichen Belohnung. Der Kommissar erläutert, dass alle Zeugenaussagen erfasst werden und dass die Belohnung unter den Zeugen aufgeteilt werde, die dank derer sachdienlicher Hinweise zur Ergreifung der Täter geführt haben werden. Die Anreisekosten werden selbstverständlich ersetzt.

Der nächste vermeintliche Zeuge ist eine gutaussehende Frau, welche offensichtlich am 30.November letzten Jahres den Mercedes des ermordeten Politikers gesehen habe. Sie schildert ihre Beobachtungen:

»Ich wohne in Loosdorf. Ich bin damals mit meinem Baby spazieren gegangen. Mein Baby ist damals am besten eingeschlafen, wenn ich mit ihm unterwegs war. An diesem Tag, es war mit Sicherheit der 30.November, bin ich etwa viermal in der Nähe des älteren Hauses vorbeigekommen.«

Der Kommissar unterbricht diese Zeugin und fragt sie:

»Warum sind Sie so sicher, dass es der 30.November war? Wie nahe am Haus sind Sie vorbeigegangen?«

Ohne lange nachdenken zu müssen, antwortet die Befragte:

»Beim Datum bin ich mir ganz sicher. Ich bin fast täglich mit meinem Baby an diesem Haus vorbei spaziert. Ich habe nur an diesem Tag diesen Mercedes vor dem Haus gesehen. Sonst habe ich nie ein Fahrzeug gesichtet. Meine Schwester hat am 30.November Geburtstag und ich kann mich erinnern, damals mit meiner Schwester telefoniert zu haben.

Entfernungen kann ich nicht so gut abschätzen. Ich denke, dass mein Abstand zum Haus vielleicht sechzig Meter betragen hat. Ich habe recht gute Augen. Darum kann ich mich an diesen silber-metallic farbigen Mercedes erinnern.«

Nach dieser Zwischenfrage fährt die Zeugin fort:

»Als ich an jenem Tag das erste Mal an jenem Haus vorbeigekommen bin, ist der Mercedes gerade angekommen. Der Fahrer war ein älterer Herr, die Beifahrerin eine jüngere Dame. Nachdem ich Bilder des ermordeten Politikers und seiner Geliebten Mitte letzter Woche in der Zeitung gesehen habe, bin ich mir recht sicher, dass es sich um diese zwei Personen gehandelt habe, die aus dem Fahrzeug ausgestiegen und in das Haus hineingegangen sind.

Beim Rückweg etwa fünfzehn Minuten später war dieser Mercedes bereits weg. Darum habe ich mich gewundert, dass am Nachmittag dieser Mercedes wieder vor dem Haus gestanden ist. Ich bin damals etwa gegen 15:00 Uhr und später gegen 16:00 Uhr, es wurde schon langsam etwas dunkel, in der Nähe des Hauses vorbeigegangen. Beide Male stand der Mercedes an gleicher Stelle vor dem Haus.

Wenn ich daran denke, dass damals in diesem Haus diese beiden Menschen, die ich noch am späten Vormittag lebend gesehen habe, ermordet wurden, wird mir heute noch übel bei den Gedanken daran.«

Die Kommissare bedanken sich bei der Zeugin für die informativen Aussagen und begeben sich ohne Pause in den anderen Vernehmungsraum, da sich dort bereits der nächste Zeuge eingefunden hat. Es handelt sich dabei um eine ältere Dame, welche eine besondere Begegnung mit diesem silbermetallic farbigen Mercedes erfahren habe. Sie schildert ihre Erinnerungen:

»Ich bin damals gegen 16:30 Uhr vom Einkaufen nachhause gegangen. Ich wohne etwa einen Kilometer von dem in der Zeitung beschriebenen Haus entfernt. Ich wollte eben eine Straße überqueren, als mich dieser Mercedes mit hoher Geschwindigkeit fast gestreift hätte. Am Steuer saß eine etwa 50-jährige Frau, die so wie ich sehr erschrocken ist. Ich bin mir recht sicher, dass es sich um diesen Mercedes gehandelt habe, nach dem in der Zeitung gefragt wurde. Es hatte ein Wiener Kennzeichen.«

Der Kommissar ist besonders an der Beschreibung jener Mercedes-Fahrerin interessiert. Die Zeugin versucht sich zu erinnern:

»Es ist gerade dunkel geworden und das Wetter war düster. Dank einer Straßenlaterne konnte ich die Lenkerin etwas erkennen. Diese Dame war blond und trug eine Brille. Wie ich schon sagte, ich schätze diese Frau auf etwa fünfzig Jahre.«

Jetzt stellt die Kommissarin eine Zusatzfrage:

»Ist noch jemand im Auto gesessen? Haben Sie jemanden anderen auch erkannt?«

Die befragte Zeugin überlegt kurz und schüttelt danach den Kopf:

»Ich bin mir ziemlich sicher, dass die Lenkerin allein im Auto gesessen ist. Der Beifahrersitz war definitiv unbesetzt.«

Dem Kommissar ist eine Idee gekommen. Er zeigt der Zeugin ein Foto der NR-Abgeordneten Susanne Wolff und fragt:

»Sehen Sie sich bitte dieses Foto an. Könnte es sich dabei um diese Frau gehandelt haben?«

Die Zeugin sieht sich das Foto genau an und meint danach:

»Ja, Herr Kommissar. Es könnte diese Frau gewesen sein. Allerdings könnte ich dies nicht hundertprozentig beschwören. Auf dem Foto trägt diese Frau keine Brille. Mir kommt diese Frau auf dem Foto irgendwie bekannt vor, aber ich kann keinen Zusammenhang erkennen. Wer ist diese Frau?«

Der Kommissar will ihren Namen nicht nennen, da die Untersuchungen laufen. Möglicherweise hat die Zeugin Frau Wolff aus den Zeitungsberichten in der Korruptionsaffäre erkannt. Auch deshalb verschweigt er ihren Namen.

Bis zum Eintreffen des nächsten Zeugen bleiben einige Minuten Zeit, sodass die Kommissare ihre bisherigen Erkenntnisse aus den Zeugen-Befragungen kommentieren können.

Die Kommissarin überlässt es ihrem Kollegen mit seinen Kommentaren zu beginnen:

»Langsam scheint sich der Schleier über die Ereignisse an jenem 30.November zu lüften. Am wichtigsten aus den bisherigen Zeugenaussagen scheint mir, dass Susanne Wolff selbst am Verbrechen beteiligt sein könnte. Dennoch kann ich mir kaum vorstellen, dass sie die Morde allein begangen hätte. Dazu wäre sie rein körperlich kaum in der Lage gewesen.«

Die Kommissarin stimmt den Aussagen Mosers zu und meint, dass die Morde möglicherweise schon im Dezember aufgeklärt hätten werden können, wenn damals die Polizei intensiv recherchiert hätte.

Der Kommissar nimmt die Kollegen vom LKA Niederösterreich in Schutz:

»Renate, ich glaube, dass wir damals diesen Fall auch nicht sofort gelöst hätten. Denk daran, im Dezember ist man von einem freiwilligen Untertauchen der beiden Ermordeten ausgegangen. Es gab keine Leichen, sondern bloß Abgängigkeitsanzeigen.«

Der vierte zu vernehmende Zeuge ist jener Herr, der am 1.Dezember den Mercedes des ermordeten Politikers in Bratislava gesehen haben will. Er schildert seine Erfahrungen:

»Ich hatte am 1.Dezember letzten Jahres geschäftlich in Bratislava zu tun. Damals ist mir vor einem Bistro jener silber-metallic farbige Mercedes mit Wiener Kennzeichen aufgefallen. ... In diesem Bistro bin ich am Fenster gesessen und habe mein Mittagessen eingenommen. Etwas später ist eine vornehme Dame in dieses Auto eingestiegen und weggefahren. Mir ist diese Dame etwas bekannt vorgekommen, aber ich wusste nicht woher.«

Jetzt zeigt der Kommissar auch diesem Zeugen das Foto der NR-Abgeordneten Susanne Wolff, ohne ihren Namen zu nennen, und fragt:

»Könnte es sich um diese Dame gehandelt haben? Schauen Sie sich ihr Foto genau an.«

Der Befragte betrachtet das Foto von allen Seiten und meint danach:

»Ich bin mir nicht sicher. Es könnte diese Person gewesen sein, aber beschwören könnte ich es nicht. Wahrscheinlich müsste ich dieser Person real gegenüberstehen, um meiner Aussage mehr Sicherheit zu verleihen. Die Person, die ich gesehen habe, sah dieser Person sehr ähnlich, war aber vielleicht fünf bis zehn Jahre älter. Oder das Foto ist vor fünf Jahren aufgenommen worden.«

Die Kommissare bedanken sich für die informative Zeugenaussage. Diesmal beginnt die Kommissarin mit ihrer Einschätzung:

»Der Strick um Susanne Wolff scheint sich enger zu ziehen. Wir könnten eine reale Gegenüberstellung arrangieren, damit der Zeuge sie definitiv identifizieren könnte.«

Moser überlegt seine Antwort für einige Sekunden:

»Ja, Renate, dies könnten wir machen. Aber die Tatsache, dass Susanne Wolff mit dem Auto ihres NR-Kollegen in Bratislava gesehen wurde, macht sie nicht zur Mörderin. Ebenso nicht die Tatsache, dass sie am Tag zuvor fast eine andere Zeugin überfahren hätte. ... Vielleicht gibt es andere Gründe? Aber dennoch, Susanne Wolff ist jetzt für uns eine verdächtigte Person. Aber mit wem könnte sie die Morde verübt haben? Vielleicht mit Ihrem Mann? Wir müssen die Alibis der beiden nochmals überprüfen.«

Den fünften Zeugen kann der Kommissar heute nur telefonisch erreichen, da er sich auf einer Geschäftsreise in Kärnten befindet. Er wohnt ebenfalls unweit des Hauses, in dem die Morde verübt wurden. Er schildert ähnliche Erfahrungen wie der erste Zeuge, nämlich dass ein Geländewagen mit einem kleinen Anhänger um den 20.November herum einige Baumaterialien bei diesem eigentlich baufälligen Haus angeliefert habe.

Dieser Zeuge hätte eher einen Abbruch-Bagger erwartet als eine Zulieferung von Bausteinen. Den Fahrer des Geländewagens habe er kaum sehen können, darum könne er diesen auch nicht beschreiben. Nach dieser Anlieferung hätte er keine weiteren Feststellungen betreffend dieses Haus gemacht. Erst mit der Anlieferung des Baggers vor einigen Tagen und wegen einer hohen Polizei-Präsenz sei dieses Gebäude wieder in den Mittelpunkt seines Interesses gerückt.

Zurück an ihrem Arbeitsplatz nehmen die Kommissare ihre Anpassungen und Ergänzungen an ihrer Wandtafel vor. Sie finden, dass sie heute gute Fortschritte gemacht hätten, aber noch meilenweit von möglichen Geständnissen entfernt seien. Als letzte Aktivitäten für den heutigen Arbeitstag stehen die zu überlegenden Aufgaben für morgen und der Tagesrapport an den Generalmajor an.

Der Kommissar hofft, morgen Dienstag die Informationen aus der Schweiz zum Credit Suisse Konto von Alois Schwarz und einige Rückmeldungen zu Kryptowährung-Wallets einiger betroffener Personen zu erhalten. Möglicherweise ergeben die Recherchen um Käufe der Baustoffe einige Hinweise. Die Alibis von Susanne Wolff und ihrem Mann am 30.November letzten Jahres sind zu verifizieren. Es müsse mehr Klarheit um die Person Wilfried Schuster geschaffen werden. Noch sei nicht klar, ob er auch in die Schmiergeld-Affäre und damit möglicherweise in die Mordfälle verwickelt sein könnte.

Der Generalmajor erkennt sofort an Mosers Stimme, dass der heutige Tag einige Fortschritte gebracht habe. Die Kommissare berichten über den sich abzeichnenden großen Korruptionsskandal, über die erbetene Unterstützung durch den Oberstaatsanwalt und vor allem über die relevanten

Zeugenaussagen in Bezug auf die Anlieferung von Baumaterialien und insbesondere über die mögliche direkte oder indirekte Beteiligung der NR-Abgeordneten Susanne Wolff an den beiden Mordfällen.

Mosers Vorgesetzter äußert sich sehr zufrieden mit den bisherigen Recherche-Ergebnissen und macht ein Versprechen:

»Ich sehe gute Chancen, dass Ihr diesen Fall noch im Laufe dieser Woche aufklären könntet. Falls Ihr dies schaffen solltet, lade ich Euch zu einem Abendessen in einem exzellenten Restaurant Eurer Wahl ein. Ihr könnt wählen und ich zahle.«

Die Kommissare bedanken sich für das Angebot und versprechen ihr Bestes zu geben. Nach dem Telefonat meint der Kommissar zu seiner Kollegin:

»Noch lieber hätte ich und noch motivierter wäre ich, wenn er unser gemeinsames Abendessen ohne ihn bezahlen könnte. Ich kenne diese Abendessen mit ihm aus der Vergangenheit. Dabei erzählt der Generalmajor einen Abend lang von seinen tollen kriminalpolizeilichen Aufklärungen.

Übrigens, ich vermute, dass der Generalmajor kurz davorsteht zum General befördert zu werden. Darum will er uns motivieren, eine rasche Aufklärung der beiden Morde zu liefern. Dies könnte auch seine Beförderung beschleunigen.

Renate, meine Einladung zu einem sehr guten Abendessen zu zweit gilt natürlich weiterhin, sobald wir ein Geständnis vorliegen haben. Darauf freue ich mich ganz besonders.«

Die Kommissarin bestätigt gleichfalls ihre Vorfreude auf das gemeinsame Essen und wird ihrem Kollegen das von ihr bevorzugte Restaurant noch mitteilen. Danach richtet sie eine Frage an Moser:

»Übrigens, wenn wir schon bei möglichen Beförderungen sind. Wie steht es um Deine Beförderung zum Brigadier? Schon beim letzten erfolgreich aufgeklärten Fall habe ich damit für Dich gerechnet.«

Die Kommissarin spürt, dass ihr Kollege sehr erpicht ist, diese Beförderung zu erhalten, wenngleich Moser dies herunterspielt:

»Renate, natürlich möchte ich zum Brigadier befördert werden, aber es ist mir nicht so wichtig, wann dies geschehen wird. Ich lebe gegenwärtig als Oberst auch sehr gut. Wenn wir diesen äußerst schwierigen Fall gemeinsam rasch aufklären, dann würde dies mir, aber auch Dir sehr nützlich sein, vor allem auch für Deine Karriere im BKA.«

Inzwischen ist es schon wieder nach 19:00 Uhr geworden. Die Kommissarin fährt nachhause, um ihre Wäsche fertig zu bügeln. Moser hingegen drückt sich gerne von jeder Haushaltsarbeit. Dazu kommt, dass ihn dieser lange Arbeitstag ziemlich geschafft hat und er etwas müde ist. Er überlegt, ob er heute ausnahmsweise mit dem Auto nachhause fahren soll.

Aber da das Wetter nach wie vor sommerlichen Charakter zeigt, rafft er sich auf und schlendert gemütlich durch die Innenstadt, über den Heldplatz und das Museumsquartier und über den lieblichen Spittelberg mit seinem Altwiener Charme zum Schnitzelwirt. Er schätzt dieses Restaurant nicht nur wegen seines geliebten Wiener Schnitzels, sondern auch wegen des raschen Services und des freundlichen Oberkellners. Vor allem wenn der Kommissar müde ist, bevorzugt er dieses Lokal, da er von dort innerhalb von fünf Minuten zuhause sein kann.

Geldflüsse

Da heute Dienstag kein morgendlicher Termin im BKA ansteht, kann der Kommissar sein geschätztes Frühstück im Café Landtmann einnehmen. Er braucht dieses nicht zu bestellen, da es ihm umgehend serviert wird, sobald sein Eintreffen realisiert wird. Heute nimmt er sich sogar die Zeit, eine Tageszeitung durchzublättern und vor allem die politischen Nachrichten zu studieren. Er ist froh, keine Nachrichten zu den Mordfällen zu lesen. Wie üblich lässt er seine Rechnung anschreiben, da er mit dem Oberkellner vereinbart hat, seine jeweils offenen Rechnungen einmal je Woche zu begleichen.

Trotz seines Aufenthalts im Kaffeehaus erreicht er seinen Arbeitsplatz vor halb neun Uhr. Einige Minuten später trifft die Kommissarin ein. Auch heute hat sie sich sportlich-elegant gekleidet und trägt ihre frisch gewaschenen Haare offen. Sie scheint vor Optimismus zu sprühen. Sie ist überzeugt, dass der Generalmajor sein Versprechen für ein exzellentes Abendessen einlösen muss. Bedingung ist, dass die Mordfälle am NR-Abgeordneten und seiner Geliebten bis zum Wochenende aufgeklärt sein müssen.

Der Arbeitstag beginnt erfreulich, da Credit Suisse die Konto-Bewegungen des Mordopfers Alois Schwarz freigegeben hat. Im letzten Jahr wurden zwei fünfzigtausend Schweizer Franken Überweisungen an die deutschen Kraus GmbH und an die Trenkwald GmbH getätigt. Als Begründungen für diese Transfers wurden Beratungsleistungen angegeben. Diese Zahlungen waren möglich, da es in Summe vier Zahlungseingänge mit einem Gesamtvolumen von etwa zweihunderttausend Franken gegeben hat. Diese vier eingegangenen Zahlungen stammten von vier unterschiedlichen Kryptowährungen-Banken, davon zwei aus Asien und zwei aus den USA.

Dazu kamen zwei Barabhebungen durch den Konto-Inhaber in Höhe von insgesamt vierzigtausend Franken. Der positive Kontostand beträgt immerhin rund achtzigtausend Franken. In diesem Jahr hat es bislang weder Einzahlungen noch Abbuchungen gegeben. Damit sind die Konto-Bewegungen in etwa vergleichbar mit jenen der beiden anderen ausländischen Konten des Mordopfers bei der Commerzbank in Frankfurt und bei der Deutschen Bank in Budapest.

Moser kommentiert die Erkenntnisse aus diesen Zahlungsströmen gegenüber seiner Kollegin:

»Diese Korruptions-Affäre des ermordeten Nationalrats-Abgeordneten zeigt für mich ein klares Muster. Die Schmiergeld- beziehungsweise Schwarzgeld-Zahlungen erfolgten vermutlich in Bitcoins oder anderen Kryptowährungen wie Ethereum, Ripple, Monero oder Dash via ausländische Kryptowährung-Wallets. Damit können die Sender solcher Kryptowährung-Beträge verborgen bleiben. ... Ich vermute, dass es Zwischen-Transfers über verschiedene Kryptowährungen gegeben habe, um die Geldströme noch besser zu verschleiern.

Vor dem Transfer zu den ausländischen Konten des Mordopfers wurden die Kryptowährung-Beträge in Euro, US-Dollar oder Schweizer Franken gewechselt und damit in gewisser Weise quasi „gewaschen“. Da heute bei höheren Beträgen Überweisungsgründe angegeben werden sollten, wurden vermutlich zumeist Beratungsleistungen oder Provisionen angeführt.«

Moser möchte nur allzu gerne wissen, wer sich hinter der Trenkwald GmbH mit Sitz in München befindet. Bis jetzt wissen die Kommissare nur, dass der hundertprozentige Eigentümer ein Herr Stefan Trenkwald mit Münchner Wohnsitz sei. Als Geschäftszweck werden Unternehmensberatung und Geschäftsvermittlungen angegeben. Leider können die Kommissare keine zugehörige E-Mail-Adresse oder

Telefonnummer finden. Der Kommissar vermutet, dass dahinter ein Strohmann im Auftrag von Wilfried Schuster agiere. Aber diesbezüglich bedürfe es weiterer Hinweise und Anhaltspunkte.

Den Kommissaren scheinen gegenwärtig die Hände gebunden zu sein. Es ist nachweisbar, dass Gelder über die Kraus GmbH geflossen sind. Aber der Ehemann der NR-Abgeordneten Susanne Wolff scheint sich zu verbergen und seine Frau ist nicht bereit, seinen aktuellen Aufenthaltsort preiszugeben. Diesbezüglich müssen die Kommissare zuwarten, da noch zu wenig Beweise vorliegen, dass es sich bei den Transfers auf die Konten der Kraus GmbH tatsächlich um Bestechungsgelder handle.

Bei den Transfers auf die Konten der Trenkwald GmbH ist die aktuelle Lage noch diffiziler, da der Aufenthaltsort des Firmeninhabers völlig unklar ist. Damit brauchen die Kommissare andere Beweise, um die potenziellen Mörder aus einem Motiv im Umfeld der Korruptionsaffäre zu überführen.

Moser meldet jene vier ausländische Kryptowährung-Banken, über die offensichtlich Kryptowährung-Beträge an Alois Schwarz geflossen sind und dort gegen Euro, US-Dollar und Schweizer Franken gewechselt wurden, wie gewünscht an den Oberstaatsanwalt. Der Kommissar vermutet, dass auch andere verdächtigte Personen wie Wilfried Schuster, Susanne Wolff und Sebastian Kraus über Kryptowährung-Wallets bei diesen Krypto-Banken verfügen. Der Oberstaatsanwalt hat diese Angaben gefordert, um richterliche Beschlüsse zur Preisgabe der Kryptowährung-Bewegungen auf diesen Konten zu erwirken.

Als nächste Aufgabe nehmen sich die Kommissare vor, die NR-Abgeordnete Susanne Wolff, die mit sehr hoher Wahrscheinlichkeit Schmiergelder direkt oder indirekt über die Gesellschaft ihres Mannes kassiert hat, stärker unter Druck zu setzen. Darum ruft sie der Kommissar an, kann sie allerdings nicht erreichen und ersucht sie um einen sehr dringenden Rückruf wegen weiterer neuer Erkenntnisse.

Eine Viertelstunde später meldet sich der Anwalt der NR-Abgeordneten telefonisch und teilt in einem forschen Ton mit:

»Herr Kommissar, meine Mandantin Susanne Wolff hat Ihnen in unmissverständlicher Weise mitgeteilt, dass sie es ablehne mit Ihnen direkt zu sprechen. Außerdem verweigert sie alle Auskünfte, die in einem Zusammenhang mit ihrem Mandat als Nationalrats-Abgeordnete stehen. Wie Sie sicherlich wissen, befindet sie sich damit unter dem Schutz der politischen Immunität. ... Was wollen Sie von Frau Magister Wolff wissen?«

Moser hat ein solches Vorgehen der NR-Abgeordneten bereits befürchtet. Da er sich nicht einschüchtern lassen will, antwortet er ebenfalls in einem sehr forschen Ton:

»Neueste Erkenntnisse zeigen, dass das Ehepaar Susanne Wolff und Sebastian Kraus noch tiefer in dem Korruptions-Sumpf stecken als bisher angenommen. Bislang sind offensichtliche Schmiergeld- und Schwarzgeld-Transfers via Kryptowährung-Wallets des ermordeten Alois Schwarz an die Kraus GmbH in Höhe von einhunderttausend Euro und fünfzigtausend Schweizer Franken festgestellt worden. ... Aber wir sind erst am Anfang solcher Recherchen. Wir vermuten, dass noch höhere Bestechungsgelder zum Vorschein kommen werden.

Solche Korruptions-Geschäfte sind nicht durch die politische Immunität der Nationalrats-Abgeordneten gedeckt. Oder sind Sie dazu vielleicht anderer Meinung?«

Der Anwalt von Susanne Wolff behält seinen forschen Ton bei:

»Meines Wissens gibt es keine direkten Zahlungen auf irgendein Konto meiner Mandantin, für die ich spreche. Bei den Überweisungen an Herrn Kraus handelt es sich um Entgelte für

Beratungsleistungen seinerseits, die in keinerlei Zusammenhang mit den Tätigkeiten meiner Mandantin stehen. Sollten Sie dazu Fragen haben, sollten Sie sich direkt an Herrn Kraus wenden.«

Noch versucht der Kommissar höflich zu bleiben, auch wenn es ihm schwerfällt:

»Können Sie uns mitteilen, wie wir Sebastian Kraus erreichen können? Haben Sie eine Mobilnummer oder eine E-Mail-Adresse für uns? Oder kann uns diesbezüglich Frau Wolff Angaben machen?«

Der Anwalt bleibt sachlich kühl:

»Ich vertrete ausschließlich Frau Wolff und nicht ihren Mann. Ich selbst habe keine Kontaktdaten von ihm. Meine Mandantin möchte auch nicht Ihr Auskunftsbüro sein. Sie hat Wichtigeres zu tun, als sinnlose Fragen Ihrerseits zu beantworten.«

Moser findet, dass es jetzt Zeit ist, noch forscher aufzutreten. Er überlegt, ob er bereits jetzt mit noch schwereren Geschützen auffahren solle. Er entscheidet sich dafür:

»Wir sind überzeugt, dass es keine sinnlosen Fragen sind, wenn wir Ihre Mandantin nach ihren Aufenthaltsorten am 30.November und 1.Dezember letzten Jahres fragen. Nach bisherigen Angaben Ihrer Mandantin war sie am 30.November, an dem Tag, an dem Alois Schwarz in Loosdorf ermordet wurde, im Nationalrats-Gebäude tätig. Eine Zeugin hat hingegen Frau Wolff am gleichen Tag gegen 16:30 Uhr in Loosdorf gesehen, als sie mit dem Auto des Mordopfers weggefahren ist.

Dies ist aber noch nicht alles. Ihre Mandantin wurde am Folgetag mittags in dem gleichen Fahrzeug des Mordopfers in Bratislava gesichtet. Dazu wollen wir Frau Wolff befragen.«

Für einige Sekunden herrscht Stille. Der Anwalt scheint überrascht zu sein und zu überlegen:

»Ich kann mir nicht vorstellen, dass Frau Wolff irgendetwas mit den beiden Mordfällen zu tun hat. Ich bin mir sicher, dass es sich nur um Verwechslungen handeln könne. ... Diesbezüglich würde ich gerne unterschriebene Vernehmungs-Protokolle der Zeugen sehen, in denen bestätigt wird, meine Mandantin mit hundertprozentiger Sicherheit erkannt zu haben.«

Da es sehr schwierig zu sein scheint, Druck auf den Anwalt auszuüben, muss Moser noch härter argumentieren:

»Wenn wir auf diesem Weg nicht weiterkommen, dann müssen wir anders handeln. Vielleicht haben Sie mitbekommen, dass es am letzten Freitag eine große Medien-Orientierung zu den Mordfällen gegeben hat. Das öffentliche Interesse dazu ist weiterhin immens. ... Wir könnten bereits heute Nachmittag zu einer weiteren Medien-Veranstaltung einladen, bei der wir über die bisherigen Erkenntnisse der Mordfälle, über die Zeugenaussagen und über die Korruptionsfälle informieren. Wir könnten dann die Bevölkerung fragen, wo sich Herr Kraus aufhalten würde. Heute Abend könnten Sie dann darüber ausführlich in den Abend-Ausgaben lesen. Wollen Sie oder Ihre Mandantin dies?«

Der Anwalt der verdächtigten Abgeordneten überlegt eine Weile und reagiert weiterhin barsch:

»Herr Kommissar, ich warne Sie. Ich muss Ihre Äußerungen als unmissverständliche Drohungen verstehen. Dies könnte auch als ein Straftatbestand ausgelegt werden. Mäßigen Sie sich also in Ihren Aussagen. ... Ich kenne Frau Wolff sehr gut. Sie will sicherlich keinen Krieg mit den Polizeibehörden, auch wenn sie höchstwahrscheinlich unschuldig ist, was die Mordfälle und Bestechungs-Vorwürfe betrifft. Vermutlich wissen Sie, dass es bereits vor einem Jahr diese Korruptionsvorwürfe gegeben hat und dass alle Verfahren zeitnah eingestellt wurden.»

Moser versucht, wieder sachlich zu werden, da auch der Anwalt in gewisser Weise die telefonische Diskussion zu beruhigen versucht:

»Ja, dies ist uns bekannt. In der Zwischenzeit sind allerdings zwei Morde geschehen und die Schmiergeld-Affäre hat ein wesentlich größeres Ausmaß angenommen. Meine Kollegin Pichler und ich sind lediglich an der Aufklärung dieser beiden Mordfälle interessiert. Um die Korruptions-Vorfälle wird sich später eine andere Staatsanwaltschaft kümmern.

Darum wären wir gegenwärtig zufrieden, wenn wir umgehend mit Herrn Kraus sprechen könnten. Dann würden wir vorerst Frau Wolff nicht weiter befragen.«

Der Anwalt scheint dies als einen fairen Kompromiss zu betrachten:

»Ihr Wunsch erscheint mir verständlich. Ich werde mit Frau Magister Wolff sprechen und gebe Ihnen danach Bescheid. Ich hoffe, dass sie weiß, wo sich ihr Mann gerade befindet.«

Nach dem Telefongespräch meint die Kommissarin:

»Es wird nicht ganz einfach sein, der Nationalrats-Abgeordneten und ihrem Anwalt beizukommen. Darum fand ich sehr richtig von Dir, den Anwalt mit den Zeugen-Aussagen zu konfrontieren. Ich bin gespannt, wie Frau Wolff reagieren wird.«

Der Kommissar überlegt seinen Kommentar zu dem eben geführten Telefongespräch:

»Ich vermute und hoffe auch, dass uns ihr Mann kontaktieren wird, da sie sicherlich eine negative Berichterstattung in den Medien verhindern will. Noch sind wir nicht sicher, ob Frau Wolff tatsächlich zu den angegebenen Zeiten in Loosdorf und Bratislava war. Die Zeugen können dies nicht hundertprozentig bestätigen.

Wenn Frau Wolff weiterhin jegliche Zusammenarbeit mit uns verweigern sollte, dann könnte dies bedeuten, dass sie sich nicht in Loosdorf und Bratislava aufgehalten hat, weil sie realisieren würde, dass unsere Zeugen nur vage Aussagen getätigt haben. Darum hoffe ich auf ein Entgegenkommen ihrerseits, weil sie dann wahrscheinlich doch in Loosdorf oder in Bratislava oder an beiden Orten an jenen Tagen war.«

Die Kommissarin überlegt und stellt eine weitere Frage:

»Karl, wie willst Du bei Wilfried Schuster vorgehen? Bei ihm haben wir bisher keine gesicherten Erkenntnisse.«

Nach einer halben Minute Überlegungszeit antwortet Moser:

»In der Tat haben wir bei ihm noch schlechtere Karten. Ich hoffe, dass wir ihm nachweisen können, dass er ebenfalls über Kryptowährung-Wallets verfügt, oder noch besser, dass er direkte Zahlungen auf seine Bankkonten erhalten habe. ... Vielleicht hat er die Bausteine beim Haus in Loosdorf angeliefert, wo ein Zeuge ihn unter Vorbehalt erkannt habe. Ich hoffe, dass die Kriminalbeamtin uns dazu noch heute einen positiven Bericht liefern kann.

Ich würde ihn gerne nochmals zu seinem Alibi befragen, am besten bei ihm zuhause. Bei seiner Befragung durch uns hat er angegeben, am Abend zuhause bei seiner Frau gewesen zu sein. Dies könnten wir dann direkt vor Ort verifizieren.«

Eine halbe Stunde später erfüllt sich eine Hoffnung des Kommissars. Die Kriminalbeamtin, die mit der Überprüfung der Baustoff-Großhändler und insbesondere mit möglichen Käufern der Leichtbeton-Bausteine im fraglichen Zeitraum beauftragt ist, meldet sich beim Kommissar:

»Ich habe vermutlich gute Nachrichten für Euch. Ich habe alle drei Großhändler besucht, welche die besagten Leichtbeton-Bausteine im Sortiment führen, und habe nach Verkäufen in den geschätzten Mengen im November letzten Jahres angefragt. Bei zwei Händlern bin ich fündig geworden.

In einem Fall wurde mit Kreditkarte gezahlt, ich kenne den Namen. Im anderen Fall wurde die Rechnung bar beglichen. Daher habe ich dem zuständigen Verkäufer die Fotos gezeigt, die Ihr mir mitgegeben habt. Dieser Mitarbeiter glaubt, auf dem Foto Herrn Schuster erkannt zu haben. Der Kauf hat am 21.November des Vorjahrs stattgefunden.«

Die Kommissarin fragt sofort nach:

»Frau Kollegin, wie sicher ist sich der Verkäufer bei seiner Einschätzung?«

Die selbstbewusste Kriminalbeamtin antwortet umgehend:

»Genau diese Frage habe ich dem glaubhaft wirkenden Mann auch gestellt. Er meinte, dass er sich zu achtzig Prozent sicher sei. Beschwören könne er dies allerdings nicht.«

Die Kommissarin frohlockt und meint, dass sich damit bei ihm so wie bei Frau Wolff die Schlinge um seinen Hals enger ziehe. Moser hingegen bleibt skeptisch:

»Ich glaube inzwischen auch, dass er an den Morden mitbeteiligt sein könnte. Uns fehlt allerdings sein Mordmotiv. Die bisherigen Anhaltspunkte und Indizien sind noch zu wenig. ... Selbst ein Antrag auf Untersuchungshaft würde bei diesem Nationalrats-Abgeordneten mit Sicherheit abgelehnt werden. Ein Gerichtsverfahren würde wahrscheinlich gemäß „in dubio pro reo“ mit einem Freispruch enden und wir würden uns lächerlich machen. Wir brauchen mehr und noch sicherere Beweise gegen ihn, um ihn zu einem Geständnis zu bewegen.«

Abschließend lobt der Kommissar die Kriminalbeamtin für ihr Engagement und drückt seine Hoffnung aus, dass dieser gefundene Hinweis ein Element sein könnte, um den verdächtigten Wilfried Schuster zu überführen.

Der Kommissar überlegt einige Zeit an der Wandtafel, wie die Kommissare gegenüber dem NR-Abgeordneten Schuster vorgehen könnten. Er unterbreitet seinen Vorschlag seiner Kollegin:

»Renate, dieser Herr Schuster ist sicherlich eine harte Nuss, die es zu knacken gilt. Ich denke, dass wir mit einem kleinen Vorwand bei ihm zuhause vorbeischauen sollten. Dort könnten wir ihm kritische Fragen stellen, wie seinen Bezug zur Trenkwald GmbH und zu seinem Alibi am 30.November.«

Die Kommissarin stimmt dem Vorschlag ihres Kollegen zu. Darum ruft Moser den NR-Abgeordneten an. Dieser erkennt an der Telefonnummer den Anrufer:

»Guten Tag, Herr Oberst. Warum rufen Sie mich nochmals an? Ich habe Ihnen doch mitgeteilt, dass ich weitere Gespräche mit Ihnen nur in Anwesenheit meines Anwalts führen möchte.«

Moser gibt sich betont gelassen:

»Herr Doktor Schuster, uns ist Ihr Wunsch bewusst. Wir haben noch wenige Fragen im Zusammenhang mit Bau-Projekten aus den beiden Vorjahren, als Herr Schwarz Leiter des Bauausschusses war und als Sie selbst auch Mitglied des Ausschusses waren.

Da wir Ihre kostbare Zeit nicht stehlen wollen, schlagen wir Ihnen vor, dass wir Sie nicht ins BKA bitten, sondern dass wir Sie heute abends bei Ihnen zuhause aufsuchen werden. Wir werden vermutlich weniger als eine halbe Stunde benötigen. Würde 19:00 Uhr für Sie passen?«

Der Angerufene scheint einige Sekunden nachzudenken und antwortet danach:

»Ich weiß zwar nicht, wie ich Ihnen bei diesen Fragen weiterhelfen kann, aber ich beweise meine Kooperation und stimme Ihrem Vorschlag zu. Heute Abend habe ich keine Partei-Veranstaltung, dennoch könnte ich erst ab 20:00 Uhr zuhause sein.«

Moser ist mit dem Ergebnis seines Telefongesprächs zufrieden. Er realisiert, dass Renate Pichler sich intensive Gedanken zu machen scheint. Nach einigen Minuten wendet sie sich an ihren Kollegen:

»Karl, ich habe eine Idee, wie wir vielleicht zu einem handfesten Beweis kommen könnten, sofern Herr Schuster tatsächlich an den Mordfällen beteiligt gewesen wäre.«

Sofort unterbricht der Kommissar seine Lesetätigkeit von Unterlagen und hört der Kommissarin aufmerksam zu:

»Als ich am Wochenende die Protokolle geschrieben habe, habe ich auch nochmals den Bericht der Spurensicherung durchgelesen. Dabei ist mir aufgefallen, dass nicht nur die Klebebänder an den Mündern sichergestellt wurden, sondern auch die Klebeband-Rolle selbst. Darauf wären Fingerabdrücke, die allerdings nicht zugeordnet werden konnten.«

Moser springt auf und drückt der Kommissarin überraschend einen Kuss auf die Wange:

»Renate, Du bist ein Schatz. Damit könnten wir den Abgeordneten fassen. Ich selbst habe nicht mehr an die Klebebänder gedacht. Aber dafür habe ich Dich. ... Es stimmt, dass sich Fingerabdrücke auf Klebebändern sehr lange nachweisen lassen.«

Die Kommissarin freut sich über das überschwängliche Lob ihres Kollegen, fragt allerdings skeptisch:

»Karl, wie sollen wir zu den Fingerabdrücken von Wilfried Schuster kommen? Freiwillig wird er diese nicht geben.«

Immer noch voller Freude antwortet der Kommissar:

»Keine Sorge, Renate. Diesbezüglich habe ich bereits eine Idee ...«

Moser ruft den Leiter der Spurensicherung an und ersucht diesen, einen Vergleich von Fingerabdrücken mit den sichergestellten Klebebändern für morgen früh vorzubereiten. Der Kommissar würde dazu morgen um acht Uhr vorbeikommen.

Der Kommissar ist über diese Möglichkeit eines handfesten Beweises so sehr erfreut, dass er sich eine kurze Pause mit einem Imbiss an einem nahegelegenen Würstelstand gönnt. Währenddessen bleibt die Kommissarin im BKA, isst ihr mitgebrachtes Käsebrot und bereitet sich auf das Gespräch mit dem Baukonzern vor, dass heute für 16:30 Uhr terminiert ist. Darum wurde die geplante Sitzung der Sonder-Mordkommission bereits verschoben. Da es gegenwärtig kein dringendes Bedürfnis einer gemeinsamen Sitzung gebe, wird der nächste Termin noch bekanntgegeben werden.

Im Laufe des Nachmittags meldet jene Kriminalbeamtin, die mit den Überprüfungen der Zahlungsströme beschäftigt ist, dass noch weitere Kryptowährung-Wallets und -Bestände erkannt worden seien und dass es mehrere Transfers auf Wallets gegeben habe, die Herrn Kraus zugeordnet werden könnten.

Für Moser gilt es bereits als hinlänglich bewiesen, dass neben Alois Schwarz auch seine Kollegin Susanne Wolff zumindest indirekt über ihren Ehemann Sebastian Kraus in die Korruptionsaffäre involviert gewesen sei. Offen und ungeklärt ist bislang noch, ob auch Wilfried Schuster bei der Schmiergeld-Affäre beteiligt war und ob die Annahmen von Bestechungsgeldern nach dem Tod von Alois Schwarz fortgeführt wurden. Dies aufzuklären, wird später die Aufgabe der Staatsanwaltschaft für Wirtschaftsverbrechen und Korruption sein.

Der Anwalt von Susanne Wolff hat bereits mittags mit einer E-Mail die Kommissare darüber informiert, dass er mit der NR-Abgeordneten gesprochen habe und dass sich Herr Kraus bei diesen im Laufe dieses Nachmittags melden werde.

Tatsächlich meldet sich jetzt der Ehemann der NR-Abgeordneten beim Kommissar, der sofort sein Mobiltelefon lautstellt:

»Guten Tag, Herr Oberst. Hier ist Sebastian Kraus. Meine Frau hat mich gebeten, Sie heute nachmittags anzurufen. Sie meinte, dass Sie mit mir über meine Beratungsleistungen an Doktor Schwarz sprechen möchten. Was genau wollen Sie dazu wissen?«

Der Kommissar ist erfreut festzustellen, dass sein Telefonat mit dem Anwalt der NR-Abgeordneten offenbar auf fruchtbaren Boden gefallen ist und jetzt zu einer ersten Reaktion führt:

»Danke Herr Kraus für Ihren Rückruf. Im Rahmen unserer Recherchen im Zusammenhang mit den Morden an Alois Schwarz und Verena Hofer haben wir einige seltsame Geld-Transfers festgestellt. ... Besonders auffallend sind die Überweisungen von zweimal je fünfzigtausend Euro und einmal fünfzigtausend Schweizer Franken an die in München ansässige Kraus GmbH im Laufe des letzten Jahres. Alle diese drei Transfers stammen von ausländischen Konten des Herrn Schwarz. Wofür gab es diese Überweisungen im vergangenen Jahr?«

Der Angerufene scheint über diese Feststellungen überrascht zu sein. Nachdem er sich gefasst hat, antwortet er:

»Herr Oberst, dies waren normale Geschäftsabläufe und Überweisungen. Ich habe meine Tätigkeiten für Doktor Schwarz genau dokumentiert und dafür Rechnungen meiner GmbH gestellt. Es handelt sich um Beratungen meinerseits im Zusammenhang mit Bau-Projekten und mit seinen politischen Tätigkeiten. Ich habe nahezu alle seine Reden im Nationalrat vorbereitet und geschrieben. Eine meiner Rechnungen betraf das Jahr zuvor.«

Der Kommissar realisiert, dass Herr Kraus versucht sich herauszureden. Moser lässt allerdings nicht locker, sondern fasst nach und wird dabei deutlicher:

»Herr Kraus, bitte versuchen Sie nicht, uns für dumm zu verkaufen. Wenn ich alle von Herrn Schwarz an Sie überwiesenen Beträge zusammenrechne, dann muss ich mich fragen, wie Herr Schwarz dies finanzieren konnte. Er hätte Ihnen mehr überwiesen als er selbst als Nationalrats-Abgeordneter netto verdient hätte. ... Woher kam Ihrer Meinung nach das Geld auf seinem Konto?«

Herr Kraus stockt abermals. Die Kommissare erkennen an seiner Stimme, dass er offensichtlich sehr nervös geworden sei, als er nach einigen Sekunden stockend antwortet:

»Ich kann Ihnen dazu nichts sagen. ... Ich war nicht der Buchhalter von Herrn Schwarz. ... Ich weiß nur, dass ich meine Leistungen an ihn erbracht habe. ... Im Übrigen habe ich alle Rechnungen an ihn und seine Zahlungen an meine GmbH ordnungsgemäß verbucht. Diese werden in meinen Steuererklärungen korrekt deklariert werden.«

Moser erkennt, dass er noch konkreter werden muss:

»Herr Kraus, vielleicht muss ich Ihrem Gedächtnis nachhelfen. Wir wissen inzwischen schon viel mehr. Herr Schwarz hat diese Zahlungen an Sie geleistet, weil er einige hohe Schmiergeld-Zahlungen in Kryptowährungen auf seine Wallets erhalten hat.

Inzwischen wissen wir auch, dass Sie ebenfalls über einige Kryptowährung-Wallets verfügen. In Kürze werden wir über Zahlungsvorgänge an Ihre Wallets informiert werden. Die richterlichen Beschlüsse liegen bereits vor.«

Jetzt bleibt die Telefonleitung nahezu eine Minute lang still. Dann meldet sich der Angerufene kleinlaut:

»Herr Kommissar, Sie sollten wissen, dass meine Frau Susanne Wolff mit diesen Zahlungen nichts zu tun hat. Diese Zahlungen waren Vereinbarungen zwischen Doktor Schwarz und mir.«

Der Kommissar hat eine derartige Stellungnahme bereits erwartet. Offensichtlich möchte der Ehemann seine Frau aus dem Korruptionsskandal so weit als möglich heraushalten. Moser ändert das Thema:

»Herr Kraus, meine Kollegin und ich untersuchen die Mordfälle. Wir werden unsere Recherchen an die Staatsanwaltschaft für Wirtschaftsverbrechen und Korruption weiterreichen. Diese wird die offensichtliche Korruptionsaffäre weiter untersuchen.«

Herr Kraus unterbricht den Kommissar mit einer Gegenfrage:

»Herr Oberst, bitte verstehen Sie mich nicht falsch. Lässt sich bei der Weitergabe Ihrer Recherchen vielleicht noch etwas machen. ...«

Mit einer spürbaren Empörung antwortet Moser:

»Herr Kraus, ich verstehe Ihre Frage richtig. Meine Kollegin und ich möchten dieses unsittliche Angebot nicht gehört haben. Wir sind unbestechlich. ... Jetzt zu meiner anderen Frage. Die von uns aufzuklärenden Morde sind am 30.November letzten Jahres geschehen. Wo waren Sie und wo war Ihre Frau an diesem Tag?«

Während der Anrufer offenbar nachzudenken scheint, ergänzt der Kommissar:

»Der guten Ordnung halber mache ich Sie aufmerksam, dass Sie uns dazu nicht belügen dürfen. Sie können Ihre Aussage verweigern, wenn Sie damit sich oder Ihre Frau belasten könnten. Eine nachgewiesene Lüge Ihrerseits hätte strafrechtliche Konsequenzen für Sie.«

Nach kurzer Zeit antwortet Sebastian Kraus:

»Herr Oberst, ich kenne die rechtlichen Möglichkeiten und Konsequenzen. Ich habe eben in meinem Kalender nachgesehen. Ich war in dieser fraglichen Woche für ein Mandat in Hamburg tätig. Ich könnte dies mit meinen abgerechneten Tagesberichten und Reisespesen nachweisen. ... Ich kann nicht für meine Frau sprechen. Ich habe sicherlich an jenem Abend mit ihr telefoniert, weil ich dies immer mache. Mehr kann ich nicht sagen.«

Am Ende des Telefongesprächs meint Kraus:

»Herr Oberst, Sie haben jetzt meine Mobilnummer. Sollten Sie irgendwelche Fragen zu meinen Rechnungen an Alois Schwarz oder zu dessen Transfers an meine Gesellschaft haben, so können Sie mich jederzeit kontaktieren. Bis Ende kommender Woche halte ich mich noch in einem Beratungsmandat in Deutschland auf.«

Danach meint der Kommissar zu seiner Kollegin:

»Ich bin mir sicher, dass Herr Kraus einiges mit seiner Frau zu besprechen haben wird. Ich werde sein Alibi in jener angefragten Woche und insbesondere am 30.November letzten Jahres von einer Kriminalbeamtin überprüfen lassen. ... Ich glaube allerdings nicht, dass der Ehemann der NR-Abgeordneten direkt am Mord beteiligt war. Dennoch hat er in der Schmiergeld-Affäre „genug Dreck am Stecken“.

Sein Bestechungsversuch uns gegenüber ist leider nicht unüblich. Ich könnte mehrfacher Millionär sein, wenn ich all die mir angebotenen Bestechungsgelder im Laufe der Jahre angenommen hätte. Aber wahrscheinlich wäre ich kein Millionär, sondern säße in einem Gefängnis.«

Der Kommissar möchte bereits heute einen Termin mit dem Oberstaatsanwalt morgen vormittags vereinbaren, da er vermutet, dass die Kommissare noch einige wichtige Hinweise bis morgen erhalten werden und da er ein rasches Vorgehen erzielen will. Er versucht, den Oberstaatsanwalt telefonisch zu erreichen. Da dies misslingt, schickt er ihm eine SMS: „Es wird bis morgen wahrscheinlich neue wichtige Erkenntnisse geben. Wir bitten deshalb um einen Termin morgen nach zehn Uhr".

Schmunzelnd meint die Kommissarin:

»Karl, heißt dies, dass ich mich morgen wieder besonders chic kleiden sollte?«

Moser antwortet lächelnd:

»Ja, aber ich vermute, dass Du Dich diese Woche nochmals in Schale werfen wirst. Ich rechne mit einer neuerlichen Medien-Veranstaltung noch in dieser Woche. Hoffentlich haben wir bis dahin Geständnisse vorliegen.«

Die Rückmeldung des Oberstaatsanwalts lässt nicht lange auf sich warten. Er bestätigt mit einer Antwort-SMS: „Habe verstanden. Morgen Mittwoch 11:30 Uhr bei mir. Viel Erfolg".

Pünktlich um 16:30 Uhr treffen die Kommissare in der Zentrale des Baukonzerns ein. Der Kommissar vermutet diesen Konzern als Urheber der Schmiergeld-Zahlungen an Alois Schwarz. Dort werden die beiden in einen Konferenzraum gebeten.

Einige Minuten später erscheinen der Vorstandsvorsitzende, der Vertriebsvorstand sowie der Justiziar dieses Konzerns.

Nach der gegenseitigen Vorstellung bedankt sich Moser für den raschen Empfang und stellt eine erste Frage:

»Wie Sie bereits wissen, untersuchen wir die Mordfälle Schwarz und Hofer. Recherchen haben gezeigt, dass Bestechungsgelder ein Mordmotiv darstellen könnten. Inzwischen ist nachgewiesen, dass Schmiergelder in Form von Kryptowährungen in Millionenhöhe geflossen sind. Was können Sie uns zur Zusammenarbeit mit Doktor Alois Schwarz und Magister Susanne Wolff sagen?«

Der Vorstandsvorsitzende zeigt sich sehr empört über diese unterschwelligen Unterstellungen und droht mit rechtlichen Konsequenzen, sollten dazu Falschmeldungen in der Öffentlichkeit erscheinen. Der Justiziar versucht die bereits aufgeheizte Stimmung zu beruhigen:

»Herr Oberst, wahrscheinlich wissen Sie bereits, dass es eine großangelegte Untersuchung im letzten Jahr gegeben hat. Damals sind auch wir befragt worden. Es hat sich gezeigt, dass die Korruptionsvorwürfe völlig aus der Luft gegriffen waren. Welche neuen Erkenntnisse soll es jetzt gegeben haben?«

Ruhig und besonnen antwortet der Kommissar:

»Neu sind die nachweislichen Überweisungen in Kryptowährungen in Millionenhöhe, die an Wallets von Herrn Doktor Schwarz geflossen sind. Mit diesen Schmiergeldern hat Herr Schwarz auch andere Personen bestochen. Verfügt Ihr Konzern ebenfalls über Kryptowährungen und entsprechende Wallets?«

Nach einigem Zögern und einer kurzen Beratung unter den drei Herren des Baukonzerns übernimmt der Vertriebsvorstand die Beantwortung dieser Frage:

»Da immer mehr internationale Kunden eine Bezahlung in Kryptowährungen und insbesondere in Bitcoins wünschen, haben wir solche erforderliche Wallets bei einigen Kryptowährung-Banken eingerichtet. Diese Banken wechseln die Kryptowährung-Zahlungen zu den jeweiligen Tageskursen in Euro. Als Unternehmen tätigen wir keine Zahlungen in Kryptowährungen.

Gerade im internationalen Geschäft erfahren wir oftmals geäußerte Begehrlichkeiten in punkto Schmiergelder in Form von Bitcoins. Unsere Geschäftsethik verbietet uns, auf solche Forderungen und Wünsche einzugehen.«

Der Justiziar fügt eine Frage hinzu:

»Herr Oberst, haben Sie einen konkreten Hinweis, dass unser Konzern oder irgendeine unserer Vertriebsniederlassungen Bestechungs- oder Schmiergelder in welcher Form auch immer gezahlt haben? Haben Sie diesbezüglich irgendeinen Zahlungsbeleg? ... Falls nein, dann verschonen Sie uns bitte mit haltlosen Verdächtigungen.«

Diese Aussage reizt Moser zu einer Gegenbehauptung:

»Schmiergeld-Zahlungen in Form von Kryptowährungen sind in der Tat schwieriger nachzuweisen. In den letzten Tagen haben wir einige dieser Kryptowährung-Wallets bei Doktor Schwarz gefunden. Dank richterlicher Beschlüsse wird es uns in Kürze möglich werden, einige der Kryptowährung-Transfers nachzuvollziehen und so auf den oder die Sender zu stoßen.

Es ist nicht unsere Aufgabe, diese unsittlichen Bestechungsgelder aufzuklären. Diese Aufgabe wird die Zentrale Staatsanwaltschaft zur Verfolgung von Wirtschaftsverbrechen und Korruption übernehmen. ... Darum kann ich Ihnen nur anraten, allenfalls vorsorglich Selbstanzeige zu erstatten, um damit strafrechtliche Konsequenzen abzumildern.«

Die Kommissare realisieren, dass bei diesen letzten Aussagen Mosers insbesondere der Vertriebsvorstand sehr nervös geworden zu sein scheint. Der Kommissar ergänzt:

»Die Aufgabe meiner Kollegin und meinerseits ist, die Mordfälle an Alois Schwarz und Verena Hofer aufzuklären. Wir haben festgestellt, dass gerade in der Amtszeit von Herrn Schwarz die meisten großen Ausschreibungs-Projekte von Ihrem Konzern gewonnen wurden. ... Wie lässt sich dies erklären? Wie war die Zusammenarbeit mit Herrn Schwarz?«

Nach einer kurzen Beratung unter den Herren des Baukonzerns übernimmt abermals der Vertriebsvorstand die Beantwortung dieser Fragen:

»Unsere Geschäftsethik und Unternehmenspraxis sehen einen fairen Wettbewerb vor. Aufgrund unserer Kompetenzen und Erfahrungen ist es uns offensichtlich gelungen, in den meisten Fällen das beste Angebot und den tiefsten Preis zu unterbreiten und so in fairer Weise den Zuschlag zu erhalten ...«

»... und danach mit geeigneten Maßnahmen Kostensteigerungen durchzusetzen.:« ergänzt der Kommissar.

Der Vertriebsvorstand hält dagegen, dass dies branchenübliche Praxis sei und dass Kostensteigerungen oftmals unumgänglich seien. Dann fährt er mit der Beantwortung der Fragen fort:

»Mit Doktor Schwarz hatten wir einen sehr erfahrenen, kompetenten Geschäftspartner im Parlamentarischen Bauausschuss, mit dem wir fachlich sehr gut zusammengearbeitet haben. Sein seinerzeitiges plötzliches Verschwinden und jetzt die Erkenntnis seiner Ermordung bedeuten schwere Schläge für uns.«

Der Justiziar fügt auch diesmal hinzu:

«Herr Oberst, wir haben Ihre haltlosen, unterschwelligen und nicht nachweisbaren Korruptionsvorwürfe gehört, die wir mit aller Entschiedenheit von uns weisen. Sie untersuchen die Mordfälle. Warum kommen Sie diesbezüglich zu uns? Was sollen wir damit zu tun haben?»

Moser versucht den Besuch der Kommissare zu begründen:

»Wir untersuchen die Ermordungen anhand verschiedener möglicher Mordmotive. Oftmals spielt Geld bei Morden eine wesentliche Rolle. Bei Bauprojekten geht es zumeist um sehr viel Geld. Sie haben Herrn Doktor Schwarz gut gekannt. ... Haben Sie eine Ahnung, wer hinter der Ermordung des NR-Abgeordneten stehen könnte?«

Nachdem sich die drei Herren des Baukonzerns zunächst ratlos ansehen, antwortet zunächst der Justiziar:

»Exponierte Politiker wie Doktor Schwarz haben naturgemäß viele Gegner und sogar Feinde. Ich glaube nicht, dass wir diesbezüglich Namen nennen könnten.«

Der Vertriebsvorstand fügt seine Ansicht hinzu:

»Man soll toten und vor allem ermordeten Menschen nichts Schlechtes nachsagen. Ich kannte Doktor Schwarz sehr gut und habe seine Kompetenzen geschätzt. Allerdings habe ich auch seine Schwächen erfahren hinsichtlich seiner zahlreichen Affären. Haben Sie Ihre Untersuchungen auch in diese Richtung ausgeweitet?«

Nachdem der Kommissar dies bestätigt, stellt er eine letzte Frage:

»Die Agenden des Leiters des Parlamentarischen Ausschusses für Bauten und Wohnen hat nach dem Tod von Alois Schwarz sein Parteikollege Doktor Wilfried Schuster übernommen. Wie läuft die Zusammenarbeit mit ihm?«

Nachdem der Vertriebsvorstand mit „sehr gut“ antwortet und den Grund dieser Frage wissen möchte, erwidert der Kommissar:

»Wir haben hinreichend Erkenntnisse gewonnen, dass auch Herr Schuster über zahlreiche Kryptowährung-Wallets verfügt. Diesbezüglich werden wir in Kürze einige Anhaltspunkte erfahren. Auch dazu sind richterliche Beschlüsse in Vorbereitung.«

Die Kommissare realisieren, dass diese Antwort Mosers bei dem Vertriebsvorstand verstärkte Nervosität hervorruft. Diese ersichtliche Nervosität erhöht sich noch mehr bei der nächsten Frage des Kommissars:

»Was sagt Ihnen das Unternehmen Trenkwald GmbH? Auch an diese Gesellschaft hat Herr Schwarz erhebliche Überweisungen getätigt.«

Der Vorstandsvorsitzende sieht seinen Vertriebskollegen fragend an, der nur mit den Achseln zuckt, als ob er keine Ahnung habe. Danach ist die Befragung in der Zentrale des Baukonzerns, bei der die Kommissarin wie üblich eifrig Notizen gemacht hat, beendet.

Beim Hinausgehen und Hinaufschauen zum Konferenzraum bemerken die Kommissare, dass die drei eben befragten Herren anscheinend sehr aufgeregt miteinander weiter diskutieren. Offensichtlich werde ihre Vernehmung im Baukonzern einige weitere interne Diskussionen verursachen. Auf die Frage der Kommissarin, was Moser von diesem Baukonzern und seinem Vorstand halte, antwortet dieser nach kurzer Überlegung:

»Renate, für mich ist es klar ersichtlich, dass dieser Baukonzern so wie wahrscheinlich viele Bauunternehmungen mit Bestechungsgeldern arbeitet, um Aufträge zu erhalten. Dies wird später wahrscheinlich im Zuge der Ermittlungen der dafür zuständigen Staatsanwaltschaft auch in gewissem Maße festgestellt werden. ... Ich bin mir auch sicher, dass dem Vertriebsvorstand die Firma Trenkwald GmbH nicht unbekannt zu sein scheint. Dennoch vermute ich, dass der Vorstand keine Selbstanzeige in der Hoffnung stellen wird, ungeschoren davon zu kommen.

Aber ich bin auch überzeugt, dass dieser Vorstand weder direkt noch indirekt als Auftraggeber an den beiden Morden beteiligt war. Dazu fehlt ein klares Motiv.«

Bis zum Termin bei Wilfried Schuster bleiben den Kommissaren noch zwei Stunden Zeit. Sie nutzen diese, indem sie zunächst den Generalmajor über die Ergebnisse und Erkenntnisse des heutigen Tages informieren. Abschließend berichtet Moser über das bereits vereinbarte morgige Treffen mit dem Oberstaatsanwalt und gibt seinem Chef eine Empfehlung:

»Werner, der morgige Tag wird für den weiteren Fortgang der Ermittlungen sehr entscheidend sein. Wenn immer Du es einrichten kannst, so möchten wir Dir empfehlen, bei diesem Termin um 11:30 Uhr beim Oberstaatsanwalt dabei zu sein.«

Der Generalmajor wird versuchen, dies möglich zu machen. An der Wandtafel stehend halten die Kommissare die wesentlichen Aktivitäten für den morgigen Mittwoch fest. Als Fixpunkte gelten einerseits der Termin mit dem Oberstaatsanwalt, der weitere Aktivitäten auslösen könnte, und das nächste Treffen aller Mitglieder der Mordkommission, das für den späten Nachmittag geplant ist.

Danach machen sich die beiden Kommissare mit dem Auto Renates auf den Weg zum NR-Abgeordneten und gegenwärtigen Leiter des Parlamentarischen Bauausschusses Wilfried Schuster, welcher in einem modernen Einfamilienhaus mit kleinem Garten am südlichen Stadtrand Wiens wohnt. Die sichtlich aufgeregte Ehefrau geleitet die Kommissare in das Wohnzimmer.

Dort wartet bereits Dr. Wilfried Schuster mit seinem Anwalt. Der NR-Abgeordnete begründet zunächst die Anwesenheit seines Anwalts:

»Wie ich bereits angekündigt habe, möchte ich die weiteren Gespräche oder Vernehmungen nur in Anwesenheit meines Anwalts führen.«

Die Hausfrau bietet den Kommissaren Kaffee oder Wasser an. Diese entscheiden sich für Kaffee. Ehe der Kommissar seine erste Frage stellen kann, macht der Anwalt eine Erklärung und stellt eine Frage:

»Ich nehme an, dass Ihnen bewusst ist, dass mein Mandant unter einer politischen Immunität steht. Darum wird er keine Fragen beantworten, welche in irgendeiner Weise mit seinen Tätigkeiten als Nationalrats-Abgeordneter oder als Leiter des Parlamentarischen Bauausschusses verbunden sind. Außerdem möchte ich gerne wissen, in welcher Eigenschaft mein Mandant heute befragt wird.«

Moser möchte die angespannte Stimmung etwas dämpfen und antwortet deshalb:

»Zunächst danken wir Ihnen, Herr Schuster, dass Sie diesen Termin heute Abend in Ihrem Haus ermöglichen. Sie können sich sicherlich vorstellen, dass wir wegen des großen medialen Interesses unter einem gewaltigen Druck stehen, zeitnah Ergebnisse zu liefern.

Natürlich sind meiner Kollegin und mir die politische Immunität eines Nationalrats-Abgeordneten bewusst. Deshalb haben wir auch nicht die Absicht, diesbezüglich Fragen zu stellen. Wir werden heute an Doktor Schuster einige Fragen als Zeugen stellen.«

Die Atmosphäre lockert sich etwas, nachdem Frau Schuster allen Gesprächs-Teilnehmern eine Tasse Kaffee mit einigen

Keksen serviert hat. Frau Schuster bittet die Kommissare, ebenfalls am Gespräch teilnehmen zu dürfen. Dies wird selbstverständlich genehmigt.

Der Kommissar stellt eine erste Frage:

»Vor etwa einem Jahr gab es erhebliche Korruptionsvorwürfe gegen Doktor Schwarz und Frau Wolff, die später als nicht genügend stichhaltig zurückgewiesen wurden. In den letzten Tagen sind einige handfeste und stichhaltige Beweise gefunden wurden, die belegen, dass Herr Schwarz offensichtliche Schmiergelder in Millionen-Euro-Höhe in Form von Kryptowährungen erhalten hat. Darum meine Frage an Sie, Herr Doktor Schuster, was wussten Sie von diesen Schmiergeld-Zahlungen?«

Der Befragte diskutiert kurz mit seinem Anwalt, ob er diese Frage im Rahmen seiner politischen Immunität ablehnen könne. Nachdem ihm sein Anwalt signalisiert, dass es für ihn vorteilhafter sei zu antworten, erwidert Wilfried Schuster:

»Herr Oberst, ich hatte keine Ahnung von etwaigen Schmier- oder Bestechungsgeldern. Wie ich Ihnen schon sagte, wusste ich, dass mein Parteikollege mit Bitcoins gehandelt hat und nach seiner Aussage damit viel Geld verdient habe.«

Nach einer kleinen Pause stellt Moser seine nächste Frage:

»Verfügen Sie, Herr Schuster, ebenfalls über Kryptowährung-Wallets und Kryptowährungen?«

Nachdem ihm sein Anwalt den Rat gibt, darauf nicht zu antworten, verweigert der Befragte die Auskunft. Moser bemerkt leise zu seiner Kollegin, dass keine Antwort auch aussagekräftig sei.

Der Kommissar stellt jetzt die Frage, ob Herr Schuster die Trenkwald GmbH kenne. Herr Schwarz habe an diese Ein-

Personen-Gesellschaft mehrfach hohe Beträge überwiesen. Der Befragte schüttelt nur verneinend den Kopf.

Danach wird die Vernehmung spannend, als der Kommissar dem NR-Abgeordneten ein Foto mit dem baufälligen Haus in Loosdorf zeigt und diesen bittet, dieses genau anzusehen. Herr Schuster nimmt das Foto in die Hand, betrachtet es, schüttelt dann den Kopf und fragt zurück:

»Ich kenne dieses offensichtlich baufällige Haus nicht. Sollte ich es etwa kennen?«

Der Kommissar erwidert:

»Ja, eigentlich sollte dieses Haus Ihnen gut bekannt sein. Gemäß Aussagen von zwei verschiedenen Zeugen haben Sie im November letzten Jahres bei diesem Haus Leichtbeton-Bausteine abgeladen und ins Haus transportiert.«

Der befragte und inzwischen ersichtlich hochnervöse NR-Abgeordnete schüttelt den Kopf:

»Was für Bausteine? Was soll ich mit solchen Bausteinen gemacht haben?«

Inzwischen hat der Kommissar das Foto des baufälligen Hauses besonders vorsichtig in die Innentasche seines Sakkos gesteckt. Wie zufällig ist unter dem Foto des Hauses das Foto der ermordeten und gefesselten Verena Hofer zum Vorschein gekommen. Dieses Foto liegt jetzt ebenfalls vor den Augen des Politikers und wird von diesem immer wieder verängstigt betrachtet.

Der Kommissar rückt jetzt mit den Fakten heraus:

»Dieses Haus ist jenes Gebäude, in dem Alois Schwarz und seine Geliebte Verena Hofer ermordet aufgefunden wurden.

Das Foto, welches Sie eben betrachten, ist jenes der ermordet und gefesselt entdeckten Geliebten.«

Jetzt schaltet sich der Anwalt ein und unterbricht die Vernehmung:

»Herr Kommissar, Sie haben gesagt, dass Sie meinen Mandanten als Zeugen vernehmen. Jetzt scheinen Sie ihm einen Mord unterschieben zu wollen und befragen ihn wie einen Beschuldigten.«

Der Kommissar kontert:

»Es ist und bleibt heute eine Vernehmung als Zeugen und wird nicht aufgezeichnet. Vernehmungen als Beschuldigter oder Beschuldigte finden bei uns im BKA statt und werden aufgezeichnet. ... Diese beiden erwähnten Zeugenaussagen sind nicht die einzigen Indizien. Herr Schuster, Sie wurden als Käufer jener Leichtbeton-Bausteine am 21.November letzten Jahres in einem Baustoff-Großhandel nahe St. Pölten erkannt. Mit diesen Bausteinen wurden die Wände errichtet, mit der die beiden Mordopfer am 30.November letzten Jahres eingemauert wurden.«

Bei diesen Worten bricht die Ehefrau Schusters in Tränen aus. Der NR-Abgeordnete ist kreidebleich, während der Anwalt mit hochrotem Kopf das Gespräch abbricht:

»Herr Kommissar, sind Sie denn total verrückt geworden? Werfen Sie meinem Mandanten vor, etwas mit den beiden Morden zu tun zu haben? Dies ist eine unglaubliche Unverschämtheit. So etwas habe ich noch nie erlebt. ... Sie können davon ausgehen, dass dies Konsequenzen für Sie haben wird. Ich verlange von Ihnen die Protokolle der Zeugenaussagen mit deren Unterschriften. Bisher höre ich nur verbale Vorwürfe.«

Die Kommissarin überlegt kurz, ob sie beruhigend eingreifen soll, überlässt allerdings dann weiterhin ihrem Kollegen das Wort:

»Herr Schuster, bis jetzt werfe ich Ihnen noch nichts konkret vor. Sie können die Zeugenaussagen beim Haus in Loosdorf entkräften, wenn Sie uns ein klares Alibi für den 30.November liefern könnten. ... Uns ist bewusst, dass das Beibringen eines Alibis nach über sechs Monaten nicht immer einfach ist.

Diesbezüglich wende ich mich auch an Sie, Frau Schuster. Als Ehefrau dürfen Sie schweigen, wenn Sie Ihren Mann belasten könnten. Sie dürfen allerdings kein falsches Alibi geben, da dies strafrechtliche Konsequenzen für Sie haben könnte. Ihr Anwalt kann Sie dazu beraten.«

Wilfried Schuster, der in seinem Kalender im Mobiltelefon nachgesehen hat, behauptet:

»Am 30.November letzten Jahres war ich nahezu ganztägig im Parlamentsgebäude. An jenem Abend gab es keine Parteiveranstaltung. Demnach war ich mit hoher Wahrscheinlichkeit zuhause.«

Der Kommissar sieht fragend die Ehefrau des NR-Abgeordneten an, die offensichtlich durch die Warnung vor einer Alibi-Lüge etwas eingeschüchtert ist. Stockend antwortet sie:

»Ihre Vernehmung meines Mannes, Herr Kommissar, hat mich so sehr verwirrt, dass ich nicht klar denken kann. ... Ich werde später versuchen, mich an den 30.November letzten Jahres zu erinnern.«

Danach verlassen die Kommissare das Haus, während der NR-Abgeordnete heftig mit seinem Anwalt und seiner Frau weiterdiskutiert. Im Auto sitzend fragt die Kommissarin ihren Kollegen:

»Karl, ich dachte, dass Du Fingerabdrücke von Wilfried Schuster nehmen wolltest, um damit herauszufinden, ob dieser an den Morden beteiligt sein könnte.«

Moser schmunzelt verschmitzt:

»Liebe Renate, dies habe ich getan, wie ich heute angekündigt habe. Hast Du dies nicht bemerkt?«

Die Kommissarin überlegt, kann aber dem Kommissar nicht folgen. Dieser erläutert sein nicht sofort zu erkennendes, aber getätigtes Vorgehen:

»Ich habe heute vormittags das Foto des Hauses von unserer Spurensicherung etwas bearbeiten lassen, sodass Fingerabdrücke noch besser erkennbar werden. Dieses Foto habe ich dem Nationalrats-Abgeordneten bewusst in die Hand gedrückt und danach vorsichtig in meine Innentasche gesteckt. Jetzt werde ich dieses Foto vorsichtig in eine Hülle stecken und morgen früh der Spusi zum Vergleich mit den Fingerabdrücken auf den Klebebändern übergeben. Danach wissen wir, ob Wilfried Schuster am Mord maßgeblich beteiligt war.«

Die Kommissarin schmunzelt erleichtert:

»Karl, Du bist ein schlauer Fuchs, der mit allen Wässerchen gewaschen ist.«

Moser gibt das Kompliment zurück:

»Liebe Renate, Du warst schlauer als ich, denn Du hast mir den Hinweis mit den möglichen Fingerabdrücken auf den Klebebändern gegeben. Ich bin sicher, dass Du schon sehr bald mich mit Deinen kriminalistischen Fähigkeiten übertreffen wirst. Aber noch wissen wir nicht, ob Wilfried Schuster tatsächlich der oder einer der Mörder seines Parteikollegen war.«

Inzwischen ist bereits 21:30 Uhr. Moser bittet seine Kollegin, ihn auf ihrem Heimweg beim Karlsplatz aussteigen zu lassen. Für ein richtiges Abendessen sei es zu spät und er schon zu müde. Er will auf dem Nachhauseweg, der vom Karlsplatz etwa eine Viertelstunde benötigen wird, frische Luft tanken, zu klaren Gedanken kommen und unterwegs seine Lieblingswürste verspeisen.

Der Würstelstand-Betreiber erkennt ihn und fragt:

»Herr Oberst, was darf es heute sein: ein Paar Puszta Krainer oder ein Paar Debreziner?«

»Heute beides, ich bin nach dem anstrengenden Tag außerordentlich hungrig und müde.«

Untrügliche Beweise

Heute Morgen ist der Kommissar voller Tatendrang. Nach dem gestrigen anstrengenden Tag ist er für seine Verhältnisse früh zu Bett gegangen und deshalb heute gut ausgeruht. Um frühzeitig im BKA zu sein, verzichtet er auf sein Frühstück im Café Landtmann und holt sich zwei Croissants bei seinem Bäcker in der Nähe seiner Wohnung. Mit flotten Schritten marschiert er an der Ringstraße entlang und erfreut sich für kurze Zeit an den Blumen im Rathauspark. Dort nimmt er auf einer Parkbank Platz, um ein Croissant zu verspeisen.

Im BKA eilt er sofort zur Abteilung der Spurensicherung. Dort erwartet ihn bereits der Spusi-Leiter:

»Guten Morgen, Karl. Ich bin schon sehr neugierig, ob sich Deine Vermutungen erfüllen. Hast Du die Fingerabdrücke des Verdächtigten bekommen können?«

Mit sichtbarem Stolz holt Moser die Kunststoffhülle mit dem Foto des baufälligen Hauses in Loosdorf aus seinem Sakko und übergibt es dem Spusi-Leiter. Der Kommissar bemerkt, dass dieser anscheinend schon alle Vorbereitungen getroffen hat. Auf einem Arbeitstisch befinden sich zwei verwendete längere Klebestreifen, wovon eines sehr blutverschmiert ist, und jene Klebeband-Rolle, die in dem Bauschutt-Container beim Haus in Loosdorf gefunden wurde.

Auf die Frage des Kommissars, wann er mit Ergebnissen rechnen könne, antwortet der Spusi-Leiter:

»Karl, mir ist bewusst, wie brisant diese Prüfung ist. Darum will ich besonders sorgfältig vorgehen und die Prüfung zweifach vornehmen. In spätestens zwei Stunden bekommst Du meinen Bericht.«

Dem Kommissar ist ein rasches Ergebnis wichtig und meint deshalb:

»Sobald Du ein gesichertes Ergebnis hast, komm bitte zu mir und teile mir dieses mit. Den schriftlichen Bericht kannst Du später nachreichen.«

Während Moser sich einen starken Kaffee aus dem Vollautomaten holt und sein zweites Croissant speist, überlegt er seine Schritte, sollte das Ergebnis der Spurensicherung zeigen, dass der NR-Abgeordnete Schuster am Mord beteiligt gewesen wäre.

Inzwischen ist auch die Kommissarin im BKA eingetroffen. Moser realisiert, dass sich seine Kollegin heute besonders viel Mühe gegeben hat, um sportlich-elegant zu erscheinen.

»Guten Morgen, Karl. Bin ich chic genug für den Oberstaatsanwalt?«: fragt sie schmunzelnd ihren Kollegen.

»Natürlich, wie immer perfekt. Der Oberstaatsanwalt wird sich an Dir kaum sattsehen können.«

Nachdem Moser über sein Treffen mit dem Spusi-Leiter berichtet hat, fragt die Kommissarin:

»Karl, ich bin so wie Du sehr hoffnungsvoll. Ich möchte Dich nicht verunsichern. Aber was machen wir, wenn die Fingerabdrücke auf den Klebebändern nicht identisch mit jenen auf dem Foto sind?«

Dazu scheint sich Moser ebenfalls bereits Gedanken gemacht zu haben:

»Dann würde es für uns weitere schwierige Recherchen geben. Trotzdem würden wir unseren Termin beim Oberstaatsanwalt nutzen. Vielleicht würde er dennoch einer Hausdurchsuchung beim Ehepaar Wolff und Kraus zustimmen.«

Bis zur Nachricht des Spusi-Leiters wollen die Kommissare die Zeit nutzen, um sich auf das Treffen der Sonder-Mordkommission um 16:30 Uhr vorzubereiten. Sie lesen nochmals die verschiedenen Berichte der Mitglieder, die in einem speziellen Ordner online hinterlegt sind.

Kurz nach halb zehn Uhr ist es so weit und der Spusi-Leiter erscheint. Moser erkennt sofort an dem freudigen Gesichtsausdruck, dass die Spurensicherung fündig geworden ist:

»Frau Hauptmann, Karl, Ihr habt den richtigen Riecher gehabt. Wir haben die Fingerabdrücke zweifach geprüft, um mögliche Fehler auszuschließen. Mit nahezu 99-prozentiger Sicherheit handelt es sich um die identischen Fingerabdrücke, die wir auf dem blutigen Klebeband, mit dem der Mund von Alois Schwarz verbunden war, und auf dem Foto, das wir gestern etwas vorbehandelt haben, gefunden haben.

Auf dem anderen Klebeband, mit dem der Mund der ermordeten Frau verbunden war, haben wir keine Fingerabdrücke von Wilfried Schuster erkennen können. Auf der Klebeband-Rolle haben wir ebenfalls Fingerabdrücke von Herrn Schuster identifiziert. Auf dieser Rolle befinden sich die Fingerabdrücke einer weiteren Person. Dieselben Abdrücke konnten wir auf dem Klebeband um den Mund der Ermordeten erkennen.

Damit kann ich zusammenfassend festhalten: an den beiden Mordfällen in Loosdorf waren zumindest zwei Personen beteiligt. Vermutlich waren es nur zwei. Eine Person davon war mit 99-prozentiger Sicherheit Wilfried Schuster. ... Meinen schriftlichen Bericht bekommt Ihr in etwa einer halben Stunde.«

Moser klatscht freudig in die Hände, umarmt den Spusi-Leiter und verspricht diesem nochmals seine Einladung zu einem Abendessen. Auf die Frage, wer die zweite beteiligte Person sein könnte, antwortet der Kommissar:

»Ich habe eine sehr starke Vermutung: Frau Susanne Wolff. Sie wurde am 30.November in Loosdorf gesichtet. Vermutlich hat sie am Tag danach versucht, den Mercedes in Bratislava zu verkaufen, um Spuren zu verwischen.«

Beim Weggehen meint der Spusi-Leiter:

»Zwei Nationalrats-Abgeordnete als Mörder. Was für ein Skandal für Österreich! Ich sehe schon unseren Bundespräsidenten bei einer Ansprache an die Bevölkerung, um uns zu beruhigen.«

Moser bittet den Spusi-Leiter, diese aktuellen Erkenntnisse wegen seiner politischen Brisanz bis zur Sitzung der Mordkommission am Nachmittag höchstvertraulich zu behandeln. Dieser nickt zustimmend.

Die Kommissare überlegen, wie sie jetzt rasch und sicher zu Geständnissen kommen könnten. Moser vermutet, dass Susanne Wolff eher geneigt sein könnte, ein Geständnis abzulegen. Da er zu überlegen scheint, fragt ihn die Kommissarin, worüber er sich Gedanken mache.

»Renate, wir haben einen Mörder, vielleicht auch zwei. Aber ich frage mich schon eine Weile nach den Mordmotiven. Ich glaube nicht, dass nur Geldgier die beiden Morde ausgelöst hat. Ich bin neugierig, welche Motive Alois Schuster anführen wird.

Wir werden uns mit dem Oberstaatsanwalt und dem Generalmajor beratschlagen, wie wir jetzt am besten vorgehen sollten. Diese beiden Morde haben nicht nur eine kriminalistische, sondern auch eine politische Komponente, die wir gemeinsam beachten müssen.«

Nach einer Weile ergänzt der Kommissar:

»Es ist seltsam. Gestern und heute habe ich gehofft, dass wir mit unseren Aktivitäten rasch zu Ergebnissen kommen werden.

Jetzt, da wir diese Erkenntnisse haben, bedrücken mich diese. ... Ehrlich, es wäre mir jetzt lieber, wenn die Spurensicherung herausgefunden hätte, dass keine Nationalrats-Abgeordneten an den Mordfällen beteiligt gewesen wären. Kannst Du mich verstehen, Renate?«

Nach einigen Sekunden antwortet die Kommissarin:

»Ja, Karl, ich kann Dich verstehen. Ich weiß, wie sehr Du Österreich schätzt und wie sehr Du Wien liebst, wie sehr Du Dich mit Österreich und Wien identifizierst. ... Aber denke daran, es handelt sich nur um zwei Personen bei etwa neun Millionen Einwohnern. Schwarze Schafe finden sich überall. Ich bin auch gespannt, die Motive der beiden zu erfahren, wobei noch nicht klar ist, ob es sich bei der zweiten Person tatsächlich um Susanne Wolff handelt.«

Inzwischen zeigt die Uhr bereits kurz nach zehn Uhr. Der Kommissar möchte seinen Vorgesetzten über die neuen brisanten Erkenntnisse sofort informieren. Der Generalmajor ist ebenfalls entsetzt und erschüttert und erscheint sofort im Arbeitszimmer der Kommissare. Er schlägt vor, nicht bis zum vereinbarten Termin um 11:30 Uhr, sondern sofort zu handeln.

Mosers Vorgesetzter schickt dem Oberstaatsanwalt eine kurze SMS: „Bitte um super-dringenden Rückruf“. Dieser weiß, dass der Generalmajor solche Nachrichten nur schicken würde, sollte es sich tatsächlich um eine höchstbrisante Angelegenheit handeln.

Der Oberstaatsanwalt ahnt bereits, dass die beiden Mordfälle betroffen sein könnten. Keine fünf Minuten später ruft dieser zurück. Der Generalmajor bedankt sich für den raschen Rückruf. Dann berichtet er:

»Ich bin gerade im Arbeitszimmer von Oberst Moser und Hauptmann Pichler. Eben erfahre ich die schreckliche Nachricht, dass mit Sicherheit der Nationalrats-Abgeordnete

Wilfried Schuster einer der beiden Mörder von Alois Schwarz und Verena Hofer ist. Die Wahrscheinlichkeit ist groß, dass die Nationalrats-Abgeordnete Susanne Wolff ebenfalls maßgeblich an den Morden beteiligt war. Wegen der politischen Brisanz meine ich, dass wir uns sofort zusammensetzen sollten. Bis dahin gibt es eine interne Nachrichtensperre.«

Der Oberstaatsanwalt scheint einige Sekunden nachzudenken. Dann äußert er sich:

»Herr Generalmajor, Sie haben vollkommen recht. Ich bin gerade in einer Verhandlung und habe um eine kurze Unterbrechung gebeten. Ich werde den Richter um eine sofortige Vertagung aus dringenden Gründen ersuchen. Danach können wir uns um 10:45 Uhr bei mir treffen.

Diese Nachricht erschüttert mich und ist noch viel schlimmer, als ich bereits befürchtet habe. Es ist gut, dass Sie eine Nachrichten-Sperre verhängt haben. Wir besprechen das weitere Vorgehen bei mir.«

Die Vorzimmer-Dame des Oberstaatsanwalts ist bereits instruiert worden, den Generalmajor und die Kommissare sofort in das Arbeitszimmer ihres Vorgesetzten zu führen. Der Oberstaatsanwalt eröffnet das Gespräch und bittet zunächst um eine kurze Darstellung der aktuellen Fakten und Erkenntnisse, welche abwechselnd von den beiden Kommissaren dargestellt werden. Danach fragt er:

»Herr Oberst, Frau Hauptmann, wie sicher sind Ihre Erkenntnisse?«

Trotz der Brisanz der Ergebnisse antwortet der Kommissar ruhig und besonnen:

»Wilfried Schuster ist mit 99-prozentiger Sicherheit einer der beiden Mörder. Dies haben die zweifachen Überprüfungen des Leiters der Spurensicherung gezeigt. Bei Susanne Wolff sind wir uns zu etwa achtzig Prozent sicher. Für eine hundertprozentige Sicherheit benötigen wir ihre Fingerabdrücke.

Wissen Sie vielleicht, ob im Rahmen der Digitalisierung die Fingerabdrücke von Nationalrats-Abgeordneten gespeichert werden? Ich vermute eher nein.«

Nach einer Diskussion über die möglichen nächsten Schritte wird entschieden, dass der Oberstaatsanwalt jetzt sofort den Generalstaatsanwalt anrufen und um ein möglichst zeitnahes gemeinsames Treffen ersuchen soll. Kurze Zeit später kann der Oberstaatsanwalt tatsächlich den Generalstaatsanwalt telefonisch erreichen. Die Diskussion über die nächsten Schritte führen diese beiden, während der Generalmajor und die beiden Kommissare diesem Gespräch zuhören können.

Es werden verschiedene Handlungs-Optionen erwogen und deren Vor- und Nachteile bewertet. Danach wird entschieden, dass ein gemeinsames Treffen mit dem Generalsekretär der Volkspartei und mit dem Bundesgeschäftsführer der Sozialistischen Partei für heute nachmittags vereinbart werden solle und dass diese ebenfalls zu absoluter Geheimhaltung im nationalen Interesse verpflichtet werden sollten.

Als Termin wird heute 14:00 Uhr beim Generalstaatsanwalt vorgeschlagen. Allenfalls sei auch ein Treffen um 15:00 Uhr möglich. Falls die benannten Vertreter der beiden involvierten Parteien unabkömmlich sein sollten, sollen die Partei-Vorsitzenden eingeladen werden. Die Organisation dieses geplanten Treffens wird vom Generalstaatsanwalt koordiniert. Die Informationssperre solle weiterhin strikt gelten. Vorsorglich soll das Treffen der Sonder-Mordkommission auf morgen verschoben werden.

Kurz vor Mittag befinden sich die beiden Kommissare wieder an ihrem Arbeitsplatz. Dort sollen sie warten, bis der Termin des Treffens beim Generalstaatsanwalt bekanntgegeben wird.

Beim Kommissar stellen sich erste deutliche Hungergefühle ein. Da er das Gebäude nicht verlassen will, überlegt er seine Optionen. Er würde eine Pizza per Lieferservice bestellen, wenn er diese mit seiner Kollegin teilen könnte. Renate stimmt dem Vorschlag zu und würde gerne ein Viertel übernehmen, sofern es sich um eine vegetarische Pizza handeln könnte. Seiner Kollegin zuliebe akzeptiert Moser ihren Wunsch.

Gegen 13:15 Uhr wird vom Büro des Generalstaatsanwalts der angestrebte Termin um vierzehn Uhr bestätigt. Obwohl sich dessen Behörde nur in einer Entfernung eines zehnminütigen Fußmarsches befindet, entschließen sich die Kommissare, mit dem Auto dorthin zu fahren, da sie nicht wissen, wie dringend sie nach diesem Treffen andere Termine wahrnehmen müssten.

An der Mimik aller sieben Teilnehmer dieses vertraulichen Meetings lässt sich eine deutliche Erschütterung und eine große Betroffenheit erkennen. Der Generalstaatsanwalt eröffnet das Treffen und dankt allen Teilnehmern für das kurzfristig möglich gemachte Erscheinen. Er weist auf die erforderliche Vertraulichkeit hin und fordert die beiden Vertreter der politischen Parteien auf, in diesem Fall von höchstem nationalem Interesse jegliche parteipolitische Interessen hintanzustellen.

Der Generalstaatsanwalt hat dazu ein Schreiben vorbereitet, das jeder Teilnehmer unterschreiben muss und mit dem sich jeder zu hundertprozentiger Geheimhaltung verpflichtet. Als Beispiel führt der Generalstaatsanwalt sich selbst an. Eigentlich müsste er seinen Vorgesetzten, den Justizminister, umgehend informieren. Auch er werde dies erst zu einem späteren Zeitpunkt vornehmen, wenn gemeinsam die Aufhebung dieser Vertraulichkeit und der Nachrichtensperre beschlossen wird.

Zunächst wird der Kommissar gebeten, einen kurzen Überblick über die Erkenntnisse und die bereits bekannten Fakten zu geben. Als dringendes Erfordernis nennt Moser, dass die

Fingerabdrücke von Susanne Wolff benötigt würden, um zweifelsfrei ihre Beteiligung an den Morden zu bestätigen. Der Kommissar stellt nochmals die Frage an alle, ob vielleicht die Fingerabdrücke der Politikerin irgendwo hinterlegt seien. Da niemand diese Frage beantworten kann, meldet sich der Bundesgeschäftsführer mit einem Vorschlag:

»Ich verstehe, dass eine große Wahrscheinlichkeit besteht, dass meine Parteikollegin an den Morden beteiligt sein könnte und dass bis zur klaren Erkenntnis die Unschuldsvermutung zu gelten habe. Auch ich möchte völlige Klarheit haben. Als Beweis meiner Kooperation mit der Kriminalpolizei und mit der Justiz mache ich folgenden Vorschlag:

Ich habe Frau Wolff heute im Nationalratsgebäude gesehen. Ich werde sie für heute um 16:30 Uhr in unsere Parteizentrale bitten, um ein dringendes Gespräch mit ihr zu führen. Das Thema muss ich noch wählen. Ich werde ihr ein Glas Wasser offerieren. Dieses von ihr benutzte Glas sollte jemand von der Spurensicherung um 17:30 Uhr abholen. Ich nehme an, dass dann noch heute festgestellt werden kann, ob die anderen Fingerabdrücke an den Klebebändern von ihr stammen.«

Alle stimmen diesem Vorschlag zu, nur der Generalsekretär der Volkspartei blickt skeptisch. Darum meint der Bundesgeschäftsführer zu diesem:

»Herr Kollege, wahrscheinlich wäre ich an Ihrer Stelle auch skeptisch, weil ich nicht sicher wäre, ob Sie korrekt handeln würden. ... Der Generalstaatsanwalt hat betont, dass wir hier gemeinsam im nationalen Interesse handeln sollten. Alle Parteien in diesem Lande und insbesondere unsere beiden großen Parteien werden unter diesem Vorfall leiden müssen. Selbst wenn Susanne Wolff nicht am Mord beteiligt sein sollte, so wird ihr sicherlich die indirekte Annahme von Bestechungsgeldern nachgewiesen werden können.

Es ist unsere Aufgabe, uns aus diesem Schlamassel herauszuholen und wieder Vertrauen in der Bevölkerung zu schaffen. ... Wir werden das offensichtliche gravierende Fehlverhalten der drei Nationalrats-Abgeordneten Schwarz, Wolff und Schuster als schreckliche Einzelfälle darstellen und wahrscheinlich deutlich strengere Gesetze zur Vermeidung solcher Vorfälle beschließen müssen.

Herr Kollege, hiermit drücke ich meine volle Bereitschaft zur engen Zusammenarbeit zur vollständigen Aufklärung der Korruptionsfälle und der beiden Morde aus und danach zur Wiederherstellung des öffentlichen Vertrauens in unsere politischen Parteien.«

Der Bundesgeschäftsführer reicht seinem Kollegen der Volkspartei die Hand, welche dieser erwidert. Die übrigen Teilnehmer begrüßen die Aussagen und das Bekenntnis der beiden Parteienvertreter zur Zusammenarbeit mit einem langen Klopfen auf dem Arbeitstisch.

Danach wird die weitere Vorgehensweise beschlossen. Das Ergebnis der Spurensicherung soll noch heute Abend an alle Teilnehmer mit einer SMS an die persönliche Mobilnummer mitgeteilt werden. Morgen früh um 6:30 Uhr sollen gleichzeitig Hausdurchsuchungen bei Herrn Wilfried Schuster und Frau Susanne Wolff stattfinden. Herr Schuster soll gleichzeitig wegen der Anschuldigung des Mordes an Alois Schwarz und Verena Hofer und wegen Bestechlichkeit in Haft genommen werden.

Das gleiche würde für Susanne Wolff gelten, wenn heute abends ihre Beteiligung an den Morden aufgrund ihrer Fingerabdrücke festgestellt werden könnte. Falls nicht, würde ihre Festnahme wegen mutmaßlicher Bestechlichkeit vorgenommen werden. Die Informationssperre habe bis zur Aufhebung durch den Generalstaatsanwalt zu gelten. Jegliche Informationen an wen auch immer sind strikte verboten.

Die Vernehmungen der Beschuldigten sollen morgen im BKA im Zeitraum zwischen 8:00 bis 11:30 Uhr stattfinden. Bis dahin sollte hoffentlich zumindest ein Geständnis vorliegen. Danach sollen alle wichtigen Funktionsträger, angefangen vom Bundespräsidenten, Bundeskanzler, Justizminister, Innenminister bis zu den Vorsitzenden aller im Nationalrat vertretenen Parteien persönlich informiert werden.

Die Medien-Information, zu der morgen kurzfristig eingeladen werden soll, wird für morgen Donnerstag 14:00 Uhr festgelegt. Ab diesem Zeitpunkt soll die Nachrichtensperre aufgehoben werden. Möglicherweise könnte dann eine Sondersitzung des Nationalrats vorgesehen werden.

Der Generalstaatsanwalt wird für die weitere Aufklärung der offensichtlichen Schmiergeld-Zahlungen eine Sonderkommission unter seiner Leitung einsetzen, bestehend aus Staatsanwälten und Kriminalbeamten des BKA und der Wirtschaftspolizei. Damit soll unterstrichen werden, dass die Republik alle Anstrengungen unternehme, um diese offensichtlich noch zu weit verbreitete Korruption entschieden zu bekämpfen. Bestechungen und Bestechlichkeit dürfen keine Kavaliersdelikte sein.

Nach etwa eineinhalb Stunden wird dieses Treffen beendet. Der Generalstaatsanwalt bedankt sich bei allen Teilnehmern für das kooperative Vorgehen und drückt seine Hoffnung aus, dass dieser Geist der vertrauensvollen Zusammenarbeit in den kommenden Tagen und Wochen beibehalten werde.

Zuletzt dankt der Generalstaatsanwalt explizit den beiden Kommissaren für ihre exzellente Arbeit und für die rasche Aufklärung der Mordfälle und für die gefundenen Beweise schwerer Korruptionsverbrechen. Die übrigen Teilnehmer zeigen ihre Zustimmung mit einem langanhaltenden Applaus.

Wieder zurück im BKA machen sich die Kommissare sofort an die Arbeit. Der Kommissar informiert den Spusi-Leiter über die

Ergebnisse. Dieser wird gebeten, um 17:30 Uhr das von Susanne Wolff benutzte Glas aus der Parteizentrale der Sozialisten abzuholen und hinsichtlich ihrer Fingerabdrücke zweifach zu untersuchen. Das voraussichtlich gegen 19:00 Uhr vorliegende Ergebnis soll durch den Spusi-Leiter persönlich an die beiden Kommissare gemeldet werden. Die Kommissarin wird für die rasche Information an alle sieben Teilnehmer der geheimen Besprechung beim Generalstaatsanwalt sorgen.

In dieser Besprechung ist auch entschieden worden, dass bei der Hausdurchsuchung und bei der Verhaftung von Wilfried Schuster Kommissar Moser die Leitung und Koordination übernehmen solle. Bei Susanne Wolff sollten der Generalmajor und die Kommissarin diese Aufgaben vornehmen.

Die gemeinsam vereinbarten Aktivitäten laufen wie geplant ab. Der Bundesgeschäftsführer lädt Susanne Wolff in die Parteizentrale ein, um mit ihr über ein Thema des künftigen sozialistischen Programms zu sprechen. Die NR-Abgeordnete nimmt das Angebot für ein Glas Wasser an. Der Spusi-Leiter selbst holt das benutzte Glas ab und vergleicht die Fingerabdrücke mit jenen auf dem Klebeband, mit dem der Mund der ermordeten Verena Hofer verbunden war, und mit jenen auf der Klebeband-Rolle.

Die Kommissare warten gespannt auf die Rückmeldung des Spusi-Leiters. Kurz vor 19:00 Uhr erscheint dieser und fragt:

»Was meint Ihr, was die Überprüfung der Fingerabdrücke ergeben hat?«

Spontan antwortet die Kommissarin:

»Ich bin überzeugt, dass Susanne Wolff an den Morden mitbeteiligt war. Karl, was meinst Du?«

Moser denkt einen Moment nach und erwidert:

»Eigentlich bin ich ein wenig skeptisch, ob die Nationalrats-Abgeordnete tatsächlich eine Mörderin sei. Betrug ja, aber Morde traue ich ihr nicht zu. Aber wenn Du uns so fragst, dann ist meine Antwort die gleiche wie jene meiner Kollegin.«

Der Spusi-Leiter hebt den Daumen und signalisiert damit, dass die Kommissare die richtige Einschätzung abgegeben haben:

»Ich habe die Fingerabdrücke dreifach überprüft, um ganz sicher zu gehen. Mit nahezu hundertprozentiger Sicherheit sind die Fingerabdrücke auf dem Klebeband, auf der Rolle und auf dem Wasserglas identisch. ... Damit ist der Beweis gegeben, dass Susanne Wolff den Mund der Ermordeten verbunden hat. Eure Aufgabe ist herauszufinden, wie stark sie an den Mordfällen beteiligt war.«

Der Kommissar bedankt sich beim Leiter der Spurensicherung für seine rasche Untersuchung, bittet um zeitnahe Zusendung des schriftlichen Berichts und bestätigt seine Einladung zu einem Abendessen. Die Kommissarin informiert wie vereinbart den Bundesgeschäftsführer, den Generalsekretär, den Generalstaatsanwalt, den Generalmajor und den Oberstaatsanwalt.

Der Letztgenannte meldet sich umgehend und sagt die Übermittlung der richterlichen Beschlüsse für die zwei Hausdurchsuchungen und für die Haftbefehle innerhalb der nächsten halben Stunde zu. Auch Susanne Wollf wird wegen des dringenden Verdachts des zweifachen Mordes beschuldigt und soll deshalb verhaftet werden.

Während die Kommissare auf die Zustellung der richterlichen Beschlüsse warten, überlegen sie gemeinsam ihre Verhörstrategien für die beiden Vernehmungen am Donnerstag morgen. Die Ziele sind klar: die Geständnisse der beiden NR-Abgeordneten sollen erreicht werden. Dazu fragt die Kommissarin ihren Kollegen:

»Karl, wie schätzt Du die Chancen ein, dass beide Beschuldigte bereits morgen ein Geständnis ablegen werden?«

Nach einigen Sekunden des Überlegens antwortet der Kommissar:

»Die Beweise gegen diese beiden Politiker sind erdrückend. Beide sind intelligente Menschen, die rasch einsehen werden, dass sie chancenlos sind, sich gegen die nachweislichen Beschuldigungen zu wehren. Unklar für mich ist, wie deren Anwälte reagieren werden.

Ich bin mir sicher, dass die beiden Nationalrats-Abgeordneten ihre Aussagen und hoffentlich auch Geständnisse nur bei Anwesenheit ihrer Anwälte machen werden. Ich vermute, dass die Anwälte versuchen werden, mildernde Umstände geltend zu machen.

Offen sind für mich drei Punkte: Erstens, was waren die Mordmotive? Nur Geldgier oder gibt es weitere Motive, die wir morgen möglicherweise hören werden. Zweitens, wie sehr war Susanne Wolff tatsächlich an den Ermordungen beteiligt? Drittens, wie stark war sie auch in den Korruptionsfällen involviert? Ich könnte mir vorstellen, dass ihr Ehemann versuchen wird, die Beteiligung seiner Frau abzuschwächen.«

Nachdem ein Kurier die richterlichen Beschlüsse zugestellt hat, macht sich Renate Pichler sofort auf den Heimweg. Ihr Kollege ruft ihr beim Weggehen schmunzelnd zu:

»Renate, vergiss nicht die morgige Medien-Veranstaltung mit all den Medien und Fotografen, mit den oberen Herren und ... mit Deinem Oberstaatsanwalt.«

Die Kommissarin lächelt zurück:

»Karl, so etwas würde ich niemals vergessen. Ich werde mir heute Abend noch meine Kleidung vorbereiten und den Wecker auf halb fünf Uhr stellen. Dir wünsche ich auch viel Erfolg bei Eurem Vorgehen bei Wilfried Schuster.«

Moser kommt in den Sinn, dass auch er seinen Wecker auf fünf Uhr stellen sollte. Darum entscheidet er sich für ein rasches Abendessen mit zwei Paar Würsten an einem Würstelstand auf seinem Heimweg, für den er heute ausnahmsweise sein Auto nutzt, um am Morgen damit direkt zum Haus des beschuldigten und zu verhaftenden NR-Abgeordneten zu fahren.

Verhaftungen

Moser ist schon gegen vier Uhr erwacht. Obwohl es bereits hell geworden ist, zwingt er sich, bis halb fünf Uhr im Bett zu bleiben. Er hat eine unruhige Nacht verbracht, da er mehrfach aufgewacht ist und an die heutigen Vernehmungen denken musste. Er merkt eine erhöhte Anspannung und Nervosität bei sich. Kein Wunder, bisher hat er noch nie die Verhaftung eines prominenten Politikers vornehmen müssen.

Renate Pichler ist es ähnlich ergangen. Auch sie ist vor dem Läuten ihres Weckers erwacht. Im Gegensatz zu ihrem Kollegen ist sie allerdings bereits um vier Uhr aus dem Bett gesprungen. Sie will die gewonnene halbe Stunde nutzen, um noch ihre Haare zu waschen und zu föhnen und sich möglicherweise für eine andere Kleidung zu entscheiden.

Da sein Bäcker um diese frühe Morgenzeit noch geschlossen ist, speist der Kommissar zu seinem Morgenkaffee zuhause noch ein paar Kekse, um seinen Hunger etwas zu stillen. Er hofft, in der Nähe des Hauses des zu verhaftenden Politikers noch einen Bäcker zu finden, um zumindest eine Semmel zu sich nehmen zu können.

Da es auf der Südost-Tangente, der Stadtautobahn durch Wien, manchmal zu erheblichen Staus kommen kann, fährt Moser heute frühzeitig durch die Stadt und kann sein Auto bereits gegen 6:15 Uhr in Sichtnähe des Hauses des zu Verhaftenden parkieren. Im Auto sitzend hat er noch Zeit, eine Semmel zu essen, die er bei einem bereits geöffneten Bäcker erworben hat.

Pünktlich erscheinen drei Kriminalbeamte, die später mit dem Kommissar das Haus durchsuchen werden, und zwei Polizeibeamte, deren Aufgabe es ist, den zu verhaftenden Politiker ins BKA zu bringen. Der Kommissar läutet am

Gartentor und realisiert, dass Frau Schuster bereits wach zu sein scheint. Sie erkennt Moser, öffnet mit der Fernbedienung das Gartentor und tritt im Morgenmantel vorsichtig vor die Haustür.

Frau Schuster wirkt zwar erschrocken, aber nicht völlig überrascht:

»Guten Morgen, Herr Oberst. Was führt Sie so früh am Morgen schon wieder zu uns?«

Der Kommissar bleibt höflich und möchte zunächst mit seinen Kollegen ins Haus gelassen werden:

»Guten Morgen, Frau Schuster. Ich hoffe, dass wir Sie nicht direkt aus dem Bett geholt haben.«

»Dies haben Sie nicht. Ich war gerade dabei, meinen Kindern das Frühstück zu bereiten. Sie müssen um halb acht Uhr zur Schule gehen. Mein Mann schläft noch. Soll ich ihn wecken?«

Im Entree eröffnet der Kommissar der eingeschüchterten Ehefrau die Gründe seines Besuchs:

»Frau Schuster, ich muss Ihnen leider mitteilen, dass ich jetzt mit drei Kriminalbeamten die Durchsuchung Ihres Hauses vornehmen werde. Hier ist der richterliche Durchsuchungsbeschluss. Dies ist aber noch nicht alles. Hier ist der Beschluss zur Verhaftung Ihres Mannes.«

Jetzt erbleicht das Gesicht der Frau. Zitternd fragt sie:

»Herr Kommissar, was wird meinem Mann vorgeworfen? Dies ist entsetzlich.«

Der Kommissar beweist wieder einmal, dass er mit einer gewissen Sensibilität vorgehen kann:

»Frau Schuster, sind Ihre Kinder bereits wach? Wie alt sind Ihre Kinder?«

»Wir haben einen Sohn und eine Tochter, zehn und acht Jahre alt. Warum fragen Sie? Ich wollte meine Kinder gerade wecken, als sie geläutet haben. Sie scheinen noch zu schlafen.«

Der Kommissar bemüht sich, etwas leiser zu sprechen:

»Ich denke, dass es besser ist, wenn Ihre Kinder nicht so plötzlich den Grund für die Verhaftung erfahren und die polizeiliche Mitnahme ihres Vaters mitansehen müssen. Ihr Mann wird beschuldigt, den Mord an Alois Schwarz und dessen Geliebter verübt zu haben.«

Vor Schreck muss sich Frau Schuster auf einen Stuhl setzen. Dann beginnt sie zu weinen. Behutsam fährt Moser mit seinen Ausführungen fort:

»Wecken Sie jetzt Ihren Mann und Ihre Kinder. Wir werden Ihren Mann erst festnehmen, wenn die Kinder das Haus verlassen haben. Nennen Sie Ihren Kindern jetzt zunächst einen harmloseren Grund für unseren Besuch. Wir werden uns mit unseren Aussagen so lange etwas zurückhalten.«

Die arme verunsicherte Frau weckt ihren Ehemann, der völlig zerzaust ebenfalls im Morgenmantel erscheint. Seine Frau hat ihm bereits die Gründe für den Besuch des Kommissars, der Kriminalbeamten und der Polizisten genannt. Während der Kommissar im Wohnzimmer im Erdgeschoss dem Beschuldigten die beiden richterlichen Beschlüsse zeigt, weckt die Ehefrau die beiden Kinder im ersten Stock, informiert sie kurz über den Besuch der Polizei und ersucht sie, sich rasch im Badezimmer fertigzumachen, um danach wie üblich in der Küche ihr Frühstück einzunehmen.

Der Nationalrats-Abgeordnete will auch für keinen Aufruhr im Haus sorgen. Er ersucht den Kommissar, seinen Anwalt verständigen zu dürfen. Der Politiker möchte vor allem wissen, ob er die Hausdurchsuchung und seine Verhaftung ohne Widerspruch akzeptieren müsse. Er kann seinen Anwalt erreichen und liest ihm die richterlichen Beschlüsse vor. Nach der Bestätigung durch seinen Anwalt und dem Hinweis, dass er zur Vernehmung ins BKA gebracht werde, wird vereinbart, dass sich die beiden dort gegen acht Uhr treffen werden.

Der Kommissar vereinbart mit dem Beschuldigten, dass dieser sich noch duschen und ankleiden dürfe und danach ins BKA gebracht werde, sobald die Kinder das Haus verlassen haben. Ein Polizeibeamter bleibt währenddessen ständig an der Seite des Politikers.

Moser nimmt sich das Arbeitszimmer des NR-Abgeordneten vor. Er sammelt einige Dokumente und Schreiben in einer Kunststoff-Box, die später mit weiteren Boxen ins BKA gebracht werden. Besonders interessant findet Moser eine händische Aufstellung, auf der offensichtliche Schmiergeld-Zahlungen an Alois Schwarz zusammengefasst wurden, und eine Rechnung über eine Elektroschock-Pistole aus Anfang November des letzten Jahres.

Hinter einem Gemälde im Arbeitszimmer kann Moser einen kleinen Safe erkennen. Da der Politiker zunächst die Preisgabe des Codes verweigern möchte, droht der Kommissar, diesen mit Gewalt zu öffnen und empfiehlt dem Beschuldigten, seinen Anwalt zu kontaktieren.

In dem geöffneten Safe zeigen sich Bargeld in einem Umfang von etwa zwanzigtausend Euro sowie einige Dokumente. Darunter findet der Kommissar eine Kopie des Schreibens, welches er im Safe des Ermordeten gefunden hat. Darin war Alois Schwarz aufgefordert worden, zweihunderttausend Euro zu zahlen. Damit scheint geklärt zu sein, dass dieses Schreiben von Wilfried Schuster verfasst wurde.

In der Zwischenzeit haben die Kriminalbeamten Wohnzimmer und Keller durchsucht, aber nichts Auffälliges gefunden. Während die ebenfalls eingeschüchterten Kinder ihr Frühstück einnehmen, durchsucht der Kommissar das kleine Arbeitszimmer der Ehefrau im ersten Stock und nimmt einige Unterlagen mit. Im Schlafzimmer und in den Kinderzimmern werden keine weiteren Hinweise gefunden.

Moser ersucht den Beschuldigten, sein Mobiltelefon zu übergeben. Dessen Laptop hat der Kommissar bereits zu sich genommen. Der Politiker nennt freiwillig die Zugang-Codes, da er weiß, dass diese ohnedies entschlüsselt werden könnten. Die Frage, ob sich noch weitere elektronische Geräte im Haus befinden, wird von Wilfried Schuster verneint. Die Ehefrau darf ihren Laptop und ihr Mobiltelefon bis auf weiteres behalten.

Nachdem die Kinder sich von ihrem Vater verabschieden durften und das Haus verlassen haben, wird der festgenommene Politiker von den beiden Polizeibeamten im Polizei-Auto zum BKA gebracht. Dabei werden ihm erst im Auto die Handschellen angelegt, um keine übertriebene Aufmerksamkeit in der Nachbarschaft zu erwecken.

Während die Kriminalbeamten ihre Hausdurchsuchung noch etwa eine Stunde lang fortsetzen, beendet der Kommissar kurz nach halb acht Uhr seine Arbeit im Haus. Er stellt Frau Schuster zunächst noch die Frage, ob sie sich in der Zwischenzeit habe erinnern können, wo sich ihr Mann am 30.November letzten Jahres befunden habe. Unter Tränen antwortet sie:

»Herr Kommissar, ich habe nachgedacht und versucht, mich zu erinnern. Ich weiß es leider nicht. Mein Mann nimmt an vielen Parteiveranstaltungen und Sitzungen teil. Zwei- bis dreimal je Woche ist er abends nicht zuhause. Manchmal kommt er erst gegen Mitternacht heim. Ich habe mir nie Notizen gemacht, wann er spät nachhause gekommen ist.«

Auf die Frage der besorgten und immer noch weinenden Ehefrau, was jetzt mit ihrem Mann geschehe, antwortet der Kommissar:

»Wir werden Ihren Mann heute vormittags vernehmen. Danach wird er dem Untersuchungsrichter vorgeführt werden. Sehr wahrscheinlich wird er dann ins Untersuchungsgefängnis gebracht werden. ... Diesbezüglich wird Sie sein Anwalt auf dem Laufenden halten. Dorthin können Sie ihm einige Kleidungsstücke bringen.«

Danach beweist der Kommissar abermals seine menschliche und fürsorgliche Seite:

»Frau Schuster, ich bin mir bewusst, dass Sie vor schweren Zeiten stehen. Ihr Leben und das Ihrer Kinder gehen weiter. Ihre Kinder werden Sie jetzt stärker als zuvor brauchen. ... Ich hoffe, dass Ihre Eltern und vielleicht auch Ihre Schwiegereltern Sie dabei unterstützen werden.

Heute Nachmittag wird eine Presseveranstaltung stattfinden. Danach wird sicherlich in den Abendzeitungen und auch in den Fernsehnachrichten über die Verhaftung Ihres Mannes berichtet werden. Nach unserer Pressekonferenz werden sich sicherlich einige Journalisten und Fotografen vor Ihrem Haus versammeln und Sie um Interviews und Fotos bitten.

Meine Empfehlung an Sie ist, keinen fremden Menschen die Tür zu öffnen, auch wenn sie vorgeben, helfen zu wollen. Am besten wäre es, wenn Sie mit den Kindern in den nächsten Tagen bei Ihren Eltern oder anderen Verwandten unterkommen könnten. ... Sie sollten Ihre Kinder morgen nicht in die Schule schicken. Dafür wird die Schulleitung sicherlich Verständnis zeigen. Bis Mitte der kommenden Woche wird der allergrößte Medienrummel vorüber sein.«

Die Ehefrau hat bei den Aussagen des Kommissars immer stärker zu weinen begonnen, hat aber diese offenbar verstanden und diese nickend bestätigt. Sie ist sich sicher, bei ihrem Bruder und seiner Familie, die in einem Bauernhaus außerhalb Wiens wohnen, für einige Tage unterkommen zu können.

Sie bedankt sich beim Kommissar für seine Ratschläge und hinterlässt ihm ihre Mobilnummer. Beim Weggehen rät ihr der Kommissar, auch ihre Schwiegereltern zeitnah zu informieren, da sich Journalisten vermutlich auch bei diesen melden werden. Danach verlässt der Kommissar mit einigen Unterlagen, mit dem Laptop und Mobiltelefon des Beschuldigten das Haus und trifft gegen 8:15 Uhr im BKA ein.

Der Kommissar untersucht einige der Unterlagen, die er in einem Nebenraum auf einem großen Arbeitstisch ausgebreitet hat. Dort wartet er auf seine Kollegin, die gemeinsam mit dem Generalmajor die Hausdurchsuchung und Verhaftung von Susanne Wolff vorgenommen hat. Dabei hat sich die Politikerin deutlich widerspenstiger gezeigt als ihr Nationalrats-Kollege.

Auch Renate Pichler war frühzeitig vor dem Einfamilienhaus der Familie Kraus-Wolff angekommen. Die NR-Abgeordnete wollte zunächst den Generalmajor, die Kommissarin, die Kriminal- und Polizeibeamten nicht ohne ihren Anwalt hereinlassen. Erst auf die massive Drohung des Generalmajors, das Haus stürmen zu lassen und nach der Empfehlung ihres Anwalts hat die Politikerin nachgegeben.

Widerwillig hat sie die Untersuchung ihres Hauses akzeptiert, nachdem ihr die Kommissarin den richterlichen Beschluss dazu gezeigt hat. Während der Generalmajor versucht hat, die sehr aufgebrachte NR-Abgeordnete zu besänftigen, untersuchte die Kommissarin die beiden Arbeitszimmer der Eheleute. Im Zimmer von Susanne Wolff hat sie einige interessante Dokumente im Zusammenhang mit der Korruptionsaffäre des Vorjahres gefunden.

Auf dem Laptop der Beschuldigten zeigten sich einige vertrauliche E-Mails bei einem anderen E-Mail-Provider und mit einer anderen E-Mail-Adresse. Darunter finden sich E-Mails mit Alois Schwarz und Wilfried Schuster hinsichtlich einiger Geldtransfers im Vorjahr und in diesem Jahr.

Im Arbeitszimmer des Ehemanns Sebastian Kraus hat die Kommissarin einige Aufstellungen über Geldtransfers gefunden, die wahrscheinlich im Zusammenhang mit Schmiergeld-Zahlungen von Alois Schwarz als auch von Wilfried Schuster zu sehen sind. Dazu kamen einige Unterlagen zu Kryptowährung-Wallets des Ehemanns im Inland und Ausland.

Für die Kommissarin ist damit klar, dass sowohl Susanne Wolff als auch ihr Ehemann Sebastian Kraus in dem Korruptionsskandal massiv verwickelt sind. Die Schmiergeld-Zahlungen scheinen in diesem Jahr über Wilfried Schuster weiterzulaufen. Alle diese Unterlagen sollen später an den Generalstaatsanwalt und an die Staatsanwaltschaft für Wirtschaftsverbrechen und Korruption weitergeleitet werden.

Auch die Kommissarin hat gemeinsam mit den Kriminalbeamten drei Kunststoff-Boxen mit diversen Unterlagen gesammelt und ins BKA mitgenommen. Beim Laptop und beim Mobiltelefon mussten der Generalmajor und die Kommissarin massiven Druck ausüben, bis die Politikerin eingewilligt hat, diese zu übergeben.

Unter all den Unterlagen im Haus der Politikerin haben sich viele Hinweise betreffend die Annahme von Schmiergeldern gezeigt, aber es gibt keine Hinweise zu den Mordfällen.

Susanne Wolff hat sich zunächst auch gegen ihre Verhaftung zu wehren versucht. Ihr Anwalt, der etwa eine Stunde später beim Haus der Politikerin eingetroffen ist, hat sie überreden können, im Polizeiauto ins BKA zu fahren. Dabei hat sie immer wieder gedroht, ihre Verhaftung zu einem großen Polizeiskandal ausarten zu lassen.

Die Politikerin, die sich erfolgreich gewehrt hat, Handschellen angelegt zu bekommen, ist von zwei Polizeibeamtinnen kurz nach acht Uhr ins BKA gebracht worden. In einem Verhörraum wartet sie gemeinsam mit ihrem Anwalt auf ihre Vernehmung als Beschuldigte.

Um halb neun Uhr trifft die Kommissarin recht erschöpft im BKA ein und berichtet ihrem Kollegen von ihren mühsamen Erlebnissen und Erfahrungen und von dem widerspenstigen Verhalten der Politikerin. Dennoch halten die beiden Kommissare an ihrem Plan fest, zunächst die Vernehmung von Susanne Wolff vorzunehmen.

Moser gönnt seiner Kollegin eine kurze Verschnaufpause mit einer Tasse Kaffee, während er Wilfried Schuster und dessen Anwalt informiert, dass die Vernehmung des NR-Abgeordneten etwa zwischen zehn und halb elf Uhr beginnen werde. Dies würde beiden genügend Zeit geben, sich auszutauschen und vorzubereiten.

Vor dem Betreten des Verhörraums, in dem sich Susanne Wolff und ihr Anwalt bereits heftig unterhalten, meint Moser zu seiner Kollegin:

»Ich werde mit der Vernehmung beginnen und versuchen, die sicherlich sehr aufgeregte Beschuldigte zur Räson zu bringen. Dabei könntest Du Dich noch etwas von der anstrengenden Arbeit bei ihrer Hausdurchsuchung und bei ihrer Festnahme erholen. Im Laufe der Befragung kannst Du Dich gerne einbringen.«

Die Kommissarin reagiert erleichtert. Nach der Vorstellung des Anwalts protestiert dieser:

»Ich verlange im Namen meiner Mandantin, dass ihr Protest gegen diese unangekündigte Hausdurchsuchung und Verhaftung protokolliert wird. Meine Mandantin wird mit Klagen reagieren, da ihre politischen Immunitätsrechte mehrfach verletzt wurden.

Was werfen Sie meiner Mandantin konkret vor? Was hat meine Mandantin mit den beiden angeführten Mordfällen zu tun?«

Der Kommissar bleibt ruhig und besonnen. Nachdem er seine üblichen Sprüche betreffend die Rechte einer Beschuldigten dargestellt hat, beginnt er mit seinen Ausführungen:

»Sie können sich gerne verbal austoben und später Klagen einreichen, wo immer Sie wollen. Aber ich bin mir sicher, dass Sie beide nach dieser Vernehmung und vor allem nach Anhörung unserer Beweise deutlich kleinlauter werden.«

Die beschuldigte Politikerin scheint nach diesen Worten des Kommissars deutlicher nervöser zu werden. Dieser setzt seinen Monolog fort:

»Frau Magister Wolff, Sie werden in zweifacher Hinsicht beschuldigt. Zum einen, dass Sie zusammen mit Ihrem Ehemann direkt und indirekt Schmiergelder im Zusammenhang mit Ihrer beruflichen Tätigkeit als stellvertretende Leiterin des Parlamentarischen Ausschusses für Bauten und Wohnen angenommen haben.

Die nachweislichen Schmiergelder beziffern sich nach bisherigen Erkenntnissen auf einige hunderttausende Euro. Die Schmiergelder sind nachweislich via Kryptowährungen auf Wallets geflossen und dort in Euro, US-Dollar und Schweizer Franken gewechselt und von dort auf die Konten einer Gesellschaft Ihres Mannes transferiert worden. Dazu liegen uns zahlreiche Beweise und Belege vor.«

Mit hochrotem Kopf will die Beschuldigte den Kommissar unterbrechen, aber ihr Anwalt rät ihr, diesen zunächst aussprechen zu lassen. Moser fährt fort:

»Heute werden Sie, Frau Magister Wolff, nicht zu den nachweislichen Annahmen von Bestechungs- und Schmiergeldern vernommen werden. Dazu wird es ein weiteres getrenntes Strafverfahren gegen Sie und Ihren Mann geben.

Unsere heutige Vernehmung betrifft Ihre Beteiligung an den beiden Mordfällen Alois Schwarz und Verena Hofer. Dazu liegen einige unwiderlegbare Beweise vor. ... Sie haben sicherlich noch den Raum, in dem die beiden Opfer ermordet wurden, in guter Erinnerung. Dort wurde Verena Hofers Mund mit einem starken Klebeband verbunden. Auf diesem Klebeband sind mit hundertprozentiger Sicherheit Ihre Fingerabdrücke gefunden wurden, Frau Wolff. Auf der Klebeband-Rolle, die im besagten Haus in Loosdorf sichergestellt wurde, zeigen sich ebenfalls mit hundertprozentiger Sicherheit Ihre Fingerabdrücke.«

Bei diesen Aussagen wurde die Beschuldigte kreidebleich. Sie scheint nachzudenken und dabei zu überlegen, wie sie diesen Fehler begehen konnte. Der Anwalt kontert:

»Herr Kommissar, wie können Sie sicher sein, dass es sich um die Fingerabdrücke meiner Mandantin handle? Woher haben Sie Ihre Fingerabdrücke?«

Mit etwas süffisanter Stimme erläutert der Kommissar:

»Frau Magister, Sie können sich sicherlich daran erinnern, gestern in der Parteizentrale bei Ihrem Bundesgeschäftsführer ein Glas Wasser getrunken zu haben. Die Fingerabdrücke auf diesem Glas sind hundertprozentig identisch mit jenen auf den erwähnten Klebebändern. Hier ist der Bericht der Spurensicherung. Unser Spusi-Leiter hat selbst diese Fingerabdrücke dreifach geprüft.«

Die Politikerin zeigt sich sehr geschockt von den Beweisen und stellt eine Frage:

»Heißt dies, dass der Bundesgeschäftsführer Bescheid wusste und dass er mich in eine Falle gelockt hat?«

Als Moser bejahend nickt, äußert sich die Beschuldigte mit leisen Worten:

»Dieser miese gemeine Hund«

Der Kommissar versucht zu beschwichtigen:

»Seine Unterstützung war sicherlich nicht entscheidend. Ihre Fingerabdrücke hätten wir früher oder später ohnedies erhalten.

Zu Ihrer Information, die Fingerabdrücke von Wilfried Schuster konnten eindeutig auf dem Klebeband um den Mund von Alois Schwarz identifiziert werden. Wie Sie vielleicht bereits wissen, ist auch er verhaftet worden und wartet hier im BKA auf unsere Vernehmung.

Darüber hinaus sind Sie, Frau Wolff, am 30.November, also am Tag der beiden Morde um 16:30 Uhr erkannt worden, wie Sie mit dem Mercedes des Ermordeten aus Loosdorf abgefahren sind. ... Vielleicht können Sie sich erinnern, dass Sie damals fast eine Dame angefahren haben. Diese Dame hat Sie auf einem Foto eindeutig wiedererkannt.

Einen Tag später sind Sie in Bratislava gesichtet worden, als Sie mit dem Mercedes des Mordopfers unterwegs waren. Auch dazu liegt eine Zeugenaussage vor.«

Der Anwalt ist irritiert und sprachlos. Offensichtlich hat ihn die Politikerin nicht über ihre Beteiligung an den Morden informiert. Auch die Beschuldigte enthält sich jeder Äußerung und schaut den Kommissar entgeistert an. Moser hält es jetzt für angebracht, einen Vorschlag zu unterbreiten:

»Frau Magister, ich denke, dass jetzt der Zeitpunkt gekommen ist, dass Sie sich nochmals mit Ihrem Anwalt austauschen. Zu diesem Zwecke werden wir Sie allein lassen. Wir stellen die Aufnahmegeräte und Mikrofone ab. Ich nehme an, dass Ihr Anwalt Sie informieren wird, dass es mildernde Umstände geben würde, wenn Sie jetzt aus freien Stücken ein vollumfassendes Geständnis zu den Morden ablegen und eine ehrliche Reue zeigen. Zur Wiederholung: heute geht es nur um die beiden Morde an Alois Schwarz und Verena Hofer.«

Während die Politikerin völlig geschockt und apathisch wirkt, stimmt der Anwalt dem Vorschlag des Kommissars zu, möchte aber mit seiner Mandantin einen Raum völlig ohne Aufnahmegeräte und ohne Polizeibeamte benutzen, da er sicher sein möchte, nicht abgehört zu werden. Der Kommissar stimmt zu und platziert einen Polizeibeamten vor dem Raum, in dem die Politikerin und ihr Anwalt gebracht werden.

Der Kommissar bedauert gegenüber seiner Kollegin das erforderliche Zugeständnis, da er gerne über die Spiegelwand beobachtet hätte, wie die NR-Abgeordnete reagiere. Die Kommissarin gratuliert ihrem Kollegen:

»Karl, Du hast die Vernehmung wie immer exzellent geführt. Zuletzt hat sich Susanne Wolff sehr geschockt, eingeschüchtert und fast teilnahmslos gezeigt. Ich hatte den Eindruck, dass sie überlegen würde, wie sie ihre Fehler hätte vermeiden können. ... Wie, meinst Du, werden sie und ihr Anwalt reagieren? Wird sie ein Geständnis ablegen?«

Während die beiden Kommissare gemeinsam eine frische Tasse Kaffee holen, überlegt Moser seine Antwort:

»Ich vermute, dass ihr Anwalt ihr raten wird, ein Teilgeständnis abzulegen. Er wird ihr hoffentlich klarmachen, dass die vorliegenden Beweise erdrückend sind. Wir sollten weiterhin die Korruptionsfälle von den Mordfällen trennen. Ich nehme an, dass sie nur eine geringe Verantwortung für die Morde übernehmen wird. Möglicherweise wird ihr Anwalt auf Beteiligung an einem Totschlag abzielen. Wenn sie gestehen sollte, bin ich neugierig, welche Motive sie anführen wird. ... Was meinst Du Renate?»

»Karl, ich habe eine ähnliche Einschätzung wie Du. Heute früh war die Politikerin noch super-aggressiv. Du hast sie mit Deinen angeführten Beweisen weichgeklopft. Vermutlich wird sie auf Anraten ihres Anwalts eine Verteidigungsposition einnehmen. Möglicherweise wird sie versuchen, die Morde gänzlich auf Wilfried Schuster abzuwälzen.«

Nach über einer halben Stunde meldet ein Polizeibeamter, dass sein Kollege die beschuldigte Nationalrats-Abgeordnete und ihren Anwalt wieder in den Vernehmungsraum gebracht habe und dort mit ihnen auf die Kommissare warten würde.

Gespannt erwarten Moser und Pichler die Äußerungen der Politikerin und ihres Anwalts. Dieser macht eine erste Aussage:

»Meine Mandantin hat sich entschlossen, mit den Polizeibehörden und mit den Staatsanwaltschaften vollends zu kooperieren. Wir könnten heute auch zu den Bestechungsvorwürfen Aussagen machen, aber wir werden uns heute auf die Vorwürfe zu den Morden äußern.«

Nachdem der Kommissar wieder die Aufnahmegeräte eingeschaltet hat, beginnt Susanne Wolff, die sich wieder gefasst zu haben scheint, ihre Aussagen:

»Doktor Schwarz hat nach seinen Angaben vor etwa zwei Jahren erstmals Angebote eines Baukonzerns erhalten, bei öffentlichen Ausschreibungen für Informationen von Konkurrenzangeboten Gelder zu erhalten. Auch für sonstige Unterstützungen bei Bauprojekten wurden entsprechende

Summen angeboten und ebenfalls gezahlt. Vor eineinhalb Jahren ist mir aufgefallen, dass nahezu alle Bauprojekte von einem großen Baukonzern gewonnen wurden, weil dieser immer den knapp besten Preis geboten hat.

Einmal habe ich Alois Schwarz ertappt, wie er heimlich Angebote kopiert hat. Dann ist mir einiges klargeworden. Damals haben mein Mann und ich ein Haus kaufen wollen. Herr Schwarz hat mir damals spontan hunderttausend Euro als Schweigegeld angeboten. Dadurch konnten wir uns die Anzahlung für das Haus leisten. ... Mein Mann hat danach mit Alois Schwarz die Vereinbarung getroffen, solche Gelder fair zu teilen. Die Schmiergelder sind über verschiedene Kryptowährungen geflossen und konnten dadurch gut verborgen werden.«

Die Politikerin ersucht um ein Glas Wasser. Dann fährt sie fort:

»Etwa ein halbes Jahr lang lief alles reibungslos. Wir haben manchmal bei kleineren Projekten bewusst andere Bauunternehmen präferiert, um nicht Gefahr zu laufen, entdeckt zu werden. Aber dann blieben die Zahlungen an uns aus. Mein Mann hat Herrn Schwarz damals zur Rede gestellt. Dieser meinte, dass er einige Leute mit Schweigegeldern stillstellen musste, als die Korruptionsvorwürfe größer wurden.

Aber auch danach blieben einige Zahlungen aus, obwohl viele Projekte dem Baukonzern zugesprochen wurden. Daraufhin habe auch ich Herrn Schwarz angesprochen und gedroht, ihn auffliegen zu lassen. ... Er hat dazu nur gelacht, da er wusste, dass wir damit auch uns preisgeben würden. Alois hat aber mir das Angebot gemacht, wieder auf die gleiche Verteilung zurückzukommen. Ich hätte ihm allerdings Gefälligkeitsdienste erbringen müssen.«

Die Kommissarin unterbricht die Politikerin mit einer Zwischenfrage nach diesen „Gefälligkeitsdiensten". Die NR-Abgeordnete antwortet und spricht weiter:

»Dieses Sex-Monster wollte auch mich flachlegen. Ich habe seine Anfrage mit einer Ohrfeige beantwortet. ... Etwa Ende Oktober letzten Jahres hat mich Doktor Schuster angesprochen. Er hat auch realisiert, dass die meisten öffentlichen Projekte von einem Baukonzern gewonnen wurden und diesbezüglich recherchiert. Er hat Alois Schwarz angesprochen und als einmaliges Schweigegeld zweihunderttausend Euro verlangt. Nach seinen Aussagen sei Alois Schwarz auf dieses Angebot eingegangen, habe aber nur fünfzigtausend Euro bezahlt.

Wilfried Schuster wusste, dass auch wir Schweigegelder kassierten. Er hat mich angesprochen, dass wir gemeinsam einen Termin mit Alois Schwarz vereinbaren und ihn dabei unter Druck setzen sollten. Wilfried würde diesbezüglich die notwendigen Vorbereitungen treffen. ... Dazu hat er jenes alte Haus in Loosdorf ausgewählt. Er kannte dieses, da er sich zwei Jahre zuvor für einen Kauf interessiert habe, aber sich mit den Erben nicht einigen konnte.

An jenem 30.November bin ich mit Wilfried Schuster nach Loosdorf gefahren. Dorthin hat er auch Alois Schwarz bestellt, um ihn zur Rede zu stellen und die zugesagten Zahlungen für mich und meinen Mann und für Wilfried Schuster selbst zu erzwingen. ... Wir waren überrascht, als Alois Schwarz mit seiner Geliebten aufgetaucht ist. Dennoch haben wir die Zahlung der uns zugesagten Schweigegelder verlangt. Aber Alois Schwarz hat immer nur gelacht und erwidert, dass wir schon genug bekommen hätten.

Nachdem uns Alois Schwarz zum Überdruss beschimpft hat, ist die Atmosphäre eskaliert. Mich hat Alois Schwarz als „geldgierige Schlampe“ bezeichnet. Wilfried Schuster nannte er einen „geldgierigen Vollidioten“. Dies hat diesen offenbar so sehr gereizt, dass er so einen Elektro-Schocker - ich glaube man nennt so etwas auch „Taser“ - gezogen hat und damit Alois Schwarz niedergestreckt hat.

Wilfried Schuster hat seinen Parteikollegen danach gefesselt und den Mund mit einem Klebeband verbunden. Da gleichzeitig Frau Hofer sehr laut schrie, hat Wilfried auch sie mit dem Elektro-Schockgerät niedergestreckt und mich aufgefordert, ihr den Mund zu verbinden. Dies habe ich getan. Nachdem Wilfried Schuster auch Verena Hofer gefesselt hat und nachdem die beiden Gefesselten wieder ihr volles Bewusstsein erlangt haben, hat er mit seinen Drohungen gegenüber Alois Schwarz begonnen.

Wilfried hat den Laptop seines Widersachers aus dessen Auto geholt und dessen Handy genommen und wollte damit direkt die seinerzeit zugesagten Schweige-Gelder auf sein Konto und auf das meines Mannes transferieren. Aber Alois Schwarz hat wieder nur gelacht und ihm zu verstehen gegeben, dass er dies niemals machen würde.

Nachdem Wilfried Schuster begonnen hat, Alois Schwarz ins Gesicht zu schlagen und ihn zu treten, wurde es für mich zu viel. Ich konnte diesen Schlägen nicht mehr zusehen und wollte nur noch weg. Wilfried hat die Schlüssel für den Mercedes von Alois Schwarz aus dessen Tasche genommen. Er hat mir diese übergeben und gemeint, dass ich das noch recht neue Auto bei einem ihm bekannten Autohändler in Bratislava für knapp dreißigtausend Euro verkaufen könne. Er hat mir diese Adresse gegeben und nur gemeint, dass der Verkauf rasch geschehen müsse. ... Mit diesem Betrag sei ein Teil des noch offenen Schweigegelds an uns beglichen. Dann bin ich abgefahren. Ich war sehr froh, mit dem Mercedes wegfahren zu können.«

Jetzt unterbricht der Kommissar die Beschuldigte mit einer Zwischenfrage:

»Wo hat diese Besprechung und die Behandlung der beiden Gefesselten stattgefunden?«

»Im Erdgeschoss im großen Zimmer. Warum fragen Sie?«

Moser stellt eine zweite Zwischenfrage: »Haben Sie die Bausteine nicht gesehen?»

Die Politikerin sieht den Kommissar fragend an:

»Welche Bausteine meinen Sie? Ich habe keine gesehen.«

Der Kommissar ersucht die Beschuldigte weiter zu berichten:

»Frau Wolff, was ist danach geschehen? Sie haben sicherlich mit Doktor Schuster gesprochen.«

Die Politikerin fährt mit ihren Äußerungen fort:

»Ich habe Herrn Schuster am nächsten Morgen gesprochen und wollte wissen, was danach geschehen sei und ob das Angebot, den Mercedes verkaufen zu können, ernst gemeint sei. Herr Schuster hat mir berichtet, dass er nach einigen sogenannten „Behandlungen" eine Einigung mit Alois Schwarz erreichen konnte. Dazu gehörte vermeintlich auch die Zusage, den Mercedes verkaufen zu können. ... Angeblich wollte Alois Schwarz ohnedies mit seiner Geliebten für einige Monate in Südamerika untertauchen.

Weil Alois Schwarz angeblich viel Geld für sein Verschwinden gebraucht habe, habe er keine weiteren Zahlungen an uns leisten können. Da Wilfried Schuster damals als mutmaßlicher Nachfolger von Alois Schwarz als Leiter des Bauausschusses betrachtet wurde, könnte er die von Alois geschaffene „Geschäftsidee" weiterführen. Mein Mann und ich könnten uns dann mit Wilfried die immer noch „sprudelnde Geldquelle" teilen.«

Der Kommissar sieht die Politikerin mit strengem Blick an und fragt:

»Frau Wolff, haben Sie wirklich allen Ernstes an das Untertauchen von Alois Schwarz und seiner Geliebten geglaubt? Ist Ihnen niemals in den Sinn gekommen, dass Wilfried Schuster die beiden ermordet haben könnte?«

Nach einigen Sekunden antwortet die Politikerin:

»Heute weiß ich, dass dies dumm von mir war. Damals habe ich meinem Kollegen geglaubt. Wahrscheinlich wollte ich ihm glauben. Ich war zwar überrascht, wie brutal er Alois Schwarz geschlagen hat. ... Aber einen Mord oder sogar zwei Morde hätte ich ihm nie zugetraut.«

Der Kommissar fragt nochmals nach:

»Sind Sie nie auf die Idee gekommen, später zum Haus zurückzufahren? Wahrscheinlich hätten Sie das Leben von Verena Hofer retten können.«

Jetzt beginnt die Politikerin zu weinen, wobei der Kommissar zu seiner Kollegin meint, dass dies Krokodilstränen sein könnten. Nach einer kurzen Pause antwortet die Beschuldigte:

»Ich habe wirklich an ein bewusstes Untertauchen des Liebespaares geglaubt, vor allem auch dann, als solche Vermutungen in den Medien aufgetaucht sind. ... Außerdem hätte ich dieses Haus nicht wieder gefunden. Ich bin mit Herrn Schuster dorthin gefahren und habe nicht auf die Adresse geachtet. Wilfried hat mich überdies immer beruhigt, dass alles in Ordnung sei.«

Nach diesem ausführlichen Bericht der Politikerin fasst ihr Anwalt zusammen:

»Herr Oberst, damit ist hoffentlich klar geworden, dass Sie meine Mandantin nicht weiter des Mordes beschuldigen können. Meiner Mandantin könnte allenfalls nur unterlassene Hilfeleistung angelastet werden. Was wäre aber geschehen, wenn Susanne Wolff sich tatsächlich auf die Seite des Liebespaares und gegen den kräftigen Wilfried Schuster gestellt hätte, der überdies mit einer Elektro-Schock-Pistole bewaffnet war? Möglicherweise wäre sie ebenfalls von diesem Mörder umgebracht worden.

Nachdem heute meine Mandantin nur zum Thema Beteiligung an den beiden Morden befragt wurde, beantrage ich, Frau Susanne Wolff umgehend freizulassen.«

Der Kommissar überlegt einige Momente und antwortet dann:

»Wir haben jetzt die Version von Frau Wolff gehört. Wir werden gleich die Erzählung von Wilfried Schuster erfahren. Immerhin hat Ihre Mandantin Frau Hofer mit einem starken Klebeband den Mund verbunden. Susanne Wolff bleibt vorläufig in Untersuchungshaft und wird am Nachmittag dem Untersuchungsrichter vorgeführt werden.«

Damit ist die Vernehmung beendet und Frau Wolff wird von zwei Polizeibeamtinnen in eine Untersuchungshaftzelle gebracht. Die Kommissarin ist bei den Erzählungen der Politikerin fast sprachlos geworden. Sie fragt ihren Kollegen:

»Karl, was hältst Du von Ihren Stories? Glaubst Du ihr?«

Moser überlegt eine Weile und meint:

»Renate, ich bin ehrlich, ich weiß nicht recht. Ich glaube ihr, dass sie nicht im Keller war, dass sie die Bausteine nicht gesichtet habe und dass sie die Einmauerung nicht erfahren habe. Ihr Anwalt wird weiterhin versuchen, Susanne Wolff so weit als möglich aus den Mordfällen herauszuhalten.

Wir hätten das Verhör mit der Politikerin noch länger führen können, aber wir wollen heute Vormittag auch die Version des anderen Beschuldigten hören. Ich bin sehr neugierig, was wir von Wilfried Schuster erfahren werden. Danach könnten wir, falls erforderlich, die Vernehmung mit der Nationalrats-Abgeordneten fortsetzen. Ich werde rasch den Generalmajor informieren und ihm empfehlen, beim anstehenden Verhör mit dem Beschuldigten vom Nebenraum zuzuhören.«

Inzwischen zeigt die Uhr bereits 10:15. Darum gönnen sich die Kommissare nur eine kurze Pause. Im anderen Vernehmungsraum warten Wilfried Schuster und sein Anwalt. Damit hatten die beiden genügend Zeit, sich vorzubereiten.

Nachdem der Kommissar kurz die Rechte des Beschuldigten erläutert hat, erklärt er die Ausgangslage für das bevorstehende Verhör:

»Herr Doktor Schuster, uns liegen eindeutige Beweise vor, dass Sie in eine Korruptions-Affäre größeren Ausmaßes mit schuldhafter Annahme von Schmiergeldern verwickelt sind. Wir haben dazu auch Beweismittel bei der Durchsuchung Ihres Hauses festgestellt. Dies wird allerdings nicht das Kernthema dieser Vernehmung sein. Dazu wird es ein getrenntes Strafverfahren geben. Wir haben aber auch eindeutige Beweise, dass Sie die Morde an Alois Schwarz und Verena Hofer begangen haben.«

Jetzt hat Moser den Einspruch des Anwalts erwartet. Da dieser bislang keine Reaktion zeigt, ist dies für den Kommissar ein Hinweis, dass der Beschuldigte im Gegensatz zur Susanne Wolff seinen Anwalt in gewisser Weise eingeweiht hat. Darum setzt Moser mit den ersichtlichen Beweisen fort:

»Wir haben Ihre eindeutigen Fingerabdrücke auf dem Klebeband um den Mund des Ermordeten und auf der Klebeband-Rolle gefunden. Mehrfache Überprüfungen unserer Spurensicherung haben bestätigt, dass es sich um Ihre Fingerabdrücke handelt.«

Zur Unterstützung seiner Aussage legt der Kommissar dem Beschuldigten den schriftlichen Bericht des Spusi-Leiters vor. Auch dazu gibt es keinen Protest oder eine Gegendarstellung. Darum fährt Moser fort:

«Wir haben auch Kleidungsstücke gefunden, die wahrscheinlich von Ihnen stammen und vom Blut des Ermordeten getränkt sind. Dabei zeigten sich auch andere Blutspuren, die nachweislich von Ihnen kommen. ... Wir haben Zeugenaussagen, dass Sie, Herr Doktor Schuster, am 21.November des Vorjahres jene Leichtbeton-Bausteine in einem Baustoff-Großhandel nahe St. Pölten gekauft haben, die für die Einmauerung der Mordopfer verwendet wurden. ... Es gibt weiters Zeugenaussagen, dass Sie gesichtet wurden, wie Sie danach diese Bausteine ins Haus, in dem die Mordopfer gefunden wurden, gebracht haben.

Wir wissen, dass Sie Herrn Schwarz ein Drohschreiben zukommen ließen. (Dabei legt Moser das Schreiben des Beschuldigten an Alois Schwarz vor.) ... Wir haben festgestellt, dass Sie anfangs November letzten Jahres eine Elektro-Schock-Waffe gekauft haben, die offensichtlich im Haus in Loosdorf vor den Ermordungen eingesetzt wurde.

Heute Morgen haben wir auch eine Hausdurchsuchung bei Frau Susanne Wolff durchgeführt, in deren Rahmen auch sie verhaftet wurde. Eben hat sie ihre indirekten Beteiligungen an den Schmiergeld-Annahmen und ihre Anwesenheit im Vorfeld der Morde in Loosdorf bestätigt.«

Der Beschuldigte und sein Anwalt zeigen sich nur bei der letzten Aussage überrascht. Offensichtlich haben sie nicht erwartet, dass die NR-Abgeordnete ein gewisses Geständnis ablegen würde. Der Anwalt ersucht um eine Vernehmungspause, da er sich mit seinem Mandanten abstimmen wolle. Dies soll in einem anderen Raum ohne Abhör-Vorrichtungen stattfinden.

Auch diesmal nutzen die beiden Kommissare die Unterbrechung, um sich mit dem Generalmajor im Nebenraum bei einer Tasse Kaffee auszutauschen. Auf die Frage seines Vorgesetzten, wie er die Chancen für ein Geständnis des Politikers einschätze, antwortet Moser:

»Ich bin mir ziemlich sicher, dass bei dieser Beweislage Wilfried Schuster ein Geständnis ablegen wird. Vermutlich wird sein Anwalt versuchen auf mildernde Umstände hinzuwirken. Ich bin gespannt, die Mordmotive zu erfahren. Ich glaube, dass es nicht nur um Geldgier gegangen ist.«

Bereits nach einer guten Viertelstunde sind der Beschuldigte und sein Anwalt bereit, die Vernehmung fortzusetzen. Diese beginnt mit einer Feststellung des Anwalts, der offensichtlich bereits die Rolle eines Strafverteidigers einnimmt:

»Mein Mandant ist aus freien Stücken bereit, ein vollumfassendes Geständnis abzulegen und mit den Polizeibehörden zur vollständigen Aufklärung zu kooperieren. Sie werden feststellen, dass es sich dabei nicht um geplante Morde, sondern um eine Tat im Affekt gehandelt hat. Dennoch bereut mein Mandant seine Taten zutiefst. Dies soll genauso protokolliert werden.«

Danach beginnt Wilfried Schuster mit seinen Beschreibungen, die sich weitgehend mit den Äußerungen von Susanne Wolff decken. Er erläutert, dass bei ihm bereits vor eineinhalb Jahren Verdachtsmomente aufgetreten seien, dass Alois Schwarz Bestechungsgelder angenommen habe. Neu für die Kommissare ist ein Geschehen, das für Wilfried Schuster nach dessen Aussage ein Auslöser gewesen sei zu handeln:

»Vor etwa neun Monaten war ich auf einem politischen Seminar in Tirol. Bei meiner Rückkehr habe ich von meinen Eltern erfahren, dass diese damals an einem Abend unsere Kinder hüten sollten und dass meine Frau nicht wie geplant am gleichen Abend, sondern erst am nächsten Vormittag völlig verwirrt zurückgekehrt sei.

Nachdem ich meine Frau nach meiner Rückkehr darauf angesprochen habe, hat sie mir gestanden, dass sie damals eine Einladung von Alois Schwarz zu einem Abendessen angenommen habe. Meine Frau wusste damals noch nichts von der triebhaften Sex-Sucht meines Parteikollegen. Dies ist zum Teil auch mein Fehler gewesen, weil ich sie nicht vor diesem Hallodri, der jedem Rock nachgelaufen ist, gewarnt habe.«

Die gespannt zuhörende Kommissarin kann es kaum erwarten, mehr zu erfahren und fragt:

»Was ist danach geschehen? Was hat Ihre Frau Ihnen erzählt?«

Die Erinnerung an dieses Erlebnis scheint den Beschuldigten immer noch aufzuregen. Stockend setzt er seine Äußerungen fort:

»Es gibt dazu zwei unterschiedliche Darstellungen, ... jene meiner Frau ... und jene von Alois Schwarz mir gegenüber. Ich glaube meiner Frau. ... Sie behauptete, dass sie sich nur mehr erinnern könnte, von Alois Schwarz zu einem Abendessen eingeladen worden zu sein und dass sie mit ihm in einem Restaurant gegessen habe. Erst am nächsten Vormittag habe sie wieder das normale Bewusstsein auf einer Straße erlangt. ... Möglicherweise wurde sie von Alois Schwarz mit K.O.-Tropfen betäubt. Ihm traue ich dies zu. Sie habe später bemerkt, dass es zu einem mehrfachen Geschlechtsverkehr gekommen sein muss.«

Die Kommissarin stellt eine weitere Zwischenfrage:

»Warum hat Ihre Frau damals nicht sofort Anzeige erstattet und sich untersuchen lassen?«

Der Politiker antwortet umgehend:

»Dies habe ich meine Frau ebenfalls gefragt. Sie hat sich sehr geschämt und wollte deshalb nicht zur Polizei oder zu einem Arzt gehen. Als ich bei meiner Rückkehr aus Tirol nach drei

Tagen davon erfahren habe, war es zu spät. Tropfen oder Drogen hätten nicht mehr nachgewiesen werden können.

Jetzt zur Version von Alois Schwarz. Ich habe ihn umgehend zur Rede gestellt. Dabei hat er mich und meine Frau beleidigt. Er sagte mir, dass sich meine Frau wie eine läufige Hündin verhalten habe und unbedingt Sex mit ihm haben wollte. In einem Hotel hätten sie die Nacht durch mehrfach verkehrt und selbst am Morgen danach habe meine Frau noch nicht genug gehabt. ... Ich kenne meine Frau seit über zwanzig Jahren. So hätte sie sich niemals verhalten. Mich hat er als „Schlappschwanz“, bezeichnet, der dankbar sein müsste, dass er meiner Frau so viele Freuden bereitet hätte.

Nach diesen Geschehnissen habe ich intensiver hinter Alois Schwarz recherchiert und mehrfache Schmiergeld-Annahmen vermutet. Ich habe ihm diesen Brief geschrieben, den Sie mir vorhin vorgelegt haben. In diesem Schreiben habe ich von ihm zweihunderttausend Euro Schweigegeld gefordert. ... Da ich von konkreten Beweisen gesprochen habe, hat er meine Forderung akzeptiert und sofort fünfzigtausend Euro überwiesen. Weitere Zahlungen sind ausgeblieben.

Auf meine Rückfrage nach weiteren Zahlungen hat er nur gelacht und gemeint, dass ich schon genug bekommen hätte. Darüber hinaus hat er mich abermals provoziert, da er meinte, dass er den Differenzbetrag bereits durch seine Dienstleistungen an meiner Frau „abgearbeitet“ habe.

Da ich bei meinen Recherchen und durch die vorhergehende öffentliche Untersuchung festgestellt habe, dass sehr wahrscheinlich auch Susanne Wolff bei den Annahmen von Schmiergeldern beteiligt gewesen sei, habe ich mit ihr ein vertrauliches Gespräch geführt. Dabei habe ich erfahren, dass sich Alois Schwarz auch ihr und ihrem Mann gegenüber nicht an finanzielle Abmachungen gehalten habe.

Dies hat mich auf die Idee gebracht, Alois Schwarz in eine Falle nach Loosdorf zu lotsen, um dort mit dem nötigen Nachdruck die uns zugesagten Zahlungen zu erhalten. Frau Wolff hat diesem Plan zugestimmt.

Jetzt unterbricht der Kommissar die Erläuterungen des Beschuldigten, indem er ihm zwei Fragen stellt:

»Herr Schuster, wieso wollten Sie Alois Schwarz gerade in diesem Haus treffen? Warum haben Sie die Leichtbeton-Bausteine gekauft? Damit hatten Sie offenbar immer schon die Absicht gehabt, Alois Schwarz einzumauern.«

Der Politiker beantwortet diese Fragen umgehend:

»Ich hatte mich vor knapp zwei Jahren für dieses Haus als mögliches Wochenendhaus für meine Familie interessiert. Leider gab es keine Einigung mit den Erben. Mitte November habe ich bei diesem Haus vorbeigeschaut und festgestellt, dass es immer noch leer steht. Da es kein unmittelbares Nachbarhaus gibt, war dieses Gebäude ideal für unser geplantes Gespräch mit Alois Schwarz.

Betreffend den Kauf der Bausteine müssen Sie mir glauben. Weder ich noch Susanne Wolff hatten die Absicht, Alois Schwarz zu ermorden. Mit den Bausteinen und mit der Drohung einer möglichen Einmauerung wollte ich lediglich den Druck auf ihn erhöhen.«

Moser stellt eine weitere kurze Zwischenfrage:

»Herr Schuster, was hätten Sie mit den Bausteinen getan, wenn Herr Schwarz ihren Forderungen nachgekommen wäre?«

Auch dazu hat der Beschuldigte eine rasche Antwort:

»Ich hatte meinen Kindern versprochen, in diesem Frühjahr mit ihnen ein Gartenhaus zu bauen. Dazu kam es danach leider nicht.«

Dann erläutert der Beschuldigte, dass er sehr überrascht gewesen sei, dass Alois Schwarz entgegen der Vereinbarung zu zweit mit seiner Geliebten gekommen sei. Er schildert die Ereignisse im Erdgeschoß an jenem 30.November. Diese decken sich mit den bereits bekannten Äußerungen von Susanne Wolff. Interessant wird es für die Kommissare, als Schuster erzählt, was geschehen sei, nachdem die NR-Abgeordnete mit dem Mercedes weggefahren sei:

»Obwohl ich Alois Schwarz einige Male geschlagen habe, hat er mich weiterhin nur ausgelacht. Darum musste ich einige Gänge zulegen, um zu meinem Ziel zu kommen. ... Ich habe die beiden Gefesselten in das Untergeschoss gezerrt, ihnen die Bausteine gezeigt und angedroht, sie einzumauern, sollte Alois Schwarz nicht unseren berechtigten Forderungen nachkommen.

Frau Hofer war sehr ängstlich und wollte immerzu schreien, konnte aber nicht, da Susanne Wolff ihren Mund verbunden hatte. Obwohl ich das Klebeband vom Mund des gefesselten Mannes gerissen habe, hat er mich weiterhin ausgelacht und gemeint, dass ich es niemals wagen würde, ihn zu töten, weil ich ohnedies nur ein erwiesener Schlappschwanz sei.

Dadurch hat er das Gespräch auf sein Erlebnis mit meiner Frau gelenkt. Nachdem ich ihn nochmals und mit Schlägen aufgefordert habe, mir endlich die Zugang-PIN-Codes zu seinen Konten zu nennen, meinte er, dass seine Zunge mir diese niemals nennen würde. ... Seine Zunge sei aber in anderer Hinsicht sehr stark. So habe er mit seiner Zunge meiner Frau den größten Orgasmus ihres Lebens ermöglicht.

Nach dieser Aussage habe ich meinen Verstand verloren und einen wahnsinnigen Hass auf diesen Sex-Süchtigen bekommen. Ich habe mit der Schere, die ich für die Klebebänder gebraucht habe, seine Zunge abgeschnitten, worauf dieser Mensch stark geblutet hat. Ich habe ihm wie in einem Rausch den Mund verbunden und die Mauer errichtet. Ich habe fast die ganze Nacht durchgearbeitet, bis die Mauer stand.

Danach habe ich einige Gegenstände im Garten entsorgt und bin nachhause gefahren. Unterwegs habe ich meine blutige Kleidung entsorgt und bin halbnackt daheim angekommen. Nach einer langen Dusche versuchte ich zu schlafen, aber es war unmöglich. ... Im Bett wurde mir erst bewusst, was ich angerichtet habe.

Heute bereue ich meine Taten und würde sie gerne ungeschehen machen. ... Ich bereue vor allem, dass auch Verena Hofer zu Tode gekommen ist. Ich musste auch sie einmauern, um meine Taten zu verbergen.«

Die Kommissare müssen die eben vernommenen schrecklichen Geschehnisse zunächst verdauen. Nach einigen Momenten der Stille stellt der Kommissar eine weitere Frage:

»Was haben Sie Frau Wolff über die weiteren Vorkommnisse im Haus in Loosdorf erzählt? Sie hat Sie doch sicherlich danach gefragt?«

Der Beschuldigte schildert, was die Kommissare bereits von der NR-Abgeordneten gehört haben, dass sie am nächsten Tag aus Bratislava angerufen habe, dass er sie beruhigt habe und von einer Einigung mit Alois Schwarz berichtet habe, dass dieser ohnedies mit seiner Geliebten untertauchen wolle und dass er gemeinsam mit Susanne Wolff das vom Ermordeten aufgebaute Geschäft mit Schmiergeld-Zahlungen vom Baukonzern übernehmen könnte.

Nach den Schilderungen seines Mandanten ergreift jetzt der Anwalt das Wort:

»Herr Kommissar, ich hoffe, dass Sie verstehen können, dass Wilfried Schuster wie in Trance gehandelt hat, dass er Alois Schwarz und seine Geliebte nicht ermorden wollte, dass er von diesem Menschen, welcher die Frau meines Mandanten mit K.O.-Tropfen gefügig gemacht und praktisch vergewaltigt hat, so sehr gereizt wurde, dass er seinen Verstand verloren hat. Für mich waren dies eindeutig Taten im Affekt.

Ein weiterer Beweis, dass Wilfried Schuster ohne Sinne und Verstand gehandelt hat, zeigt sich darin, wie er das Klebeband verwendet hat. Hätte er geplant, den Vergewaltiger seiner Frau umzubringen, dann hätte er sicherlich Handschuhe getragen, um Beweise zu verhindern.«

Der Kommissar überlegt seine Antwort und erwidert:

»Dies zu beurteilen und zu entscheiden ist Sache des Gerichts und des Richters. Meine Kollegin und ich denken differenzierter und halten seine Taten für geplante Morde. Vor allem der Mord an Verena Hofer spricht eine klare Sprache. Sie hat vermutlich einen tagelangen Todeskampf erleiden müssen.«

Zum Beschuldigten gewandt stellt der Kommissar noch eine abschließende Frage:

»Wie wir bereits festgehalten haben, wird es betreffend die Annahme von Schmiergeldern ein getrenntes Verfahren geben. Mich würde interessieren, ob Sie, Herr Schuster, hinter der Trenkwald GmbH, dieser Ein-Personen-Gesellschaft, stecken, an welche ebenfalls hohe Überweisungen geleistet wurden.«

Bei dieser Vermutung des Kommissars überkommt dem Beschuldigten ein kleines Lächeln:

»Mit dieser Einschätzung liegen Sie, Herr Oberst, ganz daneben. Da in Kürze der große Schmiergeld-Skandal um den Baukonzern ohnedies auffliegen wird, kann ich Ihnen sagen, wer sich hinter der Trenkwald GmbH verbirgt. Es ist niemand geringerer als der Vertriebsvorstand des Baukonzerns selbst. Allerdings weiß ich nicht, ob er das Geld selbst einsteckt oder verwendet, um weitere Schmiergeld-Zahlungen vorzunehmen.«

Zuletzt kündigt der Kommissar an, dass Wilfried Schuster noch heute dem Haftrichter vorgeführt werde und dass eine weitere Vernehmung morgen stattfinden werde, in dessen Rahmen auch das protokollierte Geständnis unterzeichnet werden müsste. Danach wird der Politiker in Handschellen abgeführt und in eine Untersuchungs-Haftzelle gebracht.

Der Generalmajor gratuliert beiden Kommissaren zur erfolgreichen Aufklärung der Mordfälle an Alois Schwarz und Verena Hofer. Danach will er sich mit dem Generalstaatsanwalt und dem Oberstaatsanwalt kurzschließen, um den engen Zeitplan für heute Nachmittag festzulegen. Besonders wichtig erscheint, dass alle wichtigen Funktionsträger über das schreckliche Geschehen zeitnah informiert werden.

Die Kommissarin ist immer noch fassungslos über das Ausmaß der Korruptionsaffäre, nachdem sie realisiert hat, dass nicht nur Politiker, sondern offensichtlich auch Manager beteiligt seien. Ihr Kollege kommentiert ihre Aussage und versucht sie danach zu beschwichtigen:

»Renate, wie ich Dir schon vor ein paar Tagen erläutert habe, zeigen sich solche Fälle von Bestechlichkeit und Steuerhinterziehung in vielen Bereichen und in nahezu allen Schichten. Ich selbst kenne solche Fälle nicht nur in der Politik und in der Wirtschaft, sondern sogar bei der Polizei und selbst unter den Staatsanwälten.

Aber denke daran, dass es sich dabei um Einzelfälle handelt, die allerdings herausgefiltert, verfolgt und bestraft werden sollten. Hierzu haben wir in Österreich und besonders in Wien noch viel Verbesserungspotential.«

Gegen Mittag meldet sich das Büro des Generalstaatsanwalts und kommuniziert den abgeänderten und jetzt neu vereinbarten Zeitplan, den auch die Kommissare zu respektieren haben:

- bis 14:00 Uhr: Kommunikation an obersten Kreis. Damit sind alle relevanten Funktionsträger gemeint, wie Bundespräsident, Bundeskanzler, Innenminister, Justizminister und Parteivorsitzende.
- 13:30 Uhr: Vorführung der Beschuldigten beim Haftrichter mit dem Oberstaatsanwalt und den beiden Kommissaren.
- ab 14:30 Uhr: Aufhebung der allgemeinen Nachrichtensperre.
- 15:00 Uhr: Vorbesprechung der PK mit den Herren Generalstaatsanwalt, Oberstaatsanwalt, Generalmajor, Generalsekretär der Volkspartei, Bundesgeschäftsführer der Sozialistischen Partei und mit den beiden Kommissaren im Nebenraum vor der PK.
- 16:00 Uhr: Pressekonferenz im großen Pressesaal des Innenministeriums, danach TV-Interviews mit den Herren Generalstaatsanwalt, Generalmajor, Generalsekretär und Bundesgeschäftsführer.

Nachdem die Kommissarin den Zeitplan gelesen hat, meint sie zu ihrem Kollegen:

»Karl, Du hättest noch etwa eine Stunde lang Zeit, um Dir Deine Würste zu holen. Ich könnte inzwischen damit beginnen, die Geständnis-Protokolle vorzubereiten.«

Moser hat allerdings andere Pläne:

»Renate, danke, dass Du an meinen Magen denkst. Aber mir ist nach diesem Vormittag nicht nach Essen zumute. Ich möchte mich lieber auf die Verhandlung beim Haftrichter vorbereiten. Vorher möchte ich allerdings noch gemeinsam mit Dir ein Telefongespräch führen.«

Die Kommissarin wundert sich, mit wem ihr Kollege jetzt noch ein offenbar dringliches Gespräch führen möchte, und sieht ihn fragend an, worauf dieser fortfährt:

»Ich möchte Frau Schuster anrufen. Sie soll zeitnah erfahren, dass ihr Mann ein Geständnis abgelegt hat. Mich interessiert vor allem, ob sie tatsächlich derart von Alois Schwarz hintergangen wurde. ... Ich will vermeiden, dass sie und ihr Mann unter Mithilfe seines Anwalts eine Verteidigungsgeschichte kreieren, um mildernde Umstände zu erlangen.«

Drei Minuten später hat Moser die Frau des Politikers in der Leitung und fragt sie, ob sie mit ihren Kindern gut bei ihrem Bruder untergekommen sei. Sie bejaht die Frage und stellt eine Gegenfrage, ob ihr Mann bereits verhört worden sei. Offensichtlich hat sich der Anwalt ihres Mannes noch nicht rückgemeldet. Der Kommissar erwidert:

»Die erste Vernehmung hat bereits stattgefunden. In einer Stunde findet der Termin beim Haftrichter statt. Alles weitere wird Ihnen der Anwalt und Strafverteidiger Ihres Mannes mitteilen. Wir möchten Sie noch zu einem Punkt befragen, den wir heute erfahren haben. Offenbar hatten Sie ein gemeinsames Abendessen zu zweit mit dem ermordeten Alois Schwarz. Warum haben Sie uns davon nichts erzählt?«

Frau Schuster scheint einige Augenblicke lang zu überlegen. Unsicher und stockend antwortet sie:

»Woher wissen Sie davon Bescheid? ... Ich habe mit meinem Mann vereinbart, dass wir dies für uns behalten. ... Mir ist dieser damalige Vorfall immer noch sehr unangenehm und ich möchte nicht daran denken. Ich schäme mich dafür.«

Der Kommissar animiert sie zu sprechen und die volle Wahrheit kundzutun:

»Frau Schuster, wir verstehen, dass diese Geschichte für Sie peinlich ist und dass Sie diese am liebsten so rasch als möglich vergessen möchten. Erzählen Sie uns die Wahrheit. Früher oder später kommt sie ohnedies ans Tageslicht. ... Sie kann möglicherweise Ihrem Mann sehr helfen, eine geringere Strafe zu erhalten. Ihre Kinder würden dies sicherlich auch begrüßen.«

Nach einer weiteren kurzen Pause schildert Frau Schuster ihre Version, wie diese bereits von ihrem Mann im Rahmen der Vernehmung berichtet wurde. Auf die Frage der Kommissarin, woran sich die Frau des Politikers noch erinnern könne, antwortet sie:

»Ich kann mich gut erinnern, dass wir ein nettes Gespräch in einem guten Restaurant hatten. Herr Schwarz wollte mich abschließend noch zu einem Getränk in einer Bar einladen. Ich habe ihm eine Zusage für einen kurzen Drink gegeben, da ich damals um 23:00 Uhr daheim sein wollte, da meine Schwiegereltern unsere Kinder gehütet haben. Ich habe mich frisch gemacht und zuletzt den restlichen Wein aus meinem Glas getrunken. ... Kurz danach hatte ich einen totalen Filmriss. Ich konnte mich am nächsten Tag an nichts mehr erinnern.

Am Folgetag bin ich erst wieder zu mir gekommen, als ich mich seltsamerweise am späten Vormittag in einer Straßenbahn wiederfand. Ich wusste nicht, wie ich dorthin gekommen bin. Meine Schwiegereltern waren sehr besorgt, weil ich mich nicht gemeldet hatte. Ich habe sie nicht beunruhigen wollen. ... Ich habe ihnen mitgeteilt, dass meine Freundin und ich einen zu feuchtfröhlichen Abend verbracht, dabei zu viel getrunken hätten und deshalb „abgestürzt" seien und bei meiner Freundin übernachtet und völlig verschlafen hätten.

Daheim habe ich bemerkt, dass ich intensiven Geschlechtsverkehr gehabt haben muss, weil mir alles wehtat. Einige Tage später hatte ich nachts einige Flashbacks, in denen ich mich in einem Hotelzimmer wiederfand und Alois Schwarz schwer auf mir lag. … Meinem Mann habe ich nach seiner Rückkehr alles gestanden. Er war wütend auf mich, weil ich mich nicht hatte untersuchen lassen. Er wollte Anzeige gegen Alois Schwarz erstatten, aber ich habe ihn inständig gebeten, dies zu unterlassen, weil ich mich so sehr geschämt habe.

Heute weiß ich, dass ich anders hätte handeln sollen. Wahrscheinlich würde mein Mann jetzt nicht im Gefängnis sitzen. … Herr Kommissar, wissen Sie schon, wann ich meinen Mann wiedersehen kann? Wann und wohin kann ich ihm seine Kleidung bringen?«

Moser informiert die bemitleidenswerte Ehefrau über den anstehenden Termin beim Haftrichter. Der Anwalt werde sie danach über die nächsten Schritte informieren. Der Kommissar bedankt sich für die Beantwortung seiner Fragen und wünscht Frau Schuster und ihren Kindern viel Kraft und eine gute Unterstützung durch ihre Familie für die kommenden Tage.

Die Vorführung der beiden Beschuldigten beim Haftrichter läuft programmgemäß. Nachdem die beiden Kommissare die wesentlichen Erkenntnisse berichtet haben, tragen der Oberstaatsanwalt und die beiden Anwälte der Beschuldigten ihre Plädoyers vor.

Die richterliche Entscheidung erfolgt, wie es Moser erwartet hat. Wilfried Schuster wird in die Untersuchungshaft überstellt. Susanne Wolff bleibt für 24 Stunden in Untersuchungshaft. Dies soll den Kommissaren erlauben, weitere Vernehmungen mit ihr durchzuführen. Die Politikerin soll außerhalb ihrer politischen Immunität wegen unterlassener Hilfeleistungen angeklagt werden. Die Bestechungsvorwürfe gegen sie sollen wie bei Wilfried Schuster in einem separaten Verfahren behandelt und beurteilt werden.

Danach haben die Kommissare ein wenig Zeit, sich für die PK vorzubereiten. Bereits bei der Vorbesprechung zur Medienveranstaltung herrscht große Aufregung unter den

Teilnehmern. Alle zeigen sich geschockt über das unfassbare Vorgehen der zwei beschuldigten Politiker. Die beiden Parteienvertreter versuchen den Schaden für ihre jeweilige politische Partei so gering als möglich zu halten und streiten über einzelne Wort- und Satz-Formulierungen für die zu kommunizierenden Presse-Mitteilungen.

Gemeinsam wird beschlossen, den Fokus in der heutigen Medienveranstaltung auf die beiden aufgeklärten Mordfälle zu richten. Die massiven Korruptions- und Bestechungsvorwürfe sollen als noch weiter zu untersuchende und aufzuklärende Vorgänge kommuniziert werden. Es soll herausgehoben werden, dass es sich bei den verübten Morden und bei der unterlassenen Hilfeleistung um schreckliche und zu verurteilende Einzeltaten charakterloser Menschen und nicht um ein systemisches Problem handle, um den Schaden für die Politik, für die Behörden und damit letztlich für die Republik so gering als möglich zu halten.

Auch die folgende Medien-Veranstaltung im großen Pressesaal des Innenministeriums verläuft turbulent. Heute ist dieser Raum wieder brechend voll, da es sich herumgesprochen hat, dass es überraschende Neuigkeiten zu den Mordfällen von Alois Schwarz und seiner Geliebten geben könnte.

Vorne am Podium sitzen der Generalsstaatsanwalt, der Generalmajor, die beiden Kommissare sowie die beiden erwähnten Parteienvertreter. Nachdem zunächst der Generalstaatsanwalt berichtet, dass es gelungen sei, die beiden vor über sechs Monaten verübten Morde rasch aufzuklären, herrscht im Pressesaal Ruhe und Zufriedenheit. Als dieser allerdings einen kurzen Überblick über die Erkenntnisse und über den Haupttäter Dr. Wilfried Schuster gibt, wird es im Saal sehr laut. Die Presseleute zeigen sich geschockt, fassungslos und empört.

Die beiden Kommissare stellen in gebotener Kürze die wesentlichen Fakten und Erkenntnisse dar, wobei sie sich wie vereinbart auf die beiden Morde im Haus in Loosdorf fokussieren. Bei der anschließenden Fragerunde der Medienvertreter stellt ein Journalist die Frage, inwieweit der Korruptionsskandal im letzten Jahr um Alois Schwarz und Susanne Wolff eine Rolle gespielt haben könnte.

Dem Kommissar bleibt nichts anderes übrig, als einen gewissen möglichen Zusammenhang zu erwähnen und zu erläutern, dass diesbezüglich noch weitere Untersuchungen laufen würden, über die zu einem späteren Zeitpunkt berichtet werde, sobald die wesentlichen Fakten geklärt sein werden. Nachdem einige Medienvertreter laut von einem klaren Versagen mehrerer Institutionen und Behörden sprechen, ergreift der Generalstaatsanwalt das Wort:

»Meine Damen und Herren Medienvertreter, natürlich bin ich genauso entsetzt und empört wie Sie und verlange eine totale Aufklärung von verübten Korruptionsfällen, von Bestechungen und von Annahmen von Bestechungsgeldern. Dennoch möchte auch ich unterstreichen, dass es sich um schärfstens zu verurteilende Einzelfälle handelt.

Ich werde von den politischen Parteien und der Gesetzgebung verlangen, dass die bestehenden Gesetze und Verordnungen überprüft und möglicherweise angepasst und verschärft werden müssen. Gleichzeitig werde ich die Exekutive und Rechtsprechung auffordern, die bereits bestehenden Gesetze und Regelungen besser und stringenter anzuwenden, Verfehlungen rascher zu untersuchen und aufzuklären und letztlich härter zu bestrafen.

Korruption und Steuerhinterziehungen sind keine Kavaliersdelikte. Sie kosten unserem Staat und damit uns allen viel Geld und fügen uns finanziellen und moralischen Schaden zu. ... Dennoch beweist auch dieser Fall, dass unsere staatlichen Institutionen funktionieren. Sonst hätten diese schrecklichen Mordfälle nicht so rasch aufgeklärt und der Mörder entdeckt werden können.

Dies ist der guten und engen Zusammenarbeit zwischen Polizeibehörden und der Justiz zu verdanken. Dazu braucht es kompetente Menschen und hohe Einsatzbereitschaft. Darum möchte ich an dieser Stelle der Sonder-Mordkommission mit Mitgliedern aus dem Bundeskriminalamt und den Landeskriminalämtern Wien und Niederösterreich danken. Besonderer Dank gebührt den beiden ermittelnden Kommissaren Oberst Karl Moser und Hauptmann Renate Pichler.«

An dieser Stelle brandet Applaus für die beiden Kommissare auf, die sich stehend für den Zuspruch bedanken. Dann fährt der Generalstaatsanwalt mit seinen Äußerungen fort, die sich zu einer gewissen Brandrede entwickeln:

»Ich möchte aber nicht nur die Legislative, die Exekutive und die Justiz bei der Bekämpfung der Korruption und Steuerhinterziehung in die Pflicht nehmen. ... Meine Damen und Herren, nicht umsonst gelten Sie und alle Medien als vierte Macht im Staat. Natürlich sollten Sie jetzt über die Morde und Korruptionsfälle berichten. Dies ist Ihr gutes Recht, aber auch Pflicht. Aber Sie sollten auch überlegen, was Sie mit Ihren Medien unternehmen könnten. Auch Sie könnten und sollten helfen.

Ihre Berichterstattung soll jetzt nicht zu einer Denunzierungs-Kampagne führen. Besser wäre es, wenn Sie aufklären, wie sehr Korruption und Steuerhinterziehungen uns schaden. ... Ermutigen Sie Ihre Leser zur Einhaltung unserer Werte, zu höherer Moral und zu einer guten ethischen Einstellung. Zeigen Sie sich vorbildhaft.

Sie kennen sicherlich alle das Beispiel von Jesus Christus, als eine Ehebrecherin gesteinigt werden sollte. Sie kennen das Ergebnis, nachdem er meinte, dass derjenige beginnen sollte, der sich unschuldig fühle. ... Ich möchte, dass bildlich gesprochen, alle einen Stein aufheben könnten, weil sie sich nicht nur unschuldig fühlen, sondern dies auch sind. Das heißt natürlich nicht, dass dann alle Beschuldigten im wahrsten Sinn des Wortes gesteinigt werden sollten.

In den kommenden Tagen werden wir alle durch diese Verbrechen und durch die wahrscheinlich noch weiteren Aufklärungen der Korruptionsvergehen gefordert werden. ... Diesbezüglich ersuche ich Sie um Ihre kooperativen Beiträge und um zielorientierte Berichterstattungen.«

Auch nach dieser Rede applaudieren viele Medienvertreter. Danach versichern der Generalsekretär der Volkspartei und der Bundesgeschäftsführer der Sozialisten, dass ihre Parteien die Polizeibehörden und die Justiz bestmöglich unterstützen werden und dass die vorhandenen gesetzlichen Regelungen auf ihre Zweckmäßigkeit und Effizienz überprüft werden sollen.

Schon während der Medien-Veranstaltung haben einige Presseleute begonnen, ihre Online-Nachrichten vorzubereiten. Alle wollen als erste mit diesen überraschenden Top-Meldungen in ihren Medien erscheinen. Nach Beendigung der Medien-Veranstaltung verlassen viele Journalisten deshalb fluchtartig den Pressesaal. Nur wenige Minuten später können die Kommissare erste Push-Meldungen in Bezug auf die Medieninformation auf ihren Smartphones sehen.

Wie vereinbart haben die beiden Kommissare den Pressesaal verlassen, nachdem sie um Interviews gebeten wurden. Mit der Begründung, weitere dringende Vernehmungen durchführen zu müssen, verweisen sie auf den Generalstaatsanwalt, auf den Generalmajor, auf den Oberstaatsanwalt und auf die beiden Parteienvertreter.

Vor ihrem Weggehen bedankt sich der Generalstaatsanwalt bei den beiden Kommissaren persönlich für deren hervorragende Arbeit und ersucht um deren Unterstützung im Rahmen der anstehenden Sonderkommision zur Aufklärung und Bekämpfung der offensichtlich gestiegenen Korruptionsfälle.

Zufrieden, aber nach der Brandrede des Generalstaatsanwalts auch in gewisser Weise betreten, marschieren Moser und Pichler zurück in BKA. Unterwegs fragt der Kommissar seine Kollegin, wie sie sich nach der erfolgreichen Aufklärungsarbeit fühle. Erschöpft wirkend antwortet die Kommissarin:

»Karl, ich fühle mich völlig ausgelaugt und ausgepowert. Ich bin glücklich und sehr zufrieden, dass wir die beiden Morde so rasch aufklären konnten. Andererseits irritieren mich immer noch die schweren Fälle von Korruption und die Annahmen von Bestechungsgeldern durch Politiker und Manager. ... Ich hoffe, dass die Gesetzgebung, die Polizeibehörden und die Rechtsprechung die erforderlichen Maßnahmen rasch ergreifen werden, um solch gravierende Fälle zu verhindern oder zumindest stark zu reduzieren.«

Am Arbeitsplatz erinnert der Kommissar seine Kollegin, dass vermutlich der Generalmajor gleich erscheinen werde, um sie beide zu dem üblichen Umtrunk nach einer erfolgreichen Aufklärung einzuladen. Die Kommissarin richtet eine Bitte an ihren Kollegen:

»Karl, könntest Du diesen Umtrunk heute Abend beim Generalmajor ohne mich machen. Ich würde gerne möglichst bald zum Fitness-Center fahren und dort wieder zu mir kommen und Kraft tanken. Ich möchte möglichst früh zu Bett gehen und morgen um spätestens halb acht hier sein, um die beiden zu bestätigenden Vernehmungsprotokolle mit den Geständnissen fertigzustellen. Ich hoffe, Du bist damit einverstanden.«
Noch ehe der Kommissar antworten kann, erscheint der Generalmajor und richtet seinerseits eine Bitte an die Kommissare:

»Ich war bis eben noch im Innenministerium und habe mit dem Innenminister und dem Sektionschef persönlich gesprochen. Ich soll Euch beiden in deren Namen danken. Ihr beide habt vorzügliche Arbeit geleistet, auch bei der heutigen Medien-Veranstaltung. Wie üblich sollte ich Euch heute zu einem

Gläschen Wein bei mir einladen. Ich hoffe, dass Ihr mir nicht übelnehmt, wenn ich dies auf morgen Nachmittag verschiebe.

Nach der PK bin ich auch zu drei Interviews gebeten worden. Darum würde ich jetzt gerne nachhause fahren, um mir die Fernsehnachrichten daheim anzusehen. ... Vielleicht wollt Ihr dies nach diesem anstrengenden Tag auch machen.«

Ohne zu erwähnen, dass die Kommissarin eben den gleichen Wunsch geäußert hat, antwortet Moser:

»Werner, wir verstehen Dich und sind mit Deinem Wunsch und Vorschlag selbstverständlich einverstanden. Wir freuen uns auf Deine Einladung zum Gläschen Wein morgen und natürlich auf das besondere Abendessen mir Dir, welches Du uns im Falle der erfolgreichen Aufklärung bis Ende dieser Woche versprochen hast.«

Kaum hat der Generalmajor das Arbeitszimmer der Kommissare verlassen, meint Moser:

»Dein Wunsch wurde erfüllt, ohne dass ich mich äußern musste. Dies ist mein Chef, wie ich ihn kenne. Er liebt es, wenn er sich selbst im Fernsehen sehen und bewundern kann. Ich werde heute hier auch nicht alt werden. Ich werde das BKA mit Dir verlassen, weil ich auch die Fernsehnachrichten anschauen möchte. Ich werde ebenfalls versuchen, morgen zeitig hier zu sein.«

Gemeinsam mit seiner Kollegin verlässt Moser das BKA. Sie fährt mit ihrem Auto zum Fitness-Center, während er es vorzieht, zu Fuß nach Hause zu schlendern, um bei der frischen Brise einen klaren Kopf nach diesem Tag zu bekommen.

Finale

Gestern Abend hat sich der Kommissar entschieden, sein Abendessen nicht in einem Restaurant einzunehmen. Er befürchtete, zu sehr über die Mord- und Korruptionsfälle befragt zu werden. Erste Online-Nachrichten nach der Medienveranstaltung sind bereits am späten Nachmittag erschienen. Dazu kam, dass Moser die Nachrichten im Fernsehen verfolgen wollte. Darum hat er sich am Heimweg bei einem Würstelstand je ein Paar Puszta Krainer und Debreziner und eine Portion Pommes Frites geholt. Diese hat er dann zuhause während der Nachrichten vor dem Fernsehgerät verspeist.

Die Berichterstattung zur Aufklärung der Mordfälle und zu den Korruptionsfällen waren gestern das Hauptthema in den Fernseh-Nachrichten. Wegen der politischen Brisanz gab es dazu sogar eine spezielle Sondersendung mit Interviews mit dem Innenminister, mit dem Generalstaatsanwalt und mit dem Generalmajor. Selbst der Bundeskanzler und die Parteivorsitzenden der Volkspartei und der Sozialisten gaben Stellungnahmen ab. Später hat sich sogar der Bundespräsident zu Wort gemeldet. Der einhellige Tenor war, dass diese Verbrechen nicht Österreich repräsentieren, sondern dass es sich um abscheuliche Verbrechen fehlgeleiteter Personen aus niederen Motiven gehandelt habe.

Da der Kommissar nach dem gestrigen anstrengenden Arbeitstag früh zu Bett gegangen ist, erwacht er heute sehr früh, holt sich zwei Croissants bei seinem Bäcker und kann diese bereits gegen sieben Uhr mit zwei Tassen Kaffee an seinem Arbeitsplatz verzehren. Unterwegs hat er die Morgenausgaben der drei größten österreichischen Tageszeitungen gekauft und liest diese jetzt an seinem Arbeitsplatz.

Die großen Headlines auf den Titelseiten sind sehr aussagekräftig: „Unfassbarer Politik-Skandal“, „Morde aus Geldgier“, „Geldgier und Sex-Sucht: So sind unsere Politiker“. Der Kommissar hätte sich lieber weniger reißerische Headlines gewünscht. Mit Freude und Genugtuung stellt er fest, dass er und seine Kollegin in den Berichterstattungen sehr gut beurteilt werden. Darum legt er jene Seiten aus den Tageszeitungen auf den Schreibtisch seiner Kollegin, auf denen sie vortrefflich abgebildet ist und als neue Super-Kommissarin an der Seite Mosers beschrieben wird.

Renate Pichler, die bereits kurz vor halb acht Uhr im BKA eingetroffen ist, freut sich über die erfreuliche Berichterstattung zu ihrer Person und zu der erfolgreichen Zusammenarbeit mit Kommissar Moser. Als sie meint, dass sie so viel Lob in den Medien gar nicht verdienen würde, erwidert ihr der Kommissar:

»Die Medien haben Dich richtig beschrieben. Du hast einen immensen Anteil an der erfolgreichen Aufklärung. In unseren letzten beiden erfolgreich aufgeklärten Fällen hatten wir viel Glück. Diesmal hat uns Können zu unserem raschen Erfolg gebracht. Diesmal war es vor allem Dein Können.«

Als ihn die Kommissarin diesbezüglich fragend ansieht, ergänzt Moser:

»Der entscheidende Hinweis ist von Dir gekommen. Du hast mir den wichtigen Tipp zu den Fingerabdrücken auf den Klebebändern gegeben. Sonst hätten wir sicherlich noch kein Geständnis von Wilfried Schuster und kein Teilgeständnis von Susanne Wolff bekommen.«

Die Kommissarin, die heute in einem dunkelblauen Rock mit hellblauer Bluse und grauem Jackett erschienen ist und gut ausgeruht zu sein scheint, freut sich über das Lob ihres Kollegen. Sie macht sich sofort an die Arbeit, die gestrigen Vernehmungs-Protokolle zu finalisieren, während der Kommissar die heutigen Vernehmungstermine mit Susanne

Wolf um zehn Uhr und mit Wilfried Schuster um 13:00 Uhr vereinbart und vorbereitet.

Gegen neun Uhr erscheint ein Kurier und liefert bei der Kommissarin einen Blumenstrauß ab. Sie liest die Karte des Absenders und schmunzelt. Lächelnd fragt sie ihren Kollegen:

»Karl, Du darfst dreimal raten, von wem dieser Blumenstrauß gesandt wurde.«

Moser lächelt zurück und erwidert:

»Renate, ich brauche nur einmal zu raten. ... Er stammt vom Oberstaatsanwalt, oder?«

Die Kommissarin nickt und ergänzt:

»Karl, Du brauchst nicht eifersüchtig werden. Du kennst meine Meinung zu ihm und diese Meinung werde ich nicht ändern. Dennoch freue ich mich über diese Blumen und werde ihm mit einer kurzen SMS danken.«

Um zehn Uhr wird Susanne Wolff von zwei Polizeibeamtinnen in einen Vernehmungsraum des BKA gebracht. Dort wartet bereits ihr Anwalt, der auch ihr Strafverteidiger sein wird. Die Beschuldigte wirkt heute deutlich gelassener, als ob durch ihr gestriges Geständnis eine große Last von ihren Schultern gefallen sei.

Die Kommissare gehen anhand des vorbereiteten Vernehmungs-Protokolls nochmals die von der Politikerin geschilderten Ereignisse durch. Auf Wunsch des Anwalts werden kleinere Anpassungen im Geständnis der Politikerin vorgenommen und der Passus ergänzt, dass diese die Geschehnisse am Tatort außerordentlich bedauere.

Sie ergänzt, dass sie erst in den Tageszeitungen in der letzten Woche über die Ermordung von Alois Schwarz und seiner

Geliebten erfahren habe. Die Einzelheiten der schrecklichen Gewalttaten am Tatort habe sie erst gestern beim Haftrichter gehört.

Nachdem Susanne Wolff das Protokoll mit ihrem Geständnis, dass sie vom direkten Mordvorwurf befreien soll, unterzeichnet hat, macht der Kommissar einige ergänzende Aussagen:

»Frau Wolff, wie Sie ebenfalls bereits gestern erfahren haben, hat Herr Schuster Ihre Aussagen in der gestrigen Vernehmung bestätigt. Daher werden Sie heute am frühen Nachmittag das Untersuchungsgefängnis verlassen dürfen. ... Dennoch werden Sie sich für zwei Straftaten verantworten müssen, einerseits für unterlassene Hilfeleistung, da sie möglicherweise das Leben von Alois Schwarz und mit Sicherheit das Leben von Verena Hofer hätten retten können.

Andererseits werden Sie sich mit Ihrem Mann wegen der Annahme von Bestechungsgeldern verantworten müssen. Damit ist wahrscheinlich auch Ihre politische Karriere am Ende. Ihr Prozess betreffend Bestechlichkeit wird in einem getrennten Verfahren abgewickelt werden. Deshalb dürfen Sie bis auf weiteres Österreich nicht verlassen.«

Um halb zwölf Uhr findet ein abschließendes Treffen der Mitglieder der Sonder-Kommission zu den Morden an Alois Schwarz und Verena Hofer statt. Zunächst bedanken sich der Generalmajor und Oberst Moser für die exzellente Zusammenarbeit und tatkräftige Unterstützung, die wesentlich dazu beigetragen hätten, diese schwierig aufzuklärenden Mordfälle so rasch zu lösen.

Kurze Zeit später erscheint sogar der Generalstaatsanwalt, um ebenfalls seinen großen Dank an alle auszusprechen. Gleichzeitig kündigt er auch in diesem Kreis an, dass er auf Wunsch des Innenministers und des Justizministers eine Kommission bilden und selbst leiten werde. Diese soll sich zum Ziel setzen, die aktuell bereits bekannte und sich abzeichnende deutlich größere Korruptionsaffäre restlos aufzuklären und Anregungen an die Gesetzgebung und die Polizeibehörden zu geben, wie solche Ansätze von Bestechlichkeit bereits im Keim erstickt werden könnten.

Diese Kommission solle ihre Arbeit bereits in der kommenden Woche beginnen und sich aus Mitarbeitern des BKA und des LKA Wien zusammensetzen. Die Kommissions-Mitglieder würden zu Beginn der kommenden Woche benannt werden.

Kurz nach Mittag lässt der Generalmajor zur Feier des erfolgreichen Abschlusses Gläser mit Crémant servieren. Dabei gratuliert der Generalstaatsanwalt dem Kommissar zur Beibehaltung seines nahezu unglaublichen Rekords, seit über acht Jahren alle seine Mordfälle im BKA aufgeklärt zu haben. Er nimmt sich einige Zeit für die beiden Kommissare, da er diese offenbar für seine neu zu bildende Sonderkommission zur Aufklärung dieses Korruptionsskandals gewinnen möchte.

Moser und die Kommissarin würden es vorziehen, Mordfälle aufzuklären. Trotzdem will der Kommissar höflich bleiben:

»Herr Generalstaatsanwalt, Ihr Angebot ehrt uns sehr. Wenn immer wir Zeit haben, werden wir Ihre Sonderkommission gerne unterstützen. Wir können Ihnen versichern, dass wir alles, was wir wissen, an die Sonderkommission weitergeben werden. Meine Kollegin Hauptmann Pichler hat diesbezüglich sehr aussagekräftige Protokolle und Berichte verfasst.

Sie werden dennoch verstehen, dass wir prioritär solche Mordfälle aufklären müssen, wie wir sie eben gelöst haben. Wir unterstützen gerne, sofern wir können.«

Der Generalstaatsanwalt hat den Wink verstanden. Die Kommissarin bedankt sich bei ihrem Kollegen, dass dieser auch für sie gesprochen habe. Sie arbeite auch wesentlich lieber an Mordfällen als an Korruptionsaffären mit Bestechungsgeldern. Später wird Moser seinen Chef ersuchen, ihn in nächster Zeit mit Mordfällen auszulasten, da er ungern in und mit Kommissionen arbeiten würde.

Auch heute findet der Kommissar keine Zeit für ein Mittagessen, da er sich für die anstehende weitere Vernehmung von Wilfried Schuster vorbereiten möchte. Die Kommissarin schafft es, zeitgerecht das gestrige Vernehmungsprotokoll mit dem umfassenden Geständnis des Beschuldigten fertigzustellen.

Um 13:00 Uhr wird Wilfried Schuster in Handschellen von zwei Polizeibeamten ins BKA gebracht. Nahezu gleichzeitig trifft dessen Strafverteidiger ein, der zunächst ein vertrauliches Gespräch mit dem Kommissar möchte:

»Herr Oberst, ich kenne meinen Mandanten seit über zehn Jahren. Er scheint mir seit gestern sehr depressiv zu sein. Ich halte ihn für sehr suizid-gefährdet.«

Besorgt fragt ihn Moser, ob Frau Schuster ihren Mann gestern noch aufgesucht habe. Dieser antwortet:

»Ja, sie ist ebenfalls sehr geschockt und bedrückt über seinen Zustand und macht sich große Sorgen, dass er sich etwas antun könnte.«

Der Kommissar bedankt sich für diesen Hinweis, den er an die entsprechende Justiz-Vollzugsanstalt weiterleiten werde. Er werde außerdem versuchen, den Beschuldigten etwas aufzurichten.

Gemeinsam gehen die Kommissare mit Wilfried Schuster und dessen Anwalt das gestrige Vernehmungs-Protokoll durch, ergänzen dieses an manchen Stellen oder passen es an. Moser realisiert ebenfalls, dass der Politiker sehr passiv ist und alles über sich ergehen lässt. Deshalb kommen praktisch alle Anpassungswünsche zum Geständnis-Protokoll des Beschuldigten von dessen Anwalt.

Bereits während dieser Vernehmung überlegt Moser, wie er den Beschuldigten etwas aufrichten könnte. Nach dessen Unterschrift unter das Protokoll wendet sich der Kommissar an den Politiker:

»Herr Doktor Schuster, ich darf Ihnen zu Ihrem Strafverteidiger gratulieren. Er setzt sich sehr für Sie ein und wird sicherlich einige mildernde Umstände für Sie erreichen. Ich habe gestern nochmals Ihre Frau gesprochen. Ich bin überzeugt, dass ihre Version vom Vorgehen des Alois Schwarz die wahre ist. Sie hat mir diese auch nochmals bestätigt. Sie haben eine sehr fürsorgliche Frau, die Sie braucht, auch wenn Sie für einige Zeit im Gefängnis sitzen werden. ... Denken Sie vor allem an Ihre beiden Kinder, für die Sie der liebe Vater bleiben werden, egal wofür Sie verurteilt werden. Ihre Kinder möchten Sie später noch viele Jahre in Freiheit erleben.«

Die Worte des Kommissars scheinen den Beschuldigten etwas aufzurichten, der sich für die aufmunternden Worte bedankt. In Begleitung seines Anwalts wird Wilfried Schuster wieder in seine Untersuchungs-Haftzelle gebracht.

Die Kommissarin hat sich zunächst über die aufmunternden Worte des Kommissars sehr gewundert. Später versteht sie den Hintergrund nach den warnenden Aussagen des Anwalts.

Heute Freitag ist der Umtrunk mit dem Generalmajor in dessen Arbeitszimmer für 15:00 Uhr geplant. Statt Weißwein offeriert dieser den Kommissaren diesmal einen französischen Crémant. Nach einigen Worten des Lobs und Danks erwähnt Mosers Vorgesetzter, dass er eben mit dem Noch-Vorgesetzen der Kommissarin gesprochen habe und dass diese noch für vier Wochen zurück ins LKA sollte, da sie dort ebenfalls dringend benötigt werde.

Der Kommissar hat zwar gehofft, dass dieser Wechsel noch beschleunigt werden könnte, meint jetzt allerdings:

»Diese vier Wochen ohne Renate werde ich auch noch überstehen, sofern nicht wieder so ein Fall wie der Mord eines Politikers und seiner Geliebten geschehen würde.«

Der Generalmajor kommt heute auch auf die vom Kommissar ersehnte Beförderung zum Brigadier zu sprechen:

»Karl, ich hatte gestern nach der Medienveranstaltung Gelegenheit, kurz mit dem Innenminister und mit dem Sektionschef über Deine anstehende Beförderung zu sprechen. Sie werden diese ebenfalls unterstützen. Es sieht sehr gut für Dich aus, dass das offizielle Schreiben in Kürze erfolgen wird.«

Moser bedankt sich für die Unterstützung seines Vorgesetzten. Er nutzt die Gelegenheit, um diesen nach dessen Beförderung zu fragen. Der Generalmajor schmunzelt:

»Mal sehen, aber dank Eurer raschen Aufklärung sind auch meine Chancen gestiegen.«

Nach eineinhalb Gläsern Crémant meint die Kommissarin, genug Alkoholisches getrunken zu haben. Da es bereits 16:30 Uhr ist und sie ihre Eltern heute noch besuchen will, bittet sie den heutigen Umtrunk ihrerseits beenden zu dürfen. Dem Generalmajor ist dies nur recht, da er seiner Frau versprochen habe, mit ihr heute Abend ins Kino zu gehen.

Im Arbeitszimmer packt die Kommissarin ihre Unterlagen zusammen, da sie am kommenden Montag wieder im LKA erwartet wird. Sie verspricht ihrem Kollegen, dass sie bei dringenden Bedürfnissen zu den eben aufgeklärten Mordfällen jederzeit kurzfristig zur Verfügung stehen könnte und auch gerne würde. Auf die Anmerkung Mosers, dass er sich wahnsinnig auf die ständige Anwesenheit Renates im BKA freue, meint sie:

»Karl, ich muss Dich warnen. Bis jetzt habe ich Dir nur meine Schokoladen-Seiten gezeigt. Ich habe auch Macken … «

»... die ich allerdings noch nicht festgestellt habe.:« ergänzt Moser: »Jeder Mensch hat seine Macken, so wie ich auch.«

Schmunzelnd erwidert sie: »Karl, Deine Macken kenne ich. ...«

Dabei verabschiedet sie sich mit zwei Wangenküssen von ihrem Kollegen. Moser überlegt noch einige Minuten, welche Macken seinerseits Renate wohl gemeint habe.

Über den Autor:

Egon Minar ist mit sechs Brüdern in einem bürgerlichen Umfeld in Wien aufgewachsen. An der dortigen Wirtschaftsuniversität hat er Sozial- und Wirtschaftswissenschaften studiert und dieses Studium in sehr kurzer Zeit akademisch abgeschlossen. In Summe war Egon Minar über 47 Jahre lang beruflich tätig, davon über vierzig Jahre in Führungs- und Top Management-Funktionen. Seine beruflichen Aktivitäten hat er in Deutschland, in der Schweiz und in Österreich und kurzzeitig auch in Japan, in den USA und in Frankreich ausgeübt.

Seit zwei Jahren ist er als Autor von Sachbüchern und Romanen tätig. Sein erstes Sachbuch „Wege aus dem Abstieg" ist im August 2023 erfolgreich veröffentlicht worden und befasst sich mit gesellschaftskritischen Herausforderungen und möglichen Lösungsvorschlägen dazu. Weitere bereits veröffentlichte Sachbücher sind „Gender-Wahnsinn 2.0. Warum unser Handeln jetzt erforderlich ist", „Work-Life-Balance oder Wohlstand. Beides zusammen geht nicht", „Europa im Jahr 2100. Extrapolationen in die Zukunft", „Die größten geopolitischen Gefahren. Welche Beiträge könnte Deutschland leisten", „Meinungsfreiheit, wo bist Du in Deutschland geblieben?" und „Generationenkonflikte. Was Boomers und Zoomers voneinander lernen könnten" und „Geld oder Werte? Geld regiert die Welt". Vor Kurzem ist sein Ratgeber „Praxistipps für Führungs-Nachwuchskräfte. Ratschläge eines Top Managers" erschienen.

Seit einigen Monaten ist sein Roman „Ein Junge auf der Suche nach Frieden" erhältlich, ein zeitaktueller, geopolitischer Traum so wie sein erster Kriminalroman "Frauenmorde In Wien. Ein Fall für Kommissar Moser". Dazu kommen zwei Fantasy-Romane.

Privat ist Egon Minar glücklich verheiratet, Vater von zwei erwachsenen Töchtern und Großvater eines Jungen und eines Mädchens. Mit seiner Frau Nathalie lebt er in München.

Kriminalroman „Frauenmorde in Wien. Ein Fall für Kommissar Moser“

Skurrile Botschaften am Tatort, ein Kommissar der alten Schule mit Ecken und Kanten, eine ehrgeizige Kommissarin und eine liebenswerte Stadt: Das sind die Hauptzutaten diese spannenden Krimis.Die Ermordung einer jungen, attraktiven Frau deutet schnell auf eine Beziehungstat im allernächsten Umfeld hin. Doch dann geschieht ein weiteres Tötungsdelikt im gleichen Stil. Geht ein Serienmörder um? Stehen die Kriminalkommissare Karl Moser und Renate Pichler vor ihrem schwierigsten Fall? Kann Moser erstmals in seiner Karriere beim Bundeskriminalamt Wien einen Mord nicht aufklären? Nicht zuletzt sind die genussvollen, kulinarischen Streifzüge des Kommissars durch die Stadt auch eine Hommage an Wien.

Egon Minar, selbst gebürtiger Wiener, bekleidete in seinem langen Berufsleben hohe und höchste Führungspositionen in mehreren Großkonzernen. Er hat zuletzt mehrere Sachbücher zu gesellschaftsrelevanten Themen und Fantasy-Romane verfasst.

Veröffentlicht als Taschenbuch im GHV Verlag. ISBN: 978-3-87336-832-3

Roman „Ein Junge auf der Suche nach Frieden“

Wie die meisten Menschen sehnt sich der Autor nach Frieden auf Erden. In mehrfachen Träumen hat er von einem zwölfjährigen syrischen Flüchtling geträumt, der sich auf die Suche macht, den verloren gegangenen Frieden zu suchen. Diese Träume hat der Autor zu einem geopolitischen Roman mit zeitaktuellem Hintergrund umgesetzt.

Das Ziel des jungen Syrers Adil ist eine internationale Friedenskonferenz der wichtigsten Staatsoberhäupter und Regierungschefs. Dazu bereist er dank einiger Spenden weltweit viele Staaten. Mit der Unterstützung des UN-Generalsekretärs gelingt es Adil, diese erwünschte Friedenskonferenz mit 39 besonders wichtigen Staatsoberhäuptern und Regierungschefs in einem unkonventionellen Format zu organisieren. An dieser werden wichtige und weitreichende Beschlüsse gefasst. Dazu gehören Waffenstillstände aller aktuellen zwischenstaatlichen militärischen Auseinandersetzungen.

Erschienen im Selbstverlag im Januar 2024; Erhältlich als Taschenbuch, gebundene Ausgabe und E-Book; ISBN Taschenbuch: 9798877822405.

Fantasy-Roman „Ilana und das verschwundene Mädchen“

Dieser Fantasy-Roman spielt in Süd-Deutschland in den Parallelwelten Menschen und Feen. Zwei Feen-Gruppen kämpfen gegeneinander um den Einfluss auf Menschen. „Hamen“ möchten Menschen zum Guten anleiten, „Unnen“ dagegen zum Bösen verleiten. Beide Feen-Gruppen sind für Menschen unsichtbar und unhörbar. Sie können die Gedanken und Gefühle von Menschen verstehen, aber auch deren Gedanken beeinflussen. Allerdings besitzen sie keine körperlichen Kräfte. Die Hamen unterstehen dem Großmeister Olar. An der Spitze der Unnen steht der Großmeister Hagar, der eine Initiative begonnen hat, um die Hamen vernichtend zu besiegen.

Die junge Hame Ilana hat die schwierige Aufgabe erhalten, das verschwundene Mädchen Julia zu finden. Bald stellt sich heraus, dass Julia entführt wurde und ihr Vater deshalb erpresst wird. Dass die Entführer und Erpresser unter dem Einfluss von Unnen stehen, macht die Herausforderung für Ilana noch größer. Unterstützt wird sie von ihrer besten Freundin Asara. Nachdem die ein Jahr ältere Asara bereits 55 positive Eintragungen im Goldenen Buch der Hamen erreichen konnte, darf sie für zwei Tage ein Mensch werden. Wird es Ilana mit Unterstützung von Asara gelingen, das kleine Mädchen zu finden und zu ihren Eltern zurückzubringen? Wird während der zwei Tage der größte Wunsch Asaras in Erfüllung gehen?

Veröffentlicht im Selbstverlag als Taschenbuch und gebundene Ausgabe. ISBN: 979-8322958413

Fantasy-Roman „Ilana und der Frauenmörder“

Nach der gelungenen Befreiung des entführten Mädchens Julia muss Ilana einen besonders schweren Fall lösen. Seit drei Monaten hält ein Frauenmörder ganz Wien in Aufruhr. Weder die Wiener Polizei noch die Wiener Hame Lasira haben Spuren oder Anhaltspunkte zu diesem Schwerverbrecher gefunden. Ilana ist eine junge, ehrgeizige und kriminalistisch sehr versierte Hame.

Gegen die bösen Unnen kämpfen Hamen um den Einfluss auf Menschen. Hamen sind für Menschen unsichtbar und unhörbar. Sie können die Gedanken und Gefühle von Menschen verstehen und sogar beeinflussen, besitzen allerdings keine körperlichen Kräfte. Offensichtlich steht der Schwerverbrecher unter dem massiven Einfluss von Unnen, die Menschen zum Bösen verleiten wollen. Wird es Ilana und Lasira gelingen, den Frauenmörder zu entlarven und damit der Wiener Polizei entscheidend zu helfen?

Veröffentlicht im Selbstverlag als Taschenbuch und gebundene Ausgabe. ISBN: 979-8322958413

Fantasy-Roman
„Ilana und ihr Kampf für das Klima“

Nach der gelungenen Befreiung eines entführten Mädchens und der erfolgreichen Aufklärung im Fall eines Frauenmörders hat die junge und ehrgeizige Hame die Aufgabe übernommen, gemeinsam mit einem Hamen-Team Menschen zu klimaschonenderem Verhalten zu bewegen.

Gegen die bösen Unnen kämpfen Hamen um den Einfluss auf Menschen. Hamen sind für Menschen unsichtbar und unhörbar. Sie können die Gedanken und Gefühle von Menschen verstehen und sogar beeinflussen, besitzen allerdings keine körperlichen Kräfte. Sie sind vornehmlich in Bayern und Österreich unterwegs. Wird es Ilana und ihrem Hamen-Team gelingen, relevante Entscheidungsträger in der Politik, in der Wirtschaft und in der Zivilgesellschaft zu mehr Umwelt- und Klimaschutz zu animieren?

Sachbuch „Wege aus dem Abstieg“

Der Autor analysiert als scharfsinniger Beobachter aktuelle wirtschafts- und sozialpolitische Fehlentwicklungen, die er für große Gefahren für den Wirtschafts-Standort Deutschland und seine Gesellschaft hält.

Er belässt es nicht nur bei Situations- und Problem-Beschreibungen, vielmehr geht es ihm darum, Lösungswege aufzuzeigen, wie der Abstieg Deutschlands verhindert oder zumindest abgefedert werden könnte.

Erschienen als Taschenbuch im August 2023 im GHV-Verlag für Euro 21,80. ISBN: 978-3-97336-802-6.

Sachbuch „Europa im Jahr 2100 - Extrapolationen in die Zukunft“

Immer mehr Menschen realisieren, dass Europa und damit insbesondere auch Deutschland in mehrfacher Hinsicht an Bedeutung im weltweiten Kontext verlieren. Der weitere geopolitische, wirtschaftliche und gesellschaftliche Abstieg Europas scheint unvermeidbar. Es zeigen sich zu viele Fehlentwicklungen: zu geringe Geburtenraten, Überalterungen, hoher Mangel an Fach- und Pflegekräften, hohe erforderliche Zuwanderungen zumeist aus muslimischen Ländern, steigende Islamisierung, sinkende Ausbildungsstandards, steigende Kluften zwischen Arm und Reich, Klimakatastrophen, abnehmender Stellenwert der beruflichen Tätigkeiten und Werteverfall in Richtung Dekadenz. Diesbezüglich erstellt der Autor zahlreiche faktenbasierte Analysen und Prognosen für die kommenden Jahrzehnte bis zum Jahr 2100.

Auch wenn es manche Versuche und Bestrebungen für Trendumkehren geben wird, so befürchtet der Autor, dass der weitere Abstieg Europas nicht verhindert, sondern nur verzögert werden könnte. Dennoch unterbreitet der Autor, der sich große Sorgen betreffend die Nachfolge-Generationen macht, einige Vorschläge und Empfehlungen an Regierende und Gesetzgebungen, an Wirtschaftsvertreter und Zivilgesellschaften, um den aktuellen und erkennbaren Fehlentwicklungen in Europa und insbesondere in Deutschland entgegenzuwirken.

Erschienen im Selbstverlag im März 2024. Erhältlich als Taschenbuch oder als gebundene Ausgabe; ISBN Taschenbuch: 979-888319 5371.

Sachbuch „Die größten geopolitischen Gefahren. Welche Beiträge könnte Deutschland leisten“

Immer mehr Menschen machen sich große Sorgen über die gegenwärtigen kriegerischen Auseinandersetzungen und über die zu befürchtenden künftigen weltweiten geopolitischen Entwicklungen. Ausführlich beschreibt der Autor die Hintergründe und Auswirkungen der größten geopolitischen Gefahren, wie: der neue „Kalte Krieg“, mögliche Atomkriege, die Unsicherheitsfaktoren Russland und China, der mögliche Krieg zwischen China und den USA betreffend Taiwan, die Dauer-Krisenherde Naher und Mittlerer Osten, die vielen regionalen Konflikte in Asien und Afrika, die globale Erderwärmung und die dadurch verursachten Ernteausfälle und Hungerkrisen, die zu befürchtenden großen Flüchtlingsbewegungen, das rapide Bevölkerungswachstum in Afrika, zunehmende terroristische Anschläge, steigende Gefahren aus religiösen Konflikten und der Trend zu Autokratien.

Gleichzeitig präsentiert der Autor seine Einschätzungen und Erwartungen zu all diesen geopolitischen Herausforderungen und gibt Handlungs-empfehlungen an deutsche Politiker, mit welchen Beiträgen Deutschland manche Gefahren abschwächen könnte. Erschienen im Selbstverlag im März 2024.

Erhältlich als Taschenbuch oder als gebundene Ausgabe; ISBN Taschenbuch: 979-8883725172.

Sachbuch „Geld oder Werte. Geld regiert die Welt“

Dieses Buch behandelt die wesentlichen gegenwärtigen und künftigen wirtschaftlichen Herausforderungen für Europa und insbesondere für Deutschland. Dabei werden aber auch die Verzahnungen mit geopolitischen, gesellschaftlichen und sozialen Aspekten beschrieben. Der Autor belässt es aber nicht nur bei den Beschreibungen der Gefahrenherde und Risikofaktoren, sondern zeigt auch Lösungsmöglichkeiten auf und gibt dazu machbare und umsetzbare Empfehlungen an Regierungen, Gesetzgebungen, an die Wirtschaft und deren Führer und an die Zivilgesellschaft. Aus vielen internationalen Untersuchungen und Studien und aus sehr vielen persönlichen Gesprächen mit Mitmenschen aus allen Altersgruppen in verschiedenen europäischen Ländern hat der Autor feststellen müssen, dass die Verunsicherungen, Ängste und Sorgen bei den meisten Menschen in den letzten Jahren deutlich gestiegen sind. Diese Sorgen und Ängste weisen hin auf wirtschaftliche, gesellschaftliche, soziale und geopolitische Unsicherheitsfaktoren.

Darum möchte der Autor nicht nur die wirtschaftlichen Herausforderungen und Risikofaktoren darstellen, sondern auch Lösungswege aufzeigen und aufrütteln, jetzt auf die gegenwärtigen und potenziellen künftigen Gefahrenherde mit geeigneten Maßnahmen zu antworten.

Erschienen im Selbstverlag im April 2024; Erhältlich als Taschenbuch und gebundene Ausgabe. ISBN Taschenbuch: 979-8322373889.

Sachbuch „Gender Wahnsinn 2.0 - Warum unser Handeln jetzt erforderlich ist“

Die wahren und sehr gefährlichen Zielsetzungen der Gender-Ideologien und des Gender-Mainstreamings gehen viel weiter als die sehr anstrebenswerte Gleichberechtigung aller Geschlechter. Sie wollen die Ehe und Kernfamilie abschaffen und die Kinder für eine möglichst frühe Erziehung zu sexueller Vielfalt gewinnen. Die Homosexualität soll aktiv gefördert werden. Die Konsequenzen für unsere Zivilgesellschaften sind nicht nur sehr beunruhigend, sondern höchstgefährlich für deren Fortbestand.

Der Autor musste erfahren, dass nur sehr wenige Menschen die wahren Zielsetzungen der Gender-Ideologien kennen. Darum soll dieses Buch beitragen, die Hintergründe, Forderungen und Folgen der Gender-Ideologien zu verstehen. Noch ist es nicht zu spät. Noch könnten sich unsere Zivilgesellschaften dagegen wehren. Doch es sollte rasch gehandelt werden, um die gesellschaftsgefährdenden Konsequenzen aus den Gender-Ideologien zu vermeiden oder zumindest abzumildern.

Mit einem Exkurs über die Rollen von Frauen und Männern in der Geschichte, in den Religionen und in der Kunst. Erschienen im Selbstverlag im Februar 2024.

Erhältlich als Taschenbuch und gebundene Ausgabe; ISBN Taschenbuch: 9798879667448

Sachbuch „Work-Life-Balance oder Wohlstand - Beides zusammen geht nicht“

In den letzten Jahren haben sich insbesondere in Europa die Wünsche und Forderungen vor allem jüngerer Generationen nach veränderten Work-Life-Balances verstärkt. Diese veränderte Einstellung zur beruflichen Arbeit und ihrer Wertigkeit wird in unseren Zivilgesellschaften kontrovers diskutiert. Aufgrund des massiven Fachkräftemangels müssen viele Unternehmen diesen Forderungen nach geringeren Arbeitszeiten oftmals nachkommen.

Wirtschafts- und Arbeitgebervertretungen lehnen daher diese Forderungen nach geringeren Wochenarbeitszeiten mit großer Vehemenz ab. Wirtschaftsfachleute weisen auf die immensen Gefahren für die deutsche Wirtschaft und für die europäischen Wirtschaftsstandorte hin. Die Produktivität und die Wirtschaftsleistungen würden immer mehr sinken und damit den Wohlstand in Deutschland und in Europa massiv gefährden. Die europäischen Volkswirtschaften würden immer stärker an Boden gegenüber den USA und China verlieren. Der Autor präsentiert einige Empfehlungen, wie diese wirtschafts- und Wohlstands-gefährdenden Bestrebungen zur Veränderung der Work-Life-Balances eingegrenzt werden könnten.

Erschienen im Selbstverlag im Februar 2024. Erhältlich als Taschenbuch und gebundene Ausgabe; ISBN Taschenbuch: 979-888049-4828.

Sachbuch „Meinungsfreit, wo bist Du in Deutschland geblieben?“

Immer mehr Menschen in Deutschland wagen es nicht mehr, offen und ehrlich ihre eigene Meinung zu immer mehr gesellschaftlichen und politischen Themen zu äußern, aus Angst ausgegrenzt, diffamiert oder lächerlich gemacht zu werden. Ausführlich beschreibt der Autor, warum die Meinungsfreiheit und die freie Meinungsäußerung so wichtig sind. Gleichzeitig unterstreicht er die Wichtigkeit und Bedeutung der Meinungsvielfalt.

Darum sollte die Forcierung von Mainstream-Gedanken durch politisches und mediales Mainstreaming unterbleiben. Mainstreaming bedeutet, dass eine Idee oder Ansicht zu einer vorherrschenden Meinung gemacht werden sollen, der sich möglichst viele Menschen anschließen sollten. Unterdrückungen von Meinungsäußerungen können erhebliche psychologische und sogar körperliche Schäden bei Menschen verursachen. Meinungsfreiheit ist nicht nur wichtig für das Zusammenleben in einer Gemeinschaft und in einer Demokratie, sondern auch maßgeblich für die Selbsterhaltung des Menschen sowie für die Unversehrtheit seiner Persönlichkeit und für die Gesundheit von Psyche, Körper, Seele und Geist.

Erschienen im Selbstverlag im März 2024. Erhältlich als Taschenbuch oder als gebundene Ausgabe; ISBN Taschenbuch: 979-8884386914.

Management-Ratgeber „Praxistipps für Nachwuchs-Führungskräfte. Ratschläge eines Top-Managers“

In diesem Fachbuch wendet sich der sehr erfahrene Autor an junge Manager und Nachwuchs-Führungskräfte. Auf Basis seiner langjährigen Erfahrungen teilt er praxisnahe Empfehlungen zu einer Vielzahl von Führungsthemen und zu verschiedenen Situationen im beruflichen Alltag einer Führungskraft.

Aus eigener Erfahrung weiß Egon Minar, dass Universitäten und Fachhochschulen zwar theoretisches Wissen vermitteln, die Umsetzung in die Praxis jedoch nicht trivial ist. In 55 kurzen Kapiteln greift er daher Themen auf, die ihn während seines Berufslebens begleitet haben und die er nun weitergeben möchte. Da Mitarbeiterführung für ihn zu den zentralen Aufgaben einer Führungskraft gehören, widmet er diesem Themenkomplex besondere Aufmerksamkeit. Ergänzend zu seinen praxisorientierten Ratschlägen, verweist der Autor für komplexe und besonders wichtige Führungsaufgaben auf entsprechende weiterführende Fachliteratur.

Erschienen bei Springer-Gabler im April 2024. Erhältlich als Taschenbuch und E-Book. ISBN Soft Cover :978-3-658-44029-9.

Sachbuch „Generationenkonflikte. Was Boomers und Zoomers voneinander lernen können“

In den Medien häufen sich Nachrichten über zunehmende Generationenkonflikte. Dabei stehen zumeist die Baby Boomer und Angehörige der Generation Z im Mittelpunkt. Die wesentlichen Streitthemen sind der Umwelt- und Klimaschutz, die Rentenfinanzierung und die Staatsschulden. Statt Schuldzuweisungen und Beschimpfungen ist gegenseitiges Verständnis, voneinander Lernen und vertrauensvolle Zusammenarbeit aller Generationen sehr wünschenswert.

Mit diesem Buch möchte der Autor Verständnis für die unterschiedlichen Ziele und Bedürfnisse der verschiedenen Altersgruppen wecken, aber gleichzeitig zu verstärkter gemeinsamer Zusammenarbeit aufrufen, um die gewaltigen gegenwärtigen und künftigen Herausforderungen zu meistern und um sicherstellen, dass auch die Nachfolge-Generationen der Gen Z ein sicheres und angenehmes Leben in einem angemessenen Wohlstand führen können. Erschienen im Selbstverlag im März 2024.

Erhältlich als Taschenbuch oder als gebundene Ausgabe; ISBN Taschenbuch: 979-8884826069